DESAFIOS CRÍTICOS

LITERATURAS ESTRANGEIRAS EM PAUTA

DESAFIOS CRÍTICOS

LITERATURAS ESTRANGEIRAS EM PAUTA

Lyslei Nascimento e Neide Nagae (org.)

EDITORAS ASSOCIADAS

Belo Horizonte, 2018

SUMÁRIO

APRESENTAÇÃO

Os ensaios que compõem este livro são resultado de pesquisas desenvolvidas ao longo do biênio 2014-2016 pelo GT de Literaturas Estrangeiras da Associação Nacional de Pós-Graduação em Letras e Linguística (ANPOLL), com o apoio das agências: Capes, CNPq, Fapemig e FAPESP, e apresentadas no XXXI Encontro Nacional da ANPOLL, na Universidade Estadual de Campinas, de 28/6 a 1/7/2016.

Sob o tema "Desafios críticos: literaturas estrangeiras em pauta" essas reflexões, de pesquiadores partiram de uma interrogação sobre a noção de "literatura estrangeira" e o que significa essa categorização nos estudos literários que se fazem atualmente no Brasil. Refletir sobre os desafios críticos que surgem dessa designação marca a necessidade de se repensar acerca do "estrangeiro" e as múltiplas reverberações dessa condição, tendo em vista não só o que se poderia configurar de novas diásporas, bem como as peculiares situações de exílio e de imigração.

As relações entre literatura e nação foram, por conta dessas configurações, ou reconfigurações, contemplados nestes ensaios, de forma a pensar, também, as aproximações entre literatura e língua; literatura e território; literatura e pátria; além de os vários tipos e níveis de deslocamentos sejam sociais, políticos ou geográficos que põem em relevo processos colonizadores e descolonizadores que acabam por colocar em cena, ainda, estudos sobre literatura e tradução; sobre imagologia, heteroimagem; bem como questões importantes sobre o ensino da literatura estrangeira no Brasil.

Lyslei Nascimento
Neide Nagae

LINGUAGEM DO EXÍLIO: XUL SOLAR E DOLFI TROST

Alcebíades Diniz Miguel

Durante o regime soviético, tanto na URSS quanto nos países do Leste Europeu, formas alternativas de difusão cultural – notadamente, de uma cultura clandestina, não oficial, dissidente – surgiram para escapar da onipresente censura imposta pelo Estado. Técnicas e estratégias foram conhecidas por *samizdat*. Em russo, o termo indica autopublicação (*samvýdav*, em ucraniano), ou seja, um tipo de criação editorial que escapava das determinações e da estruturação pétrea imposta pelas necessidades de propaganda dos regimes estatais, que padronizava as produções literárias e culturais, mesmo aquelas que poderiam ser entendidas como uma forma velada, alegórica de *oposição*. O *samizdat* encarnava a oposição total, materializada em produções distribuídas de mão em mão, manuscritas, fotografadas, datilografadas ou em cópias mimeografadas, camufladas na forma de álbuns fotográficos familiares ou empregando a capa de livros oficiais. Uma das primeiras obras a se transformar em *samizdat* para burlar a censura foi *O mestre e a margarida* (1936) de

Mikhail Bulgakov, uma escolha adequada, tanto de um ponto de vista artístico quanto simbólico.

Tratava-se da subversão não apenas das regras estabelecidas pelo Estado no que tangia à produção e o consumo de bens culturais – que se transforma em uma espécie de avesso do avesso, de negação da negação uma vez que as regras usuais da indústria do livro em países capitalistas (incluindo regras de catalogação e de depósito legal com numeração ISBN) também foram negadas pelas estratégias *samizdat*. Nesse sentido, a definição fornecida pelo dissidente russo Vladimir Bukovsky nos parece adequada: "Eu mesmo escrevi isso, eu mesmo editei, eu mesmo censurei, eu mesmo publiquei eu mesmo distribui e fui eu que passei um tempo na prisão por causa disso."[1]

De fato, o *samizdat* enquanto conceito ou imagem/metáfora surge como uma materialização do exílio do idioma e da literatura nos interstícios, nos pontos fronteiriços de uma cultura oficial cuja dominação total pode ser eventualmente desafiada por autores e leitores com coragem para suportar as punições severas pelo crime do exercer o pensamento e a língua sem as restrições prescritas. Assim, ao evocarmos o *samizdat*, temos em mente que essa estratégia materializa um afastamento e um curto-circuito em relação à ordem – a inauguração de uma espécie de tradição sem possibilidade de futuro, de uma estrutura cultural em uma margem perigosa, na qual estar em posse de um livro equivalia a crime contra

1 BUKOVSKY citado por JEUTE, 2016.

o Estado[2] da mesma forma que o planejamento de um ato de resistência em termos militares. Esses elementos configuram uma espécie de exílio, uma forma voluntária de projetar-se em uma esfera de risco que, em geral, antecede a prisão, o suicídio, a execução. O *samizdat* representa, assim, uma antecâmara do exílio – seja ele em termos de expulsão de um país, da perda da cidadania, da necessidade de aprender um novo idioma; seja em relação aos outros seres humanos viventes, o exílio definitivo da existência humana garantido por tantos regimes autoritários pelo mundo, ontem e hoje.

O exilado em primeiro lugar busca seu idioma, uma forma de comunicação própria, ao mesmo tempo direta/clara e de difícil decodificação. Fragmentos de outros idiomas se somam na percepção dessa linguagem descentrada, fazendo dela uma espécie de língua crioula, de bases diversas e em geral distante da espinha dorsal de um idioma estabelecido como língua materna. O exílio transforma suas vítimas – e, eventualmente, seus adeptos – em indivíduos que mastigam palavras, que buscam um novo padrão de comunicação regulado não pelo apelo da ligação emocional com a língua materna, mas pela

2 Joseph Brodsky (1940-1996), cujos poemas circulavam nos anos 1960 na forma de *samizdat*, foi levado à julgamento em 1964 apenas pelo fato de declarar ser sua profissão poeta e tradutor. Condenado a cinco anos de trabalhos forçados por "parasitismo social", teve sua "identidade como poeta" colocada em xeque por sua "formação deficitária" e pelo julgamento dos leitores de jornais como *Vechernii Leningrad*. O espantoso processo, completo e com todos os depoimentos, foi compilado e traduzido para o inglês. Cf. VIGDOROVA, 2016.

descoberta (talvez, utópica ou, mais precisamente, absurda) de um novo idioma. Tal descoberta pode adquirir formatos variados; um deles, a apropriação de uma língua convencional apenas para subvertê-la, para tirar das convenções as relações estabelecidas pelas relações estáveis do signo. Outra possibilidade seria construir uma linguagem própria, única, fornecer à nova linguagem autonomia e mesmo uma série de obras canônicas para que tal idioma inventado possa ser autônomo – ou seja, dentro desse escopo, o exilado torna-se um fundador, nega a continuidade espacial e política que o levou ao exílio e demarca seu próprio território por intermédio da linguagem.

Essas duas formas/estratégias de trabalhar o exílio como fato ou possibilidade marcaram a obra de Dolfi Trost e Xul Solar. De fato, há muitos aspectos que os aproximam: as vanguardas do início do século XX; a adoção de uma abordagem artística múltipla e conceitualmente planejada, próxima aos polígrafos do passado como Athanasius Kircher ou Emmanuel Swedenborg; o injusto esquecimento que as narrativas históricas em Arte e Cultura destinaram ambos, a despeito das elogiosas adesões por parte de autores como Gilles Deleuze (no caso de Trost)[3] e de Jorge Luis Borges (no de Xul Solar). Mas há elementos que os distanciam – notadamente, a questão do exílio, que ganha uma conotação mais política e direta em

3 Trost é mencionado – ao lado de Gherasim Luca – em apêndice de *Capitalismo e esquizofrenia*, escrito por Deleuze e Guattari, como o criador de "uma concepção anti-edipiana do sonho que nos atinge por ser tão bela." Cf. HANSEN, 2012, p. 187.

Trost e mais voluntária e, por assim dizer, espiritual em Xul Solar. Específicas situações políticas e históricas que vivenciaram e que, ao fim, determinaram a escolha pela estratégia de configuração de uma linguagem do exílio diferem em cada um desses escritores.

Dolfi Trost (1916-1966) foi um exilado em sentido quase perpétuo, enquanto buscava o deslocamento que possibilitasse sua sobrevivência em sucessivos regimes de exceção que, de forma contínua, assaltaram a paisagem política de sua Romênia natal no século XX. O universo cultural da *Micul Paris* ("pequena Paris", em romeno, forma como era conhecida a capital Bucareste desde o final do século XIX) deveria ser algo sufocante e/ou provinciano desde o fim da Primeira Guerra Mundial, daí o êxodo de artistas revolucionários romenos como Tristan Tzara para a países europeus mais distantes daquela fronteira oriental. Mas isso não quer dizer que os artistas locais de vanguarda não se organizassem em publicações e editoras sintonizadas na renovação artística radical, representada por revistas como *Alge* e *Unu* já nos anos 1930, periódicos nos quais Paul Păun, amigo e colaborador de Trost, já colaborava. Foi nos anos 1940 que a sua obra se definiu de maneira completa ao mesmo tempo em que a experiência da guerra transformava a rejeição de certo filistinismo provinciano vigente na Romênia em ameaças reais de prisão e execução.

Esse foi o período em que os romenos contaram com a sua versão nacional do *Führer*, o *Conducător* Marechal

Ion Antonescu, um aliado tão diligente de Hitler que colocou as tropas romenas em confronto direto com a URSS, de modo que tal força auxiliar chegou a acumular algumas vitórias compartilhadas com seus poderosos companheiros germânicos até o princípio da derrocada na Batalha de Stalingrado, na qual o grosso da força militar romena foi aniquilada. Segundo Monique Yaari, Trost, entre 1941 e 1944, chegou a trabalhar como professor de francês no liceu Cultura, ensinando alunos judeus que perderam o direito de frequentar escolas locais. Luca, outro colaborador frequente e companheiro de Trost, foi levado para um campo de trabalhos forçados e evoca, vagamente, a atmosfera de Bucareste antes de um avassalador pogrom ocorrido em janeiro de 1941 em sua primeira obra-prima, *Le Vampire passif* (1945). Ao fim da guerra, surge um período de breve florescimento da liberdade, que logo seria cerceado pela brutalidade do stalinismo, o grupo *Infra-noir*, de Trost e amigos/colaboradores, pôde desenvolver suas ideias até as possibilidades mais extremas.

Um dos panfletos de Trost nesse período, que melhor ilustra sua estratégia linguística de exílio, foi o opúsculo inclassificável *Le plaisir de flotter* (1947), que pode tanto ser visto como narrativa, ensaio, texto de escrita automática ou recuperação onírica. O título e o subtítulo, "sonhos e delírios", parecem indicar algo incerto, flutuante e não definido por uma aproximação usual, determinada por uma razão analítica. Há personagens centrais – uma jovem mulher, uma moça, um homem – e algo parecido com uma ação que ocorre em ambientes variados ou que mudam ao sabor das oscilações do desejo ou das mutações oníricas, que parece impulsionar esses três personagens. Há uma plateia interna ao texto, um grupo que participa do jogo do trio de protagonistas. Mas todas essas determinações e pontos de apoio iniciais soçobram, pois são incapazes de determinar o reconhecimento seguro, para o leitor, do território inóspito e pantanoso em que está se deslocando. Um nítido processo de colagem parece dominar a linguagem, mas uma colagem que não se limita ao *cut up* utilizado por William S. Burroughs décadas depois: Trost vai mais longe e realiza o processo de combinação "super-automático" (utilizando um processo/técnica visual que o autor desenvolvera em suas obras visuais) de pedaços justapostos na própria estrutura discursiva. Um fraseado científico – como a última sentença do texto – se alterna com descrições oníricas e fragmentos poéticos nos quais imagens obscuras emergem, possuidoras de significados ao mesmo tempo "seguros" (o bastão, os sapatos) e enigmáticos. Trost adotou o francês e pouco escreveu em romeno desde então, mas um texto como o de *Le plaisir de flotter* indica que essa adoção foi em um sentido complexo, de subversão, apropriação e fragmentação até o limite de uma ambiguidade absoluta, a dissolução do signo.

Xul Solar teve em sua carreira menos sobressaltos que Trost, mas é bem verdade que optou voluntariamente pelo exílio nos mais diversos contextos e ocasiões. Oscar

Agustín Alejandro Schulz Solari (1887-1963) optou desde cedo pela transfiguração dos elementos – a começar pelo seu próprio nome, optando por essa composição reduzida ao modo de um acrônimo ou de um haicai, no qual os imponentes elementos de seu nome se transfiguram em duas palavras com um número ímpar de letras, 3 e 5, respectivamente, para "Xul Solar". Preserva, no entanto, a associação mística e simbólica com o Sol presente em seu último nome.[4] Esse processo, que inicialmente aplicou ao nome que adotaria, seria replicado em suas complexas e multifacetadas atividades artísticas, geralmente relacionadas a construção de novos códigos e e a reformulação dos procedimentos usuais da linguagem – da retomada do xadrez à composição de uma linguagem entre o plástico e o conceitual.

Essa errância conceitual na busca de uma formulação de linguagem que talvez se pretendesse universal – ou que, por outro lado, talvez servisse unicamente para a subversão dos conceitos linguísticos aceitos como oficiais por uma nação, um povo, um país – eram refletidos pela intensa errância adotada pelo próprio Xul Solar, que desde os 24 anos viajará pela Europa, permanecendo no

4 É necessário destacar que, tal qual Xul Solar, Dolfi Trost também procedeu à alteração de seu nome, à modificação de sua identidade obliterando suas origens pré-determinadas. Mas, coerente com o seu projeto de exílio, Trost optou não pela reformulação mas pela supressão: abandonou seu nome, "Dolfi", pela semelhança fonética com "Adolf", o nome do odiado tirano nazista, Hitler. Assim, seus livros são assinados apenas por um sobrenome, um fio identitário no limite da supressão do próprio nome, mas que ainda mantinha viva sua ascendência judaica.

velho continente por doze anos em um verdadeiro "exílio cultural".[5] Portanto, não se torna muito difícil como a complexa interação de múltiplas culturas sem um centro unificador, um centro de dominância, essencial no exílio do autor, aponta para a experiência de propostas de linguagem como uma resposta visionária ao estreitamento provocado pela visão limitada de nação aceita universalmente. Xul Solar, portanto, é movido por uma concepção utópica de uma universalidade humana sem fronteiras, de H. G. Wells ou do Dr. Ludwik Zamenhof, o criador do esperanto. É necessário destacar que, à época da composição de *Los San Signos*, projetos para a configuração de uma base literária para o esperanto estavam bastante avançados. A poeta letã Ludmila Jevsejeva, por exemplo, que chegou a ser perseguida pelo governo soviético devido às suas atividades de divulgação do esperanto como língua universal, deixou alguns poemas moldados pela musicalidade do esperanto, como "Autuna Melodio" (ou "Melodia do Outono", em adaptação para o inglês de Mark Valentine): "Parque silencioso. Sob pés exaustos/ Sussurro de morte das folhas amareladas/ Nada restou! O fauno está adormecido,/ Sorridente, mudo, impiedoso."[6]

A resposta de Solar não era exatamente prática ou funcional. Há um componente místico, visionário e delirante nesse novo idioma. Por esse motivo, talvez, sua maior criação, dentro da construção imaginária que

5 VAQUERA, 2015, p. 19.
6 VALENTINE, 2013, p. 55.

é o *neo-criollo*, tenha sido *Los San Signos*, visões que Xul Solar coletaria a partir de percepções do *I Ching*, desenvolvidas desde 1924 até 1961.[7] Tais percepções, contudo, não se limitavam ao escopo da reforma política, como no caso das utopias, ideias e fantasias de Wells ou de Zamenhof: havia uma dimensão mística no seu projeto muito bem exemplificado pelo fato de que a proposta inicial de *Los San Signos* foi feita pelo místico britânico Aleister Crowley, um dos membros de destaque da ordem hermética *The Golden Dawn*, e que optou por fundar outra mais ao seu feitio posteriormente, a *Astrum Argentinum*. O místico britânico era prolífico, ele mesmo, como escritor e artista. Uma das citações mais conhecidas dele, *Do what thou whilt shall be the whole of the Law*, é um dos dois preceitos fundamentais da *Thelema*, filosofia mística e política fundada por Crowley.[8] O encontro com esse místico/visionário aplicado foi fecundo para ambos; dele, surgiu de forma mais acabada a ideia mesma do *neo-criollo*. A ideia inicial de Solar seria um idioma artificial que surgiria da fusão entre português e espanhol, quebrando a densa barreira entre a América espanhola e o Brasil, esse país de dimensões continentais cuja característica mais essencial – o idioma – marca aparentemente um outro mundo. A divisão evidente na América do Sul, na visão de Solar, só poderia ser superada de uma forma espiritual, por intermédio da linguagem. Uma utopia visionária, que

7 ARTUNDO, 2012, p. 127.

8 "Faz o que tu queres, pois é tudo da Lei". O segundo preceito é *Love is the law, love under will*, "Amor é a lei, amor sob vontade".

surge menos da violência política do que de uma percepção diversa e complexa da realidade cotidiana plasmada no idioma. Segundo Crowley: "sua Vontade Verdadeira era unificar a América do Sul por suas Linhas Espirituais".[9]

Assim, as duas estratégias de interação entre linguagem e exílio possuem um ponto muito nítido de aproximação: seu caráter distante do usual (mesmo nos termos literários) e próximo do registro visionário. Apesar das diferenças metodológicas e da tendência romântica (ou destrutiva) e utópica (ou construtiva) que determina o funcionamento dos dois modelos e que postula uma diferença estrutural evidente, há um ponto de aproximação: o uso da linguagem como experiência de prospecção mental. O sonho, o delírio e a visão são, ao final, a base da linguagem do exílio, que busca nos recônditos da mente algo como um novo território, mas um território de colonização impossível, no qual nunca será possível fincar raízes.

9 CROWLEY citado por ARTUNDO, 2006, p. 190.

REFERÊNCIAS

ARTUNDO, Patricia M. El encuentro entre el mago y el pintor: Aleister Crowley y Alejandro Xul Solar. In: FABRIS, Annateresa (Org.). *Crítica e modernidade*. São Paulo: ABCA/Imprensa Oficial do Estado de São Paulo, 2006. p. 187-199.

ARTUNDO, Patricia M. Nota de la editora. In: SOLAR, Xul. *Los San Signos*: Xul Solar y El I Ching. Buenos Aires: El hilo de Ariadna, 2012. p. 127-143.

CLARK, Stephen J. *The Satyr & Other Tales*. Dublin: The Swan River Press, 2015.

DELEUZE, Gilles, GUATTARI, Félix. Balance-Sheet Program for Desiring Machines. In: GUATTARI, Félix. *Chaosophy*. Trad. Robert Hurley. New York: Semiotext(e), 1995. p. 132.

HANSEN, Catherine. A Revolution in Consciousness: Dolfi Trost's *Visible and Invisible*. ART*Margins*. Massachussets, MIT, v. 1, jun.-out. 2012.

JEUTE, Paul. *Underground Literature Unconstrained Writing*. Disponível em: <https://www.goethe.de/en/kul/lit/20746672.html>. Acesso em: 27 jun. 2016.

VALENTINE, Mark. *Star Kites: Poems & Versions*. North Yorkshire: Tartarus Press, 2013.

VAQUERA, María Luisa Calero. Las lenguas inventadas de Xul Solar (1887-1963): 'Una bella locura en la zona del lenguaje'. *Revista argentina de historiografía linguística*, VII, 1, p. 17-30, 2015.

VIGDOROVA, Frida. The Trial of Joseph Brodsky. *New England Review*, n. 34, p. 3-4. Disponível em: <http://www.nereview.com/2014/02/18/the-trial-of-joseph-brodsky-frida-vigdorova/>. Acesso em: 27 jun. 2016.

ENSAIO E EXTRATERRITORIALIDADE: GUILLERMO CABRERA INFANTE

Ana Cecilia Olmos

No fue súbito ni dramático sino lento y furtivo,
pero no por ello menos doloroso.
¿Qué importa cómo te corten el cordón?
Siempre queda el ombligo.
Guillermo Cabrera Infante

Escrita durante o exílio, a ensaística do cubano Guillermo Cabrera Infante exibe marcas de extraterritorialidade que direcionam o leitor por percursos interpretativos de ordem ética e política que parecem ser inevitáveis, mas que não deixam de oferecer questões instigantes na hora de problematizar os mandatos de representatividade do nacional que, com frequência, condicionam a palavra literária. Entendo por extraterritorialidade, de acordo com Georg Steiner, uma relação de dissociação entre a literatura e a nação que visa a questionar a naturalização do vínculo entre a literatura e o lugar de origem do escritor.[1] Trata-se, por tanto, de uma noção que sinaliza a particula-

1 STEINER, 2009.

ridade de uma enunciação literária que interfere na doxa que, instituída pela sociedade ou o Estado, encerra as possibilidades de significação da literatura numa gramática do nacional. Nesse sentido, cabe frisar que a ideia de extraterritorialidade diz respeito tanto a uma enunciação literária fora do território da nação e/ou da língua nacional, quanto, num sentido mais amplo, a um trabalho de desmantelamento dos sentidos cristalizados da literatura.

São esses os aspectos da escrita extraterritorial que me interessa indagar na ensaística de Cabrera Infante quem, a partir de 1965, devido a dissidências com o processo revolucionário cubano e o regime político instituído no país, saiu para o exílio até o final de sua vida.[2] Não se trata apenas de reconhecer o tema do exílio nos seus ensaios, antes, gostaria de indagar sobre as tensões de uma literatura que trabalhou na contramão de uma gramática do nacional e suas narrativas identitárias (fossem elas cubanas ou latino-americanas), mas que, apesar de seu marcado caráter experimental, quando se desloca

2 Cabe lembrar que, nos primeiros anos da revolução cubana, Cabrera Infante desempenhou importantes funções no âmbito cultural desse projeto político como diretor do suplemento literário *Lunes de Revolución* e que, após o fechamento forçoso desse periódico em 1961, foi designado adido cultural na embaixada cubana na Bélgica. A suspeita detenção que sofre em 1965, quando retorna ao país por ocasião da morte de sua mãe, e a publicação, em 1968, de uma entrevista no periódico argentino *Primera Plana*, em que explicita sua crítica ao processo revolucionário, marcam o seu distanciamento definitivo do país. Essa entrevista foi posteriormente incorporada ao conjunto dos ensaios reunidos em *Mea Cuba* (1992). Recentemente, em 2013, publicou-se *Mapa dibujado por un espía*, uma espécie de autobiografia romanceada (inconclusa), na qual relata aquele episódio de seu retorno à ilha em 1965.

para o ensaio, não pode deixar de nomear a nação, de se referir à perda irremediável de sua geografia, de sua história, de sua língua.

LITERATURA, EXPERIMENTAÇÃO, REVOLUÇÃO

A literatura de Cabrera Infante filia-se à experimentação das escritas que, a partir dos anos 1960, questionaram as formas literárias que, na América Latina do início do século XX, tinham se enclausurado nos sentidos emblemáticos do nacional. Essa posição experimental, que resistia a qualquer função de representação e de representatividade da literatura, postulava a escrita como um trabalho de desmantelamento da linguagem que alterava as gramáticas e os sentidos já dados da língua e da instituição literária. O romance *Três tristes tigres*, publicado em 1965, talvez seja o melhor exemplo dessa posição literária. O romance oferece uma imagem da Cuba pré-revolucionária por meio de uma singular exploração das vozes sociais que, ao passo que evita os condicionamentos da mimese realista do romance tradicional, recria com eficácia um imaginário cultural de época. Apelando aos jogos de palavras, à invenção verbal, aos recursos visuais da letra e, sobretudo, à lógica dispersiva da conversação, a escrita do romance exibe um trabalho deliberado de variação e modulação de vozes que faz vibrar a linguagem em si mesma, trazendo a um primeiro plano o seu corpo e sinalizando o seu próprio exterior. Os exemplos podem ser muitos, porém, nesta ocasião, basta lembrar os hilários jogos de palavras de Bustrófedon, uma das personagens do romance, cujo nome se oferece como paradigma desse gesto de corrosão da linguagem que – relata um dos seus amigos – "[...] le hacía decir esas maravillas y jugar con las palabras y finalmente vivir nombrando todas las cosas por otro nombre como si estuviera, de veras, inventando un idioma nuevo [...]."[3]

No mesmo sentido, deve ser pensado um peculiar livro de ensaios, *Exorcismos de esti(l)o*, que publica em 1976, no qual reúne uma série fragmentária de textos que exacerbam a experimentação com a linguagem, visando a desestabilização de qualquer critério normativo, estético ou ideológico, que afaste a literatura de si mesma, do seu corpo de linguagem, do seu próprio nome.[4] O texto "La aliteratura" condensa, na figura retórica da aliteração evocada no título, as possibilidades de significação de uma palavra literária que só sinaliza a si mesma:

> Literatura es *littérature* en francés, y *litter* es basura, desperdicio en inglés, mientras *rature*, de nuevo en francés, es tachadura, y *lit* es lecho, esa cama donde me acuesto a hacer literatura: solamente en español la literatura no significa otra cosa.[5]

3 CABRERA INFANTE, 2011, p. 240.

4 O título do livro evoca ludicamente os *Exercícios de estilo* (1947) de Raymond Queneau e segue a proposta do membro do Oulipo ao assumir a prática literária como um jogo de transgressão dos códigos naturalizados da literatura (o autor, o gênero, o estilo).

5 CABRERA INFANTE, 2002, p. 18.

Essa posição estética, rapidamente aqui descrita, não foi uma exceção no campo literário de meados do século XX, ao contrário, ela condensa e radicaliza o afã de inovação que mobilizava os escritores latino-americanos do período, empenhados em colocar a literatura do continente em sintonia com o resto do mundo. Refiro-me, em linhas gerais, ao que se conheceu como "nova narrativa latino-americana"; denominação que remete a um conjunto plural de poéticas narrativas que, para além de sua diversidade, compartilhavam um impulso de inovação que se traduziu em paradigmas estéticos que atingiram significativa projeção internacional. Embora essa relevância da literatura latino-americana de meados do século XX seja do ponto de vista estético indiscutível, interessa-me destacar o fato dela ter se apresentado, por volta dos anos 1960, em uma estreita relação com os projetos políticos revolucionários do período. Essa relação não era arbitrária, como afirma Boris Groys, a ideia do novo na arte está ligada ao utopismo moderno, isto é, "a la esperanza de que, finalmente, va a comparecer algo tan definitvamente nuevo que, después de ello, no podrá haber nada nuevo, más que el ilimitado dominio de lo definitivamente nuevo sobre el futuro".[6]

Essa dimensão da inovação, ligada a um imaginário utópico moderno, marcou a literatura latino-americana do período que tentou responder a esse duplo anseio, a inovação estética e a aspiração revolucionária. Um anseio

6 GROYS, 2005, p. 14.

que não careceu de conflitos, sobretudo, quando a atração exercida pelo horizonte político de emancipação avançou sobre as possibilidades de expressão do campo literário.

Cabrera Infante não foi alheio a esse efeito de estreitamento das relações entre cultura e política que, com maior ou menor grau de incidência, norteou suas intervenções críticas na cena literária dos primeiros anos da revolução. Assim o confessa no ensaio "Mordidas del Caimán Barbudo", de 1981, ao afirmar: "Mi primer error como director de *Lunes* fue intentar limpiar los establos del auge literario cubano, recurriendo a la escoba política para asear la casa de las letras".[7] Apelo a esse *mea culpa* do escritor para apresentar, em resumidas linhas, o motivo de sua dissidência com um processo revolucionário ao qual aderiu com não pouca convicção num primeiro momento. Ao radicalizar o processo de mudança política e social, o governo revolucionário instituiu um regime de controle estatal da cultura que pretendia regular as práticas artísticas e se postular como uma instância de formulação de critérios de validez estéticos e ideológicos que acabava por subordinar o âmbito intelectual ao campo político. Como explica Idalia Morejón Arnaiz ao analisar as revistas literárias do período nas suas relações com os organismos governamentais, isto pode ser interpretado como a perda

7 CABRERA INFANTE, 1993, p. 77-78. Para uma informação das políticas literárias que o suplemento cultural *Lunes de Revolución* levou adiante nos primeiros anos do processo político revolucionário e, ainda, uma análise dos motivos que levaram a seu fechamento forçoso. Cf. MISKULIN, Silvia Cezar. *Cultura ilhada. Imprensa e revolução cubana (1959-1961)*. São Paulo: Xamã, 2003.

da autonomia do campo intelectual logo após o início da revolução, no entanto, esclarece a autora, a intervenção dos escritores no processo revolucionário não renunciou a uma função crítica que, com frequência, teve que apelar a diversas formas de encobrimento e legitimação para se manter em cena.[8] Perante essas condições de produção intelectual, a ruptura de Cabrera Infante com a revolução não demorou em chegar e não deixou de ser uma solução definitiva para uma situação de tensão entre a liberdade do exercício literário e a fidelidade à revolução que, em poucos anos, tinha chegado a seu limite.

LITERATURA, REVOLUÇÃO, EXÍLIO

Cabrera Infante nunca renunciou às aspirações de uma sociedade mais justa, no entanto, as suas diferenças com o processo revolucionário cubano que enrijeceu o regime político, levaram-no ao exílio. Uma posição paradoxal que, no artigo "Yo acuso en el Wilson Center", ele resumiu definindo-se como "un reaccionario de izquierdas".[9] Em outros termos, a impossibilidade de responder emancipadamente às demandas da literatura e, ao lado delas, às da revolução, o obrigou a escolher, como ele diz no ensaio "La confundida lengua del poeta", entre a "libertad de palabra" ou a "esclavitud de imprenta".[10]

Essa dissidência política e a experiência do exílio permeiam o livro *Mea Cuba* que reúne uma série de ensaios

8 MOREJÓN ARNAIZ, 2010, p. 72.
9 CABRERA INFANTE, 1993, p. 264.
10 CABRERA INFANTE, 1993, p. 34-35.

escritos entre 1968 e 1992. Nesses textos, o autor trabalha com formas de escrita menos experimentais e apela às pautas clássicas do ensaio para abordar questões de ordem política, ética e estética, diretamente ligadas à sua experiência de exílio. O ensaio, como forma discursiva que se configura em razão de uma relação intrínseca entre sujeito, linguagem e mundo, neste caso, vem a calhar. Sabemos que o ensaio coloca em cena uma enunciação subjetiva que indaga o mundo, ao passo que se interroga a si mesma e, nesse sentido, como explica Liliana Weimberg, ele oscila entre a solidão e a sociabilidade.[11] Noutras palavras, o ensaísta fala para si próprio, mas também fala para o outro, estabelecendo o vínculo entre a experiência privada e o sentido do mundo. Em razão desse vínculo, deve ser levada em conta a procura da comunidade que impulsiona a escrita ensaística, assim como a responsabilidade que se assume perante a própria palavra (a boa fé, declarada por Montaigne). São essas marcas discursivas do ensaio, explica Weimberg, as que instauram uma condição específica de diálogo no campo intelectual e político. Uma prova disso é a tradição do ensaio hispano-americano que remonta ao século XIX e se projeta no XX, dando corpo discursivo à participação dos escritores na cena pública, inscrevendo nela o *pathos* e o *pólemos* de suas intervenções críticas.

Ao explorar o espaço discursivo do ensaio, Cabrera Infante afilia-se a essa tradição literária hispano-ame-

11 WEINBERG, 2006, p. 27.

ricana, recuperando uma enunciação subjetiva e assumindo a responsabilidade pela própria palavra, essa que, em outros textos, se oferece liberada ao jogo aliterado da matéria significante da língua que apaga qualquer instância de origem. Embora o caráter proteico do ensaio não iniba a dimensão experimental de toda escritura e, nesse sentido, cabe lembrar que essa forma discursiva possui a sua própria intransitividade, é evidente que, ao apelar às pautas clássicas do gênero, Cabrera Infante busca intervir em nome próprio na cena pública, mas, sobre tudo, busca restabelecer os vínculos com a comunidade fraturados pelo exílio, mesmo sob o risco de que essa restituição neutralize a potência crítica de subversão da linguagem à qual aposta noutras textualidades. Risco de neutralização que paira sobre uma enunciação ensaística que aspira a funções de representatividade pública, ainda que esta – como assinala Weimberg – nunca esteja dada de antemão e deva se atualizar no próprio desdobramento do ensaio.[12]

Numa leitura da obra de Cabrera Infante que vincula de maneira singular vida e escrita, Enrico Mario Santí sugere pensar a escrita do cubano em função da relação

12 Ao abordar a "representação" e a "representatividade", Weimberg afirma que "el ensayista no tiene asegurada su representatividad respecto de un grupo ni tampoco la representatividad de los problemas y las interpretaciones que aparecerán en su ensayo: la representatividad deberá siempre actualizarse en el despliegue del ensayo". Nesse sentido, adverte a autora, "el ensayista representa simbólicamente el problema de la delegación o representación del grupo en cuyo vocero desea él convertirse, y a través de su propio texto deberá autorizarse tanto en cuanto a la representatividad de los temas por él tratados como en cuanto a su propia representatividad". Cf. WEINBERG, 2001, p. 84-85.

que ela estabelece com a lei enquanto instância repressiva que, em vez de subordinar a expressão a uma ordem dada, estimula uma produção discursiva de caráter transgressivo. Essa "poética da transgressão", do ponto de vista de Santí, diz respeito tanto ao trabalho de corrosão da normatividade da língua que essa escrita leva adiante, quanto ao gesto de denúncia que ela levanta ante a lei que tolhe a posição civil do escritor.[13] A ideia é instigante, porém, caberia perguntar se a potência crítica dessa transgressão mantém a sua intensidade quando o escritor se desloca para uma escrita ensaística que, devido à representatividade no âmbito público que ela aspira a assumir, parece retomar as trilhas de uma normatividade expressiva que neutralizaria seu ímpeto transgressor.

A leitura dos ensaios de *Mea Cuba* permite pensar alguns aspectos dessa inquietação. A marca autobiográfica, o gesto memorialístico, o tom nostálgico e o ataque sarcástico ao ditador permeiam essa escrita que, dilacerada pela experiência do exílio, nomeia uma e outra vez

13 Após se referir à censura sofrida por Cabrera Infante durante a ditadura de Batista e, depois, sob o regime político da revolução, Santí afirma: "Resultaría risible, desde luego, comparar las dos censuras, la de la torpe y ramplona dictadura batistiana y la del régimen que después desmanteló sistemáticamente las libertades públicas del país. Lo que importa resaltar es la recurrencia, en la vida y obra de este escritor, de un horizonte represivo al que su escritura responde. Ese horizonte no es, por cierto, un mero accidente de su escritura. En realidad llega a ser una parte constitutiva de su producción; vale decir, la condición de su posibilidad. Es ese horizonte lo que explica sus más íntimos mecanismos – como por ejemplo, el recurso a la parodia – pues se trata de sucesivas estrategias de transgresión que irán configurando algo más que un inconfundible estilo. Estamos ante una actitud literaria frente al poder". Cf. SANTÍ, 1999, p. 25-26.

o território perdido. Essa insistência, que beira a obsessão, pode ser atribuída à necessidade de uma intervenção pública que, no seu gesto de denúncia, não aceita ambiguidades. Porém, ela também pode ser interpretada, segundo explica Edward Said, como a negativa, ciosamente cultivada pelo exilado, a pertencer a outro lugar. Nesse sentido, diz Said, "obstinação, exagero, tintas carregadas são características de um exilado, métodos para obrigar o mundo a aceitar sua visão – que ele torna mais inaceitável porque, na verdade, não está disposto a vê-la aceita".[14]

Cabrera Infante sabe disso e, talvez seja no ataque ao ditador onde a escrita, ainda sob o risco de esclerosar a sua expressão e neutralizar o seu gesto transgressivo, se esbalda: referências ao regime político revolucionário como "la castroenteritis", "la castradura que dura", "el largo brazo del Tirano"; ou figurações de Fidel Castro como "el avatar voraz del caudillo", "el falso emperador", "el mesías de la miseria", multiplicam-se com insistência nos textos na tentativa de dar vazão, não sem certa impotência, ao sentimento que provoca aquele que nega o território.[15] A falta de compostura e serenidade que Said reconhece na obra dos exilados, permeia a escrita ensaística do autor cubano que, ciente de seu gesto obsessivo, não hesita em declarar em "El escritor y la aspereza":

14 SAID, 2003, p. 55.

15 As expressões citadas encontram-se, nessa sequência, nos seguintes ensaios reunidos em *Mea Cuba* (1993): "La castroenteritis" (p. 231-232), "La castradura que dura" (p. 265-269), "Los poetas a su rincón" (p. 272-292), "Há muerto el socialismo" (p. 304-307).

"Me sé y me confieso tan culpable de odio contra Castro como un judío contra Hitler: irreductible, sin sosiego, final".[16]

Essa figura ridicularizada ou aterrorizante do ditador encontra a sua correspondência na figura fantasmática do escritor exilado: "los zombis del futuro", "las víctimas del vampiro", "los muertos que no estamos muertos" são algumas das imagens que retornam para se referir a um destino compartilhado.[17] Porém, neste caso, não se trata apenas do recurso a um epíteto mordaz como no ataque ao ditador, aqui, a figura do escritor exilado oferece a possibilidade de restabelecer os vínculos com a nação, se não com o seu território, pelo menos com a nação que desenha a letra, vale dizer, com a literatura cubana. Nesses ensaios, Cabrera Infante abre uma galeria de escritores exilados que tiveram seus destinos atrelados à conturbada história da nação: a longa lista vai de José María Heredia e José Martí, no século XIX, a Calvert Casey, Severo Sarduy ou Reinaldo Arenas, dentre outros, no século XX, sem esquecer certos exílios internos evocados nos nomes de Julián del Casal, Lezama Lima ou Virgilio Piñera. No ensaio "Los poetas a su rincón", Cabrera Infante explica: "La literatura cubana, qué duda cabe, nació en el exilio. Estuvo, en efecto, en el origen del nacimiento de una nación. Pero fue en verdad el nacimiento de una noción: nada tiene

16 CABRERA INFANTE, 1993, p. 240.

17 O escritor apela a essa expressões no ensaio "Los poetas a su rincón". Cf. CABRERA INFANTE, 1993, p. 272-292.

tanto éxito como el exilio. Hablo ahora no de Miami, sino de nuestra literatura".[18]

Essa noção de uma literatura que se funda no exílio organiza a narração que Cabrera Infante necessita para suturar o corte com a nação que o banimento supõe. Ela pode ser pensada como uma resposta à necessidade que todo exilado possui "de reconstruir uma identidade a partir de refrações e descontinuidades".[19] Porém, não se trata de uma narração que restaura a ideia de nação integrada, ao contrário, ao escolher o exílio como instância fundadora da literatura nacional, Cabrera Infante assume a fragmentação como matriz de uma narração que resiste à conciliação nostálgica do sentimento nacionalista, para atualizar uma e outra vez, o distanciamento. Um distanciamento pensado não apenas do ponto de vista geográfico ou político, mas como condição inerente à criação literária. É o que ele sugere no ensaio "El martirio de Martí" quando pergunta, numa ideia mais estimulante para a palavra literária porque se afasta da figura do ditador: "¿Es que el exilio no es una situación geográfica o histórica sino una tierra que el escritor lleva siempre consigo?"[20]

LITERATURA, LÍNGUA, EXTRATERRITORIALIDADE

Ante a ideia, até certo ponto paradoxal, de uma literatura nacional gestada e desenvolvida em território estrangeiro, isto é, de uma literatura extraterritorial, a língua

18 CABRERA INFANTE, 1993, p. 292.
19 SAID, 2003, p. 52.
20 CABRERA INFANTE, 1993, p. 127.

se apresenta como o elo vinculante de essa comunidade literária em permanente dispersão. A língua seria a "casa" desses escritores errantes. No entanto, como sugere Georg Steiner, a experiência do exílio pode ativar a influência de mais de uma língua na sensibilidade e na vida do escritor, dando lugar à figura de um escritor linguisticamente sem "casa" que coloca em xeque o pressuposto romântico de que a língua seria a expressão do espírito do povo e que o escritor encarnaria a forma mais acabada dessa expressão.[21] Segundo Steiner, com o exílio ou outras formas modernas da errância, a equação romântica entre "um eixo linguístico único, um arraigo profundo à terra natal e a autoridade poética é colocada em questão".[22]

No ensaio "El español no es una lengua muerta", Cabrera Infante indaga uma experiência dessa ordem, isto é, do desvio da língua única que definiria a literatura da nação. O ensaio inicia com uma forte crítica à posição de Borges em "El idioma de los argentinos", texto no qual, segundo ele, o escritor argentino teria cometido o crime – do qual mais tarde se arrependeria – de ter defendido a expressão local em detrimento do idioma espanhol. Lembremos que nesse ensaio, Borges advogava, com provocativo ênfase, por uma literatura argentina que, seguindo o modelo dos escritores nacionais do século XIX, trabalhasse uma entonação coloquial que evitasse tanto "la muerte prestada del español", quanto a carica-

21 STEINER, 2009, p. 15.
22 STEINER, 2009, p. 19.

tura do jargão do "lunfardo".[23] Cabrera Infante confessa ter cometido o mesmo erro quando, numa nota editorial a *Três tristes tigres*, nos anos 1960, afirmou que "el español es demasiado importante para dejarlo en manos de los españoles". No ensaio de 1987, ele retorna a essa afirmação e pergunta:

> ¿Por qué denostar un idioma para elogiar un dialecto? Eso ocurrió hace 20 años y hoy día lo veo como una vana presunción. Yo no quería escribir en un dialecto sino en un exclusivo idioma universal. Quería para mí la posibilidad del esperanto en la realidad del español. Pero, ¿a qué escribir en cubano, una lengua muerta para mí? [...] Fue así que decidí buscar en el inglés lo que no había hallado en el español".[24]

Essa revisão crítica, esse *mea culpa* do escritor cubano, exibe o doloroso desvio linguístico que o exílio impõe ("¿a qué escribir en cubano, una lengua muerta para mi?"), mas também sugere a possibilidade de transformar essa intempérie linguística, essa sensação de não estar em casa, numa desestabilizadora política de escrita que assume a sua extraterritorialidade. Numa clara reformulação de sua posição nos anos 1960, o autor afirma vinte anos depois: "El español, me parece, es un idioma demasiado importante para dejarlo en manos de los dialectos más dilectos".[25]

23 BORGES, 1994, p. 145.
24 CABRERA INFANTE, 1993, p. 446.
25 CABRERA INFANTE, 1993, p. 449.

Se atendermos a essas ideias acerca da relação entre literatura e exílio que tentei sinalizar na ensaística de Cabrera Infante, isto é, a ideia do distanciamento como condição inerente à criação literária e o questionamento da língua única como eixo estruturador de uma literatura nacional, talvez caiba dizer que a extraterritorialidade que o exílio impõe não supõe apenas perdas, ela também comporta ganhos que, como diz Said, advêm de um descentramento subjetivo que oferece uma pluralidade de visão, uma consciência contrapontística, de múltiplas dimensões que responde a mais de uma cultura, de um país e de uma língua. Uma consciência contrapontística, extraterritorial, que a própria literatura generosamente oferece. Cabrera Infante não desconhece essa dimensão plural da experiência literária e, ao se referir aos escritores cubanos do exílio, no ensaio "Voces cubanas, voces lejanas", afirma:

> Ellos son Cuba: mucho más que una isla, que una geografía y una historia. Ellos, en su posteridad, pueden conversar de viajes con Homero, cenar con Petronio, llorar en el exilio con Ovidio, recordar el tiempo feliz en la desgracia con Dante, beber con Rabelais, actuar con Shakespeare, tutearse con Cervantes, satirizar con Swift, crear digresiones con Sterne, chismear con Jane Austin, escuchar a Dickens dramatizando, discutir *un mot just* con Flaubert, recomendar un remedio contra la sífilis a Nietszche, hacer el elogio de la locura a Maupassant, dolerse de las muelas de Huysmans y de los dientes de Oscar Wilde, lamentar la piromanía de

Gogol o la suciedad de Tolstoy o la tuberculosis de Chejov, alabar la extrema limpieza de Baudelaire, abanicarse con un poema de Mallarmé, contarle a Melville lo que es el color atroz de un tiburón blanco, apreciar un buen habano con Mark Twain, no entender nada de lo que dice Conrad, que habla polaco en inglés, tratar de adivinar el sujeto en un párrafo de Henry james, querer adivinar una sola palabra de otro James, Joyce, lamentar todos (menos uno) que Cavafis preste tanta atención a los efebos, no siempre griegos, y con Proust que pierda su tiempo en la cama, decirle a Kafka que la estatua de la Libertad no tiene una espada en la mano, sino una antorcha, comentar con Gertrude Stein lo isleña que es la vida literaria en Londres, decirle a Hemingway que nunca vivió en Cuba de veras, sino en el Golfo, y lamentar ante Faulkner que su sintaxis sea más oscura que sus dinastías y, finalmente, porque ellos son cubanos y, como yo, arbitrarios, detener su viaje al Parnaso reprochándole a Nabokov tanta mariposa muerta. Esos escritores exilados han desaparecido todos, pero todavía nos hablan. No son fantasmas. Sus voces vienen de sus libros. Ellos habitan ese país en que todas las voces son una sola voz. Ellos son, finalmente, la literatura.[26]

26 CABRERA INFANTE, 1993, p. 476.

REFERÊNCIAS

BORGES, Jorge Luis. *El idioma de los argentinos*. Buenos Aires: Seix Barral, 1994.

CABRERA INFANTE, Guillermo. *Mea Cuba*. Barcelona: Plaza & Janés Editores, 1993.

CABRERA INFANTE, Guillermo. *Exorcismos de esti(l)o*. Madrid: Punto de lectura, 2002.

CABRERA INFANTE, Guillermo. *Tres tristes tigres*. Barcelona: Seix Barral, 2011.

GROYS, Boris. *Sobre lo nuevo. Ensayo de una economía cultural*. Valencia: Pre-textos, 2005.

MOREJÓN ARNAIZ, Idalia. *Política y polémica en América latina. Las revistas Casa de las Américas y Mundo Nuevo*. México: Educación y Cultura, Asesoría y promoción, SC, 2010.

SAID, Edward. *Reflexões sobre o exílio e outros ensaios*. Trad. Rosaura Eichenberg. São Paulo: Companhia das Letras, 2003.

SANTÍ, Enrico Mario. Los cuerpos del delito: la literatura de y según Guillermo Cabrera Infante. In: CABRERA INFANTE, Guillermo. *Infantería*. México: FCE, 1999. p. 13-29.

STEINER, George. *Extraterritorial. Ensayos sobre la literatura y la revolución del lenguaje*. Trad. Edgardo Russo. Buenos Aires: Adriana Hidalgo, 2009.

WEINBERG, Liliana. *El ensayo, entre el paraíso y el infierno*. México: FCE, 2001.

WEINBERG, Liliana. *Situación del ensayo*. México: UNAM, 2006.

UM DIÁLOGO ENTRE DOIS ROMANCES DE A. B. YEHOSHUA

Berta Waldman

Quando a morte corta todos os laços,
permanece o nome.
J.M.Coetzee

Nos dois romances de A. B. Yehoshua de que trato, *A mulher em Jerusalém*[1] e *Fogo amigo*,[2] há o pressuposto de uma linha nítida que separa nacionais e estrangeiros, amigo -inimigo, sendo um dos lados marcado como alvo de extermínio. Os atos contra a vida do próximo, os atentados, nesses textos, possuem um objetivo claro. Quem mata é o inimigo e os matáveis são os locais; na oposição judeus e não judeus, a vida descartável, no caso, é a dos judeus.

Giorgio Agamben defende, seguindo Michel Foucault, que o triunfo do capitalismo não seria possível sem o controle disciplinar levado a cabo pelo novo biopoder, que criou, por intermédio de uma série de tecnologias adequadas, os "corpos dóceis", que lhe eram necessários.

1 YEHOSHUA, 2008.
2 YEHOSHUA, 2010.

O Estado moderno, assim, como pode cuidar da vida e, de fato, o faz, também pode destruí-la. O extermínio não é um acidente imprevisto na marcha civilizatória da modernidade burguesa, mas sua essência mais profunda e terrível. Introduzo essa questão porque os romances de que trato apresentam um dado comum: o atentado contra a vida de um suposto inimigo. Nesse caso, a política aproxima-se da barbárie e aponta para uma direção: os "corpos dóceis", os que estão na mira do terrorista, os matáveis ou escolhidos para morrer.[3] Outro aspecto que é comum aos dois romances é a mudança de rota com relação à imigração para Israel. Se até há alguns anos eram os judeus de diversas partes do mundo que para lá imigravam, hoje, a maioria de imigrantes é de não judeus, a maioria prestadores de serviços, renegados pela população local.

O romance *A mulher em Jerusalém* narra de forma simples e densa a história de uma imigrante russa não judia que vivia em Jerusalém. Utilizando em parte os recursos do romance de mistério, Yehoshua empenha-se em desvendar quem é a mulher que morreu no mercado, num atentado em que um terrorista árabe se explode. Como no necrotério ninguém a procura, o único indício que poderia conduzir ao desvendamento de sua identidade é um hollerite que a vincula a uma grande fábrica panificadora na qual ela provavelmente trabalhava. A partir desse fio, o enredo vai ganhando corpo ao mesmo tempo que se faz

3 AGAMBEN, 2002. Nesse livro, Agamben situa uma figura talhada no interior do direito romano em que se dá a passagem da vida humana à eliminável, descartável, é o que ele chama de "vida nua".

a crítica à forma como o Estado se relaciona com os novos imigrantes em Israel, crítica essa apoiada na revisão que os "novos historiadores" vêm fazendo a partir da década de noventa do século XX, e que incide particularmente sobre a identidade nacional israelense e outras transformações pelas quais o Estado de Israel vem passando desde sua fundação até o presente.

Tendo em mãos o holerite da falecida, um repórter de um jornal sensacionalista rastreia-o e chega ao local de seu emprego. O repórter revela em tom justiceiro que, da firma, se esperaria uma preocupação com seus funcionários no sentido de saber o que ocorreu com alguém que não compareceu ao trabalho durante os últimos dez dias. Esse jornalista de plantão escreve uma matéria acusando os empregadores de "abominável falta de humanismo". A acusação motiva o desvendamento da identidade da falecida que jaz no necrotério. Lentamente, a história dessa mulher vai se desvelando e ela vai se erigindo como a protagonista do romance.

Como sempre ocorre nos romances de Yehoshua, a estrutura do romance não é simples, nem linear. Por intermédio de, no mínimo, dois pontos de vista – o dos envolvidos em resolver o problema da mulher misteriosa e o que acompanha o andamento das ações – o leitor acompanha um caminho sinuoso feito de idas e vindas em que posições antagônicas dão espessura ao relato traçado na polifonia, que amplia a voz narrativa.

Ao encarregado dos recursos humanos da empresa, cabe desvendar o mistério da funcionária. Ele descobre que ela era engenheira de formação, mas trabalhava na panificadora como funcionária da limpeza, tendo sido despedida um mês antes. Devido a um engano burocrático continuava a receber o salário. Assim, o que poderia ser resolvido também de forma burocrática vai ganhando dimensões inesperadas. O velho dono da fábrica recusa-se a encerrar o caso com uma breve explicação à imprensa e assume a culpa pelo abandono da funcionária, tomado pelo desejo compulsivo de expiação. Para isso, exige que seu empregado, o encarregado de recursos humanos, ex-militar, personagem solitário recém separado da mulher, participe dessa história contra sua vontade. Este deve obediência ao chefe da empresa e, assim, vai se envolvendo na busca. Na sequência dos acontecimentos, à medida em que se desvenda o trajeto da mulher na fábrica, o autor apresenta uma reflexão sobre culpa, expiação, arrependimento, humanismo, amor e desejo, guerra e nacionalismo.

Por que uma mulher russa, não judia, engenheira, imigrante, que trabalha como faxineira, separada do marido, com um único filho a quem o pai não permite viver em Israel devido aos perigos que o país apresenta, com uma mãe velha moradora numa longínqua aldeia russa, resolve viver em Jerusalém? Seria ela uma *subotnik*, isto é, uma observante do *shabat*, segundo o culto dos cristãos russos que tanto visitam Jerusalém?

A morte num atentado terrorista, no lugar de um judeu, atribui a essa mulher um *status* de pertencimento ao lugar em que foi atingida? O fato de trabalhar e viver em Jerusalém por opção torna-a uma cidadã hierosolimita?

Por outro lado, como uma engenheira de formação é empregada no setor de limpeza de uma empresa? O desvio profissional levanta a questão dos novos imigrantes de Israel transformados em corpo-de-trabalho, executando tarefas que os nativos do país rejeitam.

Em que medida é possível compor uma figura coerente com esses dados, centralizados na morte de uma mulher não judia no lugar de um judeu num atentado árabe? Afinal, é o judeu o alvo do terrorismo palestino. Pobre, estrangeira, não judia, acomodada precariamente no fundo de um prédio, numa espécie de anexo que serviria, com certeza, como depósito de quinquilharias a algum morador, as operações de construção de sua imagem a partir de fragmentos transformam-se num jogo de quebra-cabeça, numa composição de arestas que não se ajustam completamente, apontando para um lado de Jerusalém que o autor vai escavando lentamente com delicadeza e compaixão.

Se a matéria do jornal sensacionalista surtiu efeito junto ao proprietário da fábrica e moveu-o a saber mais sobre sua funcionária a fim de tomar alguma posição em relação ao fato e, se ao final, ele se dá conta de que a fábrica falhou em continuar pagando a uma funcionária já afastada por motivos escusos, em relação aos quais ela era inocente, ele, como proprietário, teria que se desculpar publicamente. O leitor se pergunta por que o velho dono da fábrica se sente imediatamente culpado? De onde vem realmente esse sentimento de culpa?

Outra questão que o romance suscita é a de um país fundado como sendo de esquerda e que perde o rumo na virada política em 1977, quando a direita ganha o poder no país, tomando-o do partido trabalhista que era apoiado pela elite asquenazita. Com essa virada, o período heroico dos sabras de origem europeia começa a se esgotar e os pioneiros que sonharam em criar uma sociedade laica e pluralista têm que enfrentar um sentimento de culpa e de frustração. Hoje, o país fundado como socialista aceita a máquina trituradora do capitalismo, contentando-se em reivindicar um pouco de tolerância, um pouco de justiça. A partir das personagens que interagem no romance, pode-se deduzir que o horizonte final da esquerda ultrapassada passa a ser esse capitalismo global desumanizado que insiste, entretanto, em apresentar-se com um rosto humano. Contraditoriamente, as personagens não são nomeadas. Elas são referidas pela função que exercem: o jornalista, o encarregado de recursos humanos, a secretária, o dono da fábrica, a ex-esposa, a esposa, o marido, a filha, sendo a funcionária morta a única que passará a apresentar um nome próprio.[4]

4 A propósito do nome próprio, Leo Spitzer, autor de *Linguística e história literária* afirma que "o nome é, de algum modo, o imperativo categórico da personagem". O substantivo ou nome comum tem sentido, por exemplo, a mesa. Já o nome próprio não tem sentido, ele é um puro designador de uma pessoa, cidade, rua, edifício; mais que isso, um nome comum como "vitória", quando passa a nome próprio, "Vitória", se esvazia de sentido, tornando-se apenas referencial.

Yehoshua, nesse romance, parece demonstrar que a arbitrariedade do terrorismo, ao tornar ofuscado o seu alvo, reduz o homem à sua função e o empenho em reverter essa questão aponta para a insistência em dar permanência e dignidade, por intermédio do nome próprio, àquela que se foi. É só a partir do nome que a mulher vai apresentando uma história, escapando de ser apenas uma funcionária da fábrica, uma imigrante russa solitária, para se tornar engenheira, mãe, filha, esposa, amante, vizinha, amiga. Por outro lado, vem à tona a tirania da razão empresarial, a frieza do pragmatismo, a massa informe e submissa que está na base não só da empresa, mas também do país como um todo.

Submetida a um processo de humanização, a mulher vai-se transformando em protagonista do romance. Como não se trata de uma vida em curso, mas de uma vida já vivida, espera-se que o circuito se feche, se complete. Entretanto, como a vida da estrangeira vai sendo montada depois de morta por aqueles que a conheceram ou por aqueles que pesquisaram os rastros deixados por ela, nos dois casos, o ângulo do olhar, o grau de aproximação e de distanciamento relativiza a operação interpretativa. Assim, o retrato final da personagem não se completa, há nele pontos controvertidos, como ocorre em relação a personagens ficcionais e, principalmente, em relação aos seres vivos.

Também em *Fogo amigo*, Yehoshua cria uma espécie de *road novel*, com um entrecho em que o deslocamento tem grande importância. Também aqui um personagem é morto por engano, em lugar de outro; um soldado israelense é alvejado por seus companheiros, confundido com um árabe. Dividido em dois planos, o romance transcorre parte em Israel e parte na Tanzânia, África. Esses planos se alternam em flashes e caberá ao leitor fazer a costura do enredo, preenchendo suas lacunas. Os planos focalizam dois núcleos, cuja origem está numa mesma família desdobrada a partir das irmãs Daniela e Shuli, casadas respectivamente com Amotz e com Yermiahu. O primeiro casal vive em Israel e o segundo mudou-se para a África, por exigências de trabalho do marido. No início do romance, Yermi está viúvo e Daniela viaja para a África para fazer o luto da irmã, cujo filho foi alvo de seus pares, soldados israelenses, que o confundiram com um árabe. Yermi viúvo e com o filho morto resolve fixar-se na África e não voltar a Israel, traçando o caminho contrário ao da população de judeus que abandonaram seus países de origem para se radicarem em Israel.

Em cada um dos romances, há um morto por equívoco, que extrapola o âmbito da população considerada matável, em conformidade com o texto de Ricardo Forster "La política como barbárie: una lectura de *Homo Sacer* de Giorgio Agamben".[5] Ainda, nos dois romances, há um desvio da direção clássica da imigração do povo judeu à Israel. No primeiro romance é uma estrangeira que imigra para trabalhar em Israel, onde é morta por engano;

5 FOSTER, 2016, p. 93-122.

no segundo, um israelense faz o caminho contrário: sai de Israel para morar na África, enquanto a família de sua falecida mulher, em Israel, recebe um casal de filipinos para cuidar do velho patriarca da família preso a uma cadeira de rodas. Imigrantes e emigrantes assumem novos papéis que pontuam algumas transformações em curso, no estado de Israel, registradas pela Literatura de A. B. Yehoshua.

A linha patriarcal da família Yaari, que vive em Israel, compõe-se de quatro gerações: Yoel, já velho, preso a uma cadeira de rodas, cuidado por um casal de filipinos; seu filho Amotz, casado com Daniela, é um empresário bem sucedido que projeta elevadores para edifícios e casas de luxo; o casal Amotz e Daniela tem uma filha solteira e um filho, que trabalha com o pai na empresa de projetos de elevadores e que, por sua vez, tem dois filhos. Um ramo dessa família por parte de Daniela vive na Tanzânia. Sua irmã, Shuli, foi casada com Yermiahu e desse casamento nasceram uma filha e um filho, sendo que este morreu por acidente; quando estava no exército, um tiro destinado a um árabe, o atinge por engano, daí o título do livro que em português ser *Fogo amigo*. Eyal, esse era seu nome, foi morto por engano pelos próprios soldados israelenses quando estava de tocaia no telhado de uma casa árabe para matar um terrorista. Depois de sua morte, morre Shuli, sua mãe.

A partir de uma personagem que perdeu o filho e a mulher e está no coração da África, portanto, destituído do país e da família, o romance apresenta o corte radical não apenas com o Sionismo, mas com o judaísmo como um todo. Na opinião de Yermi, é preciso recomeçar a vida a partir de parâmetros completamente distintos. Viúvo com mais de 70 anos, aposentado do Ministério do Exterior de Israel, ele assumiu a administração de uma equipe de arqueólogos e antropólogos africanos, financiados pela Unesco, que pesquisam, na Tanzânia, a origem do *Homo Sapiens* e resolve não voltar mais a Israel. Há uma ironia na inserção geográfica do personagem e uma sugestão de um provável desejo de recomeçar a humanidade a partir do coração da África, como se a história dos homens oferecesse reparação, uma segunda chance para o que não deu certo, podendo assim refazer um trajeto equivocado.

Por outro lado, em Israel, Daniela, para se aliviar dos cuidados com o sogro, propõe a vinda de um casal de filipinos para viver com ele e cuidar dele. Uma simples transação comercial, a oferta de dinheiro em troca de prestação de serviços no cuidado do ancião, traz um casal de imigrantes para Israel. O casal forma uma família e passa a ter filhos que são educados no país, são falantes do hebraico e talvez se tornem mesmo religiosos, segundo os preceitos judaicos. Serão judeus os filhos nascidos em Israel? Terão os mesmo direitos que os israelenses ou se tornarão cidadãos de segunda, terceira categoria? Mas, em Israel, hoje, quem é judeu? Como lidar com os imigrantes que para lá se dirigem e criam raízes no país? Sabe-se que a ideia de estado-nação supõe uma unidade política, uma língua, um território e um povo. O caráter nacional constrói-se com base em fronteiras claras e delimitadas, enquanto a língua de um povo implica um passado, uma história e uma cultura comum e também os mesmos mitos de origem.

Embora o hebraico seja a língua nacional do Estado, o multilinguísmo é uma das característica de Israel (e não estão apenas em questão as múltiplas línguas judaicas), dada a quantidade de estrangeiros que não partilham um mesmo passado e criam um novo modo de estar no país. Assim, Yehoshua, por intermédio de uma situação particular apresentada no romance, põe o dedo numa ferida aberta da sociedade israelense. Um Estado nascido e formulado sobre base étnico-religiosa – um estado judeu – não pode ser democrático, nem secular. Aqui o texto literário problematiza o que está implícito no conceito de Sionismo e aponta para uma questão em pauta nos estudos dos novos historiadores. A possibilidade de redefinir a identidade do Estado de Israel e convertê-lo em um estado não baseado na etnia é uma questão presente no livro e é objeto de debate público em Israel.

REFERÊNCIAS

AGAMBEN, Giorgio. *Homo Sacer*: o poder soberano e a vida nua I. Trad. Henrique Burigo. Belo Horizonte: Editora UFMG, 2002.

FOSTER, Ricardo. La política como barbárie: una lectura de *Homo Sacer* de Giorgio Agamben. In: ______. Notas sobre la barbarie y la esperanza. *Del 11 de septiembre a la crisis argentina*. Buenos Aires: Editorial Biblos, 2016. p. 93-122.

SPITZER, Leo. *Linguística e história literária*. Trad. José Perez Riesco. Madrid: Gredos, 1955.

YEHOSHUA, A. B. *A mulher em Jerusalém*. Trad. Nancy Rozenchan. São Paulo: Companhia das Letras, 2008.

YEHOSHUA, A. B. *Fogo amigo*. Trad. Davy Bogomoletz. São Paulo: Companhia das Letras, 2010.

FORÇANDO AS FRONTEIRAS ARTIFICIAIS DO CÂNONE: O CASO DA LITERATURA BRASILEIRA DE EXPRESSÃO ALEMÃ

Celeste Ribeiro de Sousa

As humanidades e as ciências sociais dedicam a maior parte de suas energias a explicar exatamente como a ordem imaginária é tecida na trama da vida.

Harari

INTRODUÇÃO: A QUESTÃO DOS CONCEITOS

Antes de me reportar às *Nações literárias* de Wander Melo Miranda,[1] gostaria de referir um artigo de Julio Cabrera, intitulado "Europeu não significa universal, brasileiro não significa nacional", em que o filósofo alude à crença ainda hoje enraizada em muitos intelectuais e não intelectuais de que o que foi/é pensado na Europa corresponde ou tem o *status* da própria realidade em si, ao passo que tudo o que foi/é pensado no Brasil, não tem sentido. Esquecem-se de que ninguém pensa a partir do nada, portanto, todos têm atrás de si situações históricas e genealogias. Assim, o que é considerado europeu ou verdadeiro não

1 MIRANDA, 2009.

passa de uma determinada interpretação da realidade que, num dado momento, foi recebida e legitimada por um grupo ou grupos e assim permaneceu ao ser estabilizada. Essa estabilização, todavia, pode ser questionada, analisada, desconstruída e tornar-se precária. Cabrera discorre sobre esta problemática no campo da filosofia. Porém, há um problema semelhante no âmbito da literatura.

As regras que presidiram a formação dos cânones literários nacionais foram criadas na Europa no século XIX, às voltas com a formação dos Estados-nação, a exigirem um perfil identitário.[2] Países há, onde tais regras ainda vigoram. Contudo, há também países que, hoje, se veem obrigados a revê-las. Entre esses países, por exemplo, está a Alemanha. E por que não estaria o Brasil, que sempre foi um país de imigrantes? Imigrantes assaz diversificados, como deveras diversificadas foram as circunstâncias em que as mudanças de território ocorreram. Revisões desse tipo são absolutamente possíveis e necessárias, se não se perder de vista uma definição para cultura: a "diversidade de realidades imaginadas e de padrões de comportamento", que acabou dando origem a "uma rede de instintos artificiais", porém, em constante mutação.[3]

2 O fenômeno da formação identitária não data do século XIX. É-lhe muitíssimo anterior, deitando raízes na chamada grande Revolução Cognitiva entre os hominídeos. Para Harari, "quando o primeiro faraó, Menés, unificou o Egito por volta de 3000 a.C., ficou claro para os egípcios que havia uma fronteira e que, depois dessa fronteira, os "bárbaros" estavam à espreita." Cf. HARARI, 2015, p. 179.

3 HARARI, 2015, p. 46, 171.

Até meados do século XX e mesmo atualmente (sem a necessidade do rigor absoluto), englobava-se/engloba-se na "literatura alemã" canônica autores austríacos, suíços, checos, etc. como, por exemplo, Gottfried Keller (suíço), ou Peter Handke (austríaco), ou Christa Wolf (ex-DDR), ou mesmo Kafka (checo). Nos dias de hoje, esse problema do cânone ficou ainda mais complicado com os escritores imigrantes como, por exemplo, Yoko Tawada (japonesa), Aras Ören (turco), Rafik Schami (sírio), Franco Biondi (italiano) ou Herta Müller (romena). Lembremo-nos que, também na literatura brasileira, há escritores não nascidos no Brasil, isto é, herdeiros de culturas estrangeiras, a exemplo de Clarice Lispector (nascida na Ucrânia), integrados à literatura brasileira canônica.

Pergunta-se: o que definiria uma literatura nacional? As fronteiras políticas do Estado onde ela é publicada? A língua em que é escrita? Os temas (nacionais) que explora? A nacionalidade de seus autores? Importaria o grau de poeticidade do texto produzido? Haveria "grande literatura" nacional e "literatura periférica" nacional?

Há comparatistas e, entre eles, Hugo Dyserinck, que alegam existir apenas literatura universal – a arte com as palavras. Varia a expressão linguística dessa literatura universal, sem comprometer-lhe a natureza.

Tendo a posicionar-me com estes últimos e a tomar como parâmetros balizadores para o que é literário os conceitos de "grande literatura", de Ezra Pound, e de "grau zero da escritura", de Roland Barthes, estabelecendo entre eles uma escala graduada de poeticidade. Resta definir o que é poeticidade. E aqui vou recorrer a uma reflexão minha ensejada em 1992 durante a II Semana de Língua Alemã, que ainda me parece válida. Dizia eu:

> A questão [...] colocada é a seguinte: por que o leitor [...] apresenta, de um modo geral, mais dificuldades para entender um texto dito literário do que para entender outros textos ditos não literários, se todos eles resultam da mesma necessidade ontológica do homem de entender o mundo, e se são configurados através do mesmo código?
>
> Poderíamos começar por dizer que os textos ditos não literários, ao tentar traduzir e comunicar a realidade, o fazem de maneira lógica e analítica, recortando uma porção dessa realidade, uma vez que não é possível ao cérebro humano apreender o mundo como um todo e ordená-lo segundo normas convencionais. [Nesses] textos ditos não literários reconhecer-se-ia o objetivo de evidenciar uma determinada "ordem" que não está visível. Para se conseguir chegar a essa "ordem" que implica em precisão e clareza, [as quais] facilitam a compreensão, o texto escrito mostraria uma linguagem estruturada segundo as regras reconhecidas pela gramática e calcada em vocábulos semanticamente monovalentes, a fim de evitar a ambiguidade.
>
> [Já] os textos ditos literários, ao contrário, ao traduzir e comunicar a realidade, tenderiam a não se contentar com recortes da realidade, tenderiam a abarcar o todo do jeito que ele se apresenta: intricado e caleidoscópico. Os textos ditos literários evidenciariam desordem, veiculada por uma lingua-

> gem caracterizada por rupturas das normas gramaticais [em vários graus] e por vocábulos semanticamente ambivalentes, a fim, justamente de criar a ambiguidade que aponta para o intricado e caleidoscópico modo de ver e sentir o mundo.[4]

A poeticidade se instala, então, no modo de escrever o texto e não no tema do texto. Nos mais altos degraus da escala Barthes-Pound, atrás mencionada, estariam os textos poéticos de alcance universal, isto é, lidos, compreendidos e apreciados por todos ao redor do mundo. Contudo, os nossos problemas vão adiante, pois há textos que, apesar de poéticos, apenas traduzem realidades locais. E, nesse passo, há quem defenda que realidades locais apenas são traduzíveis pela língua local. Essa é uma problemática que merece discussão mais expandida. E será que, aqui, nesse patamar, não se poderia colocar a maioria das obras literárias ditas nacionais, aquelas que escapam ao cânone universal? Trata-se de uma zona sombria a separar obras nacionais e obras universais, a separar as mais poéticas das menos poéticas. Mesmo assim, ainda estamos pensando nos casos esquemáticos em que os habitantes de um país escrevem numa só língua, considerada nacional.

Ora, nos dias atuais em que populações se movem freneticamente pelo mundo, mudam de um país para outro, toda esta didática ficou embaralhada. A literatura nacional passou a encampar textos poéticos em qualquer degrau da escala Barthes-Pound que falem de vários temas e, em alguns (talvez poucos) casos, sejam escritos em outra lín-

4 SOUSA, 1992, p. 17.

gua que não a nacional. Até porque, por exemplo, no caso dos turcos alemães, a linguagem que usam é próxima a um dialeto, o que não deixa de ser a atual cor local da Alemanha.

Importante é perceber que todos esses textos oferecem uma tradução do mundo, um mundo de fronteiras rebeldes que precisamos penetrar, compreender e divulgar.

Tal embaralhamento observamos aqui mesmo no Brasil, quando olhamos para a literatura que imigrantes alemães e seus descendentes escrevem e publicam em língua alemã sobre o Brasil. Em muitos casos, essa linguagem também se afasta do alemão padrão. E, assim, essa literatura escrita em alemão passa a oferecer uma cor local ao Brasil. Lembremo-nos de que,

> o Brasil, como país outrora colonizado, trabalhou para, após sua independência de Portugal, construir uma literatura que lhe emprestasse identidade nacional, que desse corpo a seu novo status político, uma literatura, portanto, original, diferente das da metrópole e das demais europeias. Assim exigiam até simpatizantes estrangeiros da causa brasileira, tais como o francês Ferdinand Denis, os portugueses Almeida Garrett e Alexandre Herculano. Neste afã, sem dúvida, a preocupação com a construção de uma imagem, de uma autoimagem nacional, era manifesta.[5]

Mas observemos também que, pelos tempos afora, muitos elementos que davam/dão forma a essa nacionalidade original, genuína e peculiar, foram deixados de lado. Por exemplo, os fenômenos literários dos diferentes

5 SOUSA, 2009, p. 39.

grupos aqui imigrados nunca chegaram a ser levados em consideração.

O desafio é mostrar que a literatura nacional não está apenas escrita em português, mas também em alemão, quiçá em outros idiomas. Ou deveriam ser as literaturas de minorias excluídas das literaturas nacionais?

A LITERATURA BRASILEIRA DE EXPRESSÃO ALEMÃ

A literatura brasileira de expressão alemã, ou seja, a produção literária que investigo, aquela escrita em alemão por imigrantes de língua alemã e por seus descendentes, que a um só tempo são brasileiros e alemães, constitui, tomando de empréstimo a expressão de Wander Melo Miranda, uma nação literária dentro da dita literatura nacional brasileira. Seus textos, que tecem imagens do Brasil e são lidos em determinados espaços do Brasil (aqueles que dominam o idioma alemão), apresentam formas variadas (romances, novelas, contos, poemas, peças de teatro e ensaios, traduções). Os poucos críticos que a ela se dedicaram classificam esta produção como uma literatura *sui generis*. Eu decidi chamá-la de "literatura brasileira de expressão alemã".[6] É uma produção que, por exemplo, registra a especificidade do povoamento do Brasil no século XIX por gente estrangeira, no caso, os indivíduos de língua alemã. Também dá notícia de seu envolvimento nas guerras brasileiras, particularmente na Guerra dos Farrapos e do Paraguai, entre outros temas.

6 SOUSA, 2016, p. 45-73.

Essa literatura pode ser examinada da perspectiva da poeticidade, ser colocada em vários dos degraus da escala poética citada anteriormente, pode ser investigada da perspectiva histórica, imagológica, do ponto de vista do colonialismo, do pós-colonialismo, da memória. Ela constitui, de fato, uma nação literária dentro da literatura brasileira.

Necessário se faz pesquisar, sistematizar e divulgar toda essa produção. Uma produção que bem poderia ser aproveitada como material paradidático no ensino das imigrações no Brasil ou mesmo no ensino do idioma alemão no país. Sabemos o quanto as narrativas literárias, as peças de teatro, os poemas, ao criarem ambientações emocionais – as chamadas micro-histórias –, ajudam no aprendizado da História. Utilizadas com eficácia no ensino da língua alemã no Brasil, além de oferecerem aos alunos um entorno natal, põem em evidência mais elos entre os dois povos.

Vários autores e suas obras (acompanhados de comentários e traduções) estão sendo levantados, reunidos, catalogados e colocados *on-line* no projeto "Literatura brasileira de expressão alemã",[7] justamente para impulsionar esta discussão.[8]

7 O projeto está disponível em: <http://martiusstaden.org.br/conteudo/detalhe/69/rellibra>.
8 SOUSA, 2009.

UMA NARRATIVA HABILITADA PARA O CÂNONE: *A VINGANÇA DA FLORESTA VIRGEM*, DE HILDA SIRI

Gostaria de comentar, agora, uma narrativa curta, que, parece-me (deixo a pergunta em aberto), poderia estar no cânone da literatura brasileira. Trata-se de *A vingança da floresta virgem*, de Hilda Siri.[9] Aliás, as histórias da literatura brasileira poderiam abrir um capítulo dedicado à produção literária e ensaística dos imigrantes (e seus descendentes), que dá expressão a uma perspectiva *sui generis* da realidade brasileira.

Em *A vingança da floresta virgem*, a história, concisa e centrada na construção de um único clímax, é contada numa linguagem sóbria, de significativo poder imagético, no desenrolar de uma única cena, em um só dia, por uma narradora que se pode, em parte, confundir com a autora, que registra suas memórias de outras memórias, e por uma personagem feminina – mãe de família, emigrada recentemente da Alemanha com o marido e onze filhos. A voz masculina inexiste. Apenas uma outra voz é potente e se faz ouvir: a de sua grande inimiga – a floresta virgem brasileira, com quem se confronta. A alemã é uma mulher forte que ombreia com o marido no sustento da família. O confronto com a floresta é seu único modo de sobrevivência. A floresta é o Brasil e o Brasil é a floresta. Uma floresta personificada, vingativa, invadida por forasteiros atrevidos. O preço do embate final entre esta natureza e esta mãe (imigrante) é trágico: a mãe de família

9 SIRI, 1955.

sucumbe à derrubada de uma árvore, que sobre ela se abate, matando-a. Mas, nos últimos minutos, esta mãe, um Prometeu de saias, ainda incumbe o filho menor de atear o fogo costumeiro à floresta. Não há trégua.

Também a morte é apenas a chegada da paz e do silêncio: uma morte aberta, que tanto pode ser recebida como uma morte católica, protestante ou existencialista.

A luta entre natureza e civilização persiste para além das tragédias familiares. Um tema universal de extrema atualidade, a meu ver, construído com primor. Trata-se também de uma contribuição ao estudo do povoamento do sul brasileiro e suas implicações ambientais. O local e o universal estão presentes nessa narrativa. A poeticidade também.

Outras narrativas poderiam ser aqui evocadas para emparelhar com esta. Entre elas: *O velho baú*, da mesma autora, Hilda Siri (1918-2007); *Um pato*, de Wilhelm Wustrow (1854-1941); *A Lena do moleiro*, de Matthaeus Braun (1872-1954); a trilogia, já escrita em português, *O campanário do tempo*, de Liti Belinha Rheinheimer (1941), por exemplo. A lista de obras é enorme. Os texto originais dessas narrativas e suas traduções encontram-se disponíveis *on-line*.

A título de ilustração, *O velho baú* (1952) é uma pequena epopeia da imigração alemã, em que o baú assume o papel de totem.

Um pato (1910) é um verdadeiro metatexto literário. O narrador bem-humorado e divertido diz e mostra ao detalhe que não é necessário viajar para produzir uma narrativa de viagens; basta criar em casa condições semelhantes às da viagem, para com a ajuda da imaginação e da análise do próprio comportamento, criar o texto necessário.

A *Lena do moleiro* (1950) configura por intermédio de *flash backs* os líricos vínculos atávicos da protagonista moribunda com a natureza natal.

A trilogia *O campanário do tempo* (2006-2011), já escrita em português, é uma grande epopeia da imigração alemã. Várias gerações nascem e crescem falando alemão em território brasileiro, formam grupos católicos e protestantes, miscigenam-se, superando tabus e trabalham muito.

REFERÊNCIAS

BARTHES, Roland. *Le degré zéro de l'écriture. Œuvres Complètes.* Livres, Textes, Entretiens. Nouvelle édition revue, corrigée et présentée par éric Marty. Paris: Seuil, 2002.

BRAUN, Matthaeus. *A Lena do Moleiro.* Disponível em: <http://www.martiusstaden.org.br/files/conteudos/0000001-0000500/98/999885a660c9002ae98c1924c8e869d4.pdf>. Acesso em: 26 jun. 2016.

BRAUN, Matthaeus. *Müllers Lene Erzählung Aus Der Sc Hwäbischen Heimat.* Disponível em:<http://www.martiusstaden.org.br/files/conteudos/0000001-0000500/98/a3316ed1ec3552adc6d0e8641771a266.pdf>. Acesso em: 26 jun. 2016.

CABRERA, Julio. Europeu não significa universal, brasileiro não significa nacional. *Nabuco. Revista Brasileira de Humanidades.* Ano 1, n. 2. nov.-dez. 2014; jan.-fev. 2015. Disponível em: <http://repositorio.unb.br/bitstream/10482/18028/1/ARTIGO_EuropeuNaoSignificaUniversal.pdf>. Acesso em: 26 jun. 2016.

DYSERINCK, Hugo. *Komparatistik. Eine Einführung.* Bonn: Bouvier, 1977.

HARARI, Yuval Noah. *Sapiens. Uma breve história da humanidade.* Trad. Janaína Marcoantonio. 13ª ed. Porto Alegre: L&PM, 2015.

MIRANDA, Wander Melo. *Nações literárias*. São Paulo: Ateliê, 2009.

POUND, Ezra. How to read. In: ______. *Literary essays of Ezra Pound*. New York: A New Directions Book, 1968.

RHEINHEIMER, Liti Belinha. *O campanário do tempo*. Volume 1: Entre a selva e o sonho. Disponível em: <http://www.martiusstaden.org.br/files/conteudos/0000001-0000500/86/21ff55d152990446fab97425da2f3bce.pdf>. Acesso em: 28 fev. 2017.

RHEINHEIMER, Liti Belinha. *O campanário do tempo*. Volume 2: Casa dos órfãos. Disponível em: < http://www.martiusstaden.org.br/js/ckfinder/userfiles/files/LitiBelinha%20CASA%20DOS%20ORFAOS-f.pdf >. Acesso em: 28 fev. 2017.

RHEINHEIMER, Liti Belinha. *O campanário do tempo*. Volume 3: O fim da eternidade. Disponível em: < http://www.martiusstaden.org.br/js/ckfinder/userfiles/files/LitiBelinha%20CASA%20DOS%20ORFAOS-f.pdf >. Acesso em: 28 fev. 2017.

SIRI, Hilda. Die Rache des Urwalds. Ein Einwanderungsschicksal aus einer Familienchronik. *Serra-Post Kalender*. Ijuí, Ulrich Löw, 1955. p. 107-110.

SIRI, Hilda. *Die alte Truhe*. Disponível em: <http://www.martiusstaden.org.br/files/conteudos/0000001-0000500/102/971611078859cf0d64c1d13068f3c13a.pdf>. Acesso em: 26 jun. 2016.

SIRI, Hilda. *O velho baú*. Disponível em: <http://www.martiusstaden.org.br/files/conteudos/0000001-0000500/102/08395d1b29ae12bca4f21e7f664b4d6f.pdf>. Acesso em: 26 jun. 2016.

SOUSA, Celeste Ribeiro de. Literatura não é nada mais que língua. In: NOMURA, Masa (Org.). *Aspectos do ensino de alemão como língua estrangeira*. São Paulo, FFLCH/USP, 1992. p. 16-23.

SOUSA, Celeste Ribeiro de. A imagologia no Brasil: primeira tentativa de sistematização. *Revista de Literatura Comparada*, 14, p. 37-55, 2009. Disponível em: <http://www.abralic.org.br/revista/2009/14>. Acesso em: 26 jun. 2016.

SOUSA, Celeste Ribeiro de. Literatura brasileira de expressão alemã. *Revista Sibila*, ano 9, dez. 2009. Disponível em: <http://www.sibila.com.br/index.php/mapa-da-lingua/916-literatura-brasileira-de-expressao-alema>. Acesso em: 26 jun. 2016.

SOUSA, Celeste Ribeiro de. Uma narrativa safa em tempos de censura. Da literatura da imigração alemã. *Sibila. Poesia e crítica literária*. São Paulo, abr. 2013. Disponível em: <http://sibila.com.br/mapa-da-lingua/uma-narrativa-safa-em-epoca-de-censura/9374>. Acesso em: 26 jun. 2016.

SOUSA, Celeste Ribeiro de. A literatura brasileira de expressão alemã e a crítica. *Pandaemonium Germanicum*. São Paulo, v. 19, n. 28, p. 45-73, set.-out. 2016. Disponível em: <http://www.revistas.usp.br/pg/article/view/119171/116546>. Acesso em: 26 jun. 2016.

WUSTROW, Wilhelm. *Eine Ente*. Disponível em: <http://www.martiusstaden.org.br/files/conteudos/0000001-0000500/ed2a66d1c45f8ab8f4f47cfce1d0e3a6.pdf>. Acesso em: 26 jun. 2016.

WUSTROW, Wilhelm. *Um pato*. Disponível em: <http://www.martiusstaden.org.br/files/conteudos/0000001-0000500/99/fc25b03d94efbe5399aed7286d7a8034.pdf>. Acesso em: 26 jun. 2016.

SIRI, Hilda. Die Rache des Urwalds. Ein Einwanderungsschicksal aus einer Familienchronik. Trad. Maria António Hörster. *Serra-Post Kalender*. Ijuí: Ulrich Löw, 1955. p. 107-110.

SIRI, Hilda. Die Rache des Urwalds. Ein Einwanderungsschicksal aus einer Familienchronik. Trad. Maria António Hörster. In: ZWANZIGER, Iris. *Die alte Truhe*. 2ª ed., Campinas: edição da autora, 2000. p. 31-34. Disponível em: <http://www.martiusstaden.org.br/files/conteudos/0000001-0000500/102/88dab2b7d02225dbcef769c833a2d409.pdf>. Acesso em: 26 jun. 2016.

A VINGANÇA DA FLORESTA VIRGEM
UM DESTINO DE IMIGRANTE – DE UMA CRÔNICA FAMILIAR[10*]

Hilda Siri

É ainda manhã cedinho. Os primeiros raios de sol afagam as florestas penumbrosas que se estendem pelas encostas. Mas no vale, em que um regatinho alegre corre saltitando, reinam ainda as névoas e a fresquidão. Um caminho limpo, calcorreado, vai serpenteando pelas roças e, por sobre matos e cascalho, conduz monte acima. É por aí que uma família de colonos vai avançando a caminho da sua labuta diária. A subida torna-se cada vez mais perigosa à medida que se aproximam da floresta. Há que roçar um pedaço de floresta virgem, tornar arável nova terra para cultivo.

À frente vai o pai, de machado ao ombro, empunhando na direita um grande facão do mato. Seguem-no os filhos rapazes, o maior transportando uma serra, os menorzinhos carregados com facas de mato, serrotes e cestos com as provisões para o dia todo. Vestindo calças ou saias grosseiras, camisas desbotadas, envergando nos pés cheios de poeira as chinelas com areia, é assim que

10 *SIRI, Hilda. Die Rache des Urwalds. Ein Einwanderungsschicksal aus einer Familienchronik. Trad. Maria António Hörster. *Serra-Post Kalender*. Ijuí: Ulrich Löw, 1955, p. 107-110. Também disponível em: Zwanziger, Iris. Die Rache des Urwalds. Ein Einwanderungsschicksal aus einer Familienchronik. In: *Die alte Truhe*. 2ª ed., Campinas, edição da autora, 2000. p. 31-34.

a família de doze elementos vai peregrinando monte acima. A mãe, com o menorzinho pela mão, fecha o cortejo. Vão ficando cada vez mais para trás dos outros. Ninguém repara. Ela caminha mergulhada em pensamentos, de vez em quando um olhar orgulhoso desliza por aqueles meninos e meninas robustos, os seus filhos. O pequeno pendura-se-lhe, pesado, no braço e queixa-se das pedras e espinhos que lhe ferem os pés.

"Quase que é de mais para as minhas forças", diz a mãe. "Estou saturada desta eterna luta com a floresta virgem. Já não aguento mais. Já estou cansada. Um filho atrás do outro. E cada um deles precisa de terra. De começo, para o alimentar, depois... para lhe garantir trabalho, o ganho e o futuro Não consigo vencer o medo desta selva inimiga."

No entanto, ela tem a certeza de que, quando começar a derrubada das árvores e o arroteamento, terá as forças de um homem e não há-de fraquejar. Sabe também que a luta contra aquele monstro verde e malévolo a todos entusiasma, arrebatando-os a novas provas de força. Pois que o arroteamento é o que há de mais interessante e de mais aventureiro na dura labuta do colono. No mais profundo do seu íntimo também está firmemente convencida de que não há-de esmorecer até o menorzinho ficar amparado, ter o seu campo e ficar amparado.

Já se enche de alegria na expectativa desse tempo, da sua velhice, e muitas vezes imagina como há-de ser bom estar sentada na varanda da sua casa, com todo o sossego, repousar as mãos no regaço e olhar para a terra, a terra vencida, domada, fecunda. Mas essa meta ainda vem muito longe. Lá em cima paira ainda a ameaça da floresta, que ainda tem de ser vencida.

"Tenho medo de ti." Busca com o olhar a monotonia verde da planura, que parece estender-se até ao infinito. "Sempre receei que tu nos tragasses a todos antes de nos termos assenhoreado de ti."

"Põe o chapéu de palha na cabeça", diz para o pequeno, advertindo-o. "O Sol já queima a valer." Ata o nó sob o queixinho delicado e o menino volta a anichar a sua pequena mãozinha na mão grande e calejada da mãe. Do coração brota-lhe a corrente calorosa de um sentimento fundo de felicidade e a boca articula, de novo confiante e serena:

"Nós os dois havemos de dar conta dela, tu e eu, vencer esta floresta malvada."

"A floresta não é malvada", diz a criança, "é linda e há muita coisa para ver. Mas desta vez quero ser eu a ateá-la, para não ser sempre o Emil. Eu quero atear o fogo."

"Está bem, desta vez podes ser tu a atear a floresta."

Será que as velhas árvores, os grossos e tenazes cipós, os matagais emaranhados jamais ouviram um concerto assim?

Das outras vezes escutavam o rumorejar das copas, o farfalhar e ciciar das folhas, o estalido dos ramos, o embate surdo de um tronco apodrecido; os guinchos dos macacos, o estridular e o zunido dos insetos, o deslizar de uma serpente, o chamamento dos pássaros, a passada macia de uma onça e o grito de morte de um animal derrotado. Sons primevos, monótonas melodias, sob o sol escaldante uma canção de ninar, ao cair da noite, uma Ouvertüre a avolumar-se, depois, de novo, o bramar de uma trovoada em fúria, de tempestades enraivecidas ou, semanas a fio, o gotejar monótono da chuva. Mas era sempre a eterna sinfonia própria da floresta virgem, ancestral.

Agora soam sons estranhos de árvore para árvore e abalam o seu ser num medo súbito. Tremem numa dor surda e numa raiva impotente. O que escutam é o cântico de guerra da sua destruição.

A floresta suspende a respiração e fica à escuta.

Agora corre um segredar de tronco a tronco. Terá sido a peroba, velha de muitos séculos, que deu a ordem?

Até mesmo os pérfidos cipós sussurram àqueles de que se alimentam e folhas em queda passam notícia às ervas e às samambaias: Queremos vingança! Não há-de ser impunemente que destroem o nosso esplendor. E uma árvore esgalhada e retorcida, que goza de reduzida reputação entre as suas companheiras, tem um riso pérfido e escarninho: "Eu vou executar a vingança."

Os gigantes acenam a aplaudir.

"Ora deitem-me abaixo," exulta a árvore estropiada. "Morro de uma morte leve. Pois que vingo a floresta."

Aguarda, expectante, até que o machado a toca e, fazendo a escolha, deita um olhar lá para baixo para o pai, para a mãe e para a criança. Com frieza, e a avaliar, segue todo e qualquer movimento. Agora sente as cordas e os cabos que a hão-de arrastar lá para baixo, na direção prescrita.

No ar paira uma tensão cheia de expectativa. Que também se apodera das pessoas. Em breve tombará.

A árvore geme uma vez mais, cruel e sarcástica, e então cai ao chão.

Mas não para onde homem e filhos a puxam, cai, teimosamente, numa outra direção, e com o seu joelho retorcido atinge mortalmente a mãe. Ela viu-a inclinar-se, sentiu a deslocação do ar, quis desviar-se, mas hirta de pânico, é atingida pelo golpe violento que a deita por terra e lhe rouba os sentidos.

A floresta suspende a respiração e fica à escuta.

Depois irrompe num bramido de júbilo. Mas o seu cântico é sobrepujado pelo terrível grito de dor que se desprende de onze gargantas como se dum só peito se tratasse.

Pai e filhos usam todas as suas forças para soerguer o tronco do corpo em estertor. O seu suor mistura-se com o sangue da mãe agonizante. Cúpido, o húmus mole tudo absorve.

Ela ainda entreabre os olhos e fita as copas verdes das suas inimigas que, mesmo no momento da morte, lhe roubam a imagem amada do céu azul.

"Sempre foram minhas inimigas," os lábios exangues mal se movem. "Eu pressentia que elas me haviam de matar."

E com maior vivacidade, prossegue: "Deixem que seja o pequeno a atear a floresta. Eu prometi-lhe."

Longo e angustiado silêncio, enquanto o anjo da morte a envolve carinhosamente nos braços. "Segura-me bem, marido, faz-se escuro. Ai, e faz-se a paz."

A ARTE DE NARRAR EM *A CHAVE ESTRELA*, DE PRIMO LEVI

Claudia Maia

Contar histórias sempre foi a arte de contá-las de novo, e ela se perde quando as histórias não são mais conservadas. Ela se perde porque ninguém mais fia ou tece enquanto ouve a história. Quanto mais o ouvinte se esquece de si mesmo, mais profundamente se grava nele o que é ouvido.

Walter Benjamin

Trinta e um anos após sua estreia na literatura, *É isto um homem?*,[1] de 1956, Primo Levi publicou, em 1978, *A chave estrela*,[2] romance que tem como protagonista, Libertino Faussone, que percorre o mundo fazendo o que sabe fazer: montar grandes instalações. Além de trabalhador e viajante, ele é, também, um contador de histórias, que encontra o ouvinte por excelência em uma de suas viagens à Rússia – o narrador do romance, um químico que é também escritor e pensa em se dedicar exclusivamente à literatura. As histórias que se contam em *A chave estrela* são relatos de ofícios, com seus sucessos

1 LEVI, 1988.

2 LEVI, 2009.

e fracassos, tanto as de Faussone quanto as poucas apresentadas pelo narrador, ao final.

O romance nasce de uma viagem de Levi à Rússia, especificamente à cidade de Togliattigrad, onde esteve em função de seu trabalho como químico de vernizes, ocasião em que encontra operários da Fiat e de empresas associadas trabalhando com afinco, a maioria piemonteses. Surge, então, a ideia do personagem, que devia ser semelhante àqueles trabalhadores que lhe contavam histórias em um falar característico da classe operária de Turim, repleto de jargões e termos técnicos que o escritor procurou representar em seu livro.[3] As histórias que Faussone conta a seu interlocutor são fruto, portanto, do mundo rico e complexo das experiências de vida do escritor, que afirmou em entrevista a Giuseppe Grassano:

> [...] gosto de contar as minhas coisas. E de fato as conto, na maioria das vezes aquelas que realmente me acontecem ou, também, aquelas que me contam. [...] *A chave estrela*, eu o escrevi com extrema felicidade. Tenho ainda o manuscrito: batido a máquina diretamente e quase sem correções. Me parecia muito fácil escrever dessa maneira, quase liberando-me da obrigação do escritor literário. E me parecia como se realmente eu registrasse com um gravador o que me contavam.[4]

3 Cf. MACIEIRA, 2014, p. 230. A personagem surge antes, em 1977, no conto "Meditato con Malizia", publicado no jornal *La Stampa*. No mesmo ano e mesmo periódico, Levi publica outro texto, que seria um dos capítulos do romance, "La coppia conica".

4 LEVI, 1992, p. 128. (Não havendo indicação em contrário, as traduções são de minha autoria).

O romance guarda, assim, a dicção oral das narrativas que Levi ouviu e que representou na figura do protagonista. As falas de Faussone são apresentadas entre aspas e entremeadas pelos comentários do narrador. Mas, não é apenas esse o alterego do escritor; também em Faussone encontra-se uma parte dele – a obstinação para enfrentar a batalha e ser útil. Para ambos, a busca pela matéria e o confronto com ela são objetos para a narrativa.

A crítica se dedicou especialmente a tratar da reflexão que o romance apresenta sobre o trabalho, uma visão ética de trabalho, como redenção da dignidade daquele que o pratica, diferentemente do que se mostrou em *É isto um homem?*. Se neste o trabalho está atrelado ao homem degradado cuja dignidade foi cancelada, em *A chave estrela*, há a defesa da dignidade humana que o homem sabe conquistar por meio do trabalho. Diferentemente da obra de estreia do escritor, aqui o argumento é que o trabalho pode, sim, libertar, de forma muito distinta do que acontece no campo de concentração, onde o trabalho não liberta, mas desumaniza.[5]

O personagem Libertino Faussone, que tem a liberdade no próprio nome, vale-se, sobretudo, da técnica manual em seu ofício, mas explora outra capacidade e necessidade que o acompanham: a arte de narrar. A ele não basta trabalhar, é preciso também narrar o que faz e contar as histórias que viveu em suas andanças por

5 Na entrada do portão de Auschwitz, lê-se *Arbeit macht frei* [O trabalho liberta].

diversos lugares do mundo. Nesse sentido, a narrativa é, ainda, metalinguística – apresenta um personagem que narra e outro que escuta. Já nas primeiras linhas, ele argumenta com seu interlocutor:

> Ah, não: tudo eu não posso contar. Ou bem lhe digo o lugar, ou então lhe conto o fato – mas eu, se fosse o senhor, escolheria o fato, porque é um fato e tanto. Depois, se o senhor quiser mesmo recontá-lo, basta trabalhar em cima dele, retificar, esmerilhar, tirar as aparas, dar uma insuflada e, pronto, aí está uma bela história; e, apesar de eu ser mais jovem que o senhor, história é o que não me falta. O lugar talvez o senhor adivinhe, assim não precisa acrescentar nada; mas, se eu lhe disser onde fica, eu acabo tendo problemas, porque aquela gente é boa, mas um pouco melindrosa.[6]

Faussone sabe da capacidade que tem para contador de histórias, à qual contribui sua condição de viajante e de estrangeiro. Ricardo Piglia afirmara certa vez que "no fundo todas as histórias contam ou uma investigação ou uma viagem".[7] O protagonista de *A chave estrela* narra porque viaja; suas histórias se referem, na maioria das vezes, aos desafios impostos pelo trabalho, que variam de um lugar para outro, de uma cultura para outra. Os fatos dizem dos lugares onde acontecem e por isso ele se exime de identificar algumas cidades ou países de suas histórias. Narra com a espontaneidade que lhe é própria e ensina a seu interlocutor o que deve ser feito se um dia

6 LEVI, 2009, p. 7.
7 PIGLIA, 2001, p. 16.

decidir recontar os fatos. Não perde de vista, portanto, que seu ouvinte é também um escritor, a quem "debulha toda num jato" seja uma aventura ou uma desventura. O ouvinte e o narrador do romance não deixam de perceber e mencionar a maneira com que Faussone conta suas histórias: "aqueles seus modos desleixados aos quais até já me habituei, sem se deixar interromper senão por algum breve pedido de esclarecimento. O resultado é que há uma tendência maior ao monólogo do que ao diálogo...".[8]

Não só o ato de narrar é matéria de reflexão no romance, mas também a arte de ouvir, e quem argumenta sobre ela, paradoxalmente, é o narrador:

> De fato, como há uma arte de narrar, solidamente codificada ao longo de mil provas e erros, do mesmo modo há uma arte da escuta, igualmente antiga e nobre, para a qual, no entanto, ao que eu saiba, nunca foi formulada uma norma. Entretanto cada narrador sabe por experiência que a cada narração o ouvinte acrescenta uma contribuição decisiva: um público distraído ou hostil destrói qualquer conferência ou lição, um público amigo a conforta; mas também o ouvinte solitário leva uma cota de responsabilidade para aquela obra de arte que é cada narração.[9]

O narrador é o ouvinte solitário que não ousa interromper seu interlocutor e, mesmo assim, é parte integrante da narrativa. Esses dois fragmentos, que resumem a relação que se estabelece entre os dois personagens ao

8 LEVI, 2009, p. 53.
9 LEVI, 2009, p. 40.

longo de todo o romance, remete, inevitavelmente, à discussão empreendida por Walter Benjamin em seu conhecido ensaio sobre o narrador na obra de Nicolai Leskov, de 1936. Nesse ensaio, Benjamin argumenta que, por mais familiar que nos pareça, a figura do narrador não mais está entre nós, uma vez que a arte de narrar se encontra em vias de extinção, em decorrência do declínio da faculdade humana de intercambiar experiências. As melhores e verdadeiras narrativas escritas são, para ele, aquelas que não se distinguem das histórias contadas, que se tornaram possíveis graças a duas experiências – a experiência de quem sai (o viajante, o marinheiro comerciante) e a experiência de quem fica (do camponês sedentário) –, as quais produziram duas famílias de narradores, que por vezes se interpenetram, ocasião em que se percebe a "extensão real do reino narrativo".[10]

Para Benjamin, a verdadeira narrativa deveria encerrar uma dimensão prática – um conselho, um ensinamento moral ou uma norma de vida. Adverte-nos: "se dar conselhos parece hoje antiquado é porque as experiências estão deixando de ser comunicáveis [...] Aconselhar é menos responder a uma pergunta que fazer uma sugestão sobre a continuação de uma história que está sendo narrada".[11] A arte de narrar está se distanciando da esfera do discurso vivo, ele argumenta, e o que gradualmente desaparece, ao mesmo tempo, reveste-se de uma nova

10 BENJAMIN, 1985, p. 198-199.

11 BENJAMIN, 1985, p. 200-201.

beleza. Para Benjamin, que distingue o romancista do que seria um autêntico narrador, "este retira da experiência o que ele conta: sua própria experiência ou a relatada pelos outros. E incorpora as coisas narradas à experiência dos seus ouvintes. O romancista segrega-se".[12] A sabedoria que se encontra no narrador estaria, desse modo, ausente do romance, o qual teria privilegiado outra forma de comunicação: a informação, que nasceu com a consolidação da burguesia.

A chave estrela apresenta algumas dessas importantes características que Benjamin definiu como próprias do que seria a "verdadeira narrativa". As declarações apresentadas por Levi sobre a gênese e a construção do romance demonstram essa analogia. O escritor se preocupou em apresentar as histórias de Faussone do modo mais próximo possível às histórias que ouviu das pessoas com quem conviveu. Além disso, Levi opta por narrar o que se passa com ele e com os outros, de modo a intercambiar suas experiências, como fez nos livros testemunhais. A preocupação com o senso prático também está presente em todo a narrativa, repleta de conselhos, muitos deles bastante técnicos, fortalecendo aquele desejo de Faussone de ser sempre útil.

Outra característica dos narradores que Benjamin destaca é o hábito de começarem suas histórias com a descrição das circunstâncias em que foram informados dos fatos que vão contar a seguir. O narrador de

12 BENJAMIN, 1985, p. 201.

A chave estrela procura manter a atmosfera das conversas que têm com Faussone, apresentando, já ao início da primeira narrativa que compõe o livro, o local do encontro e as impressões que teve daquele contador de histórias:

> Conhecia Faussone havia apenas dois ou três dias. Encontramo-nos por acaso no refeitório, o refeitório para estrangeiros de uma fábrica muito distante, para a qual fui deslocado devido ao meu ofício de químico de vernizes. Nós dois éramos os únicos italianos; ele estava lá havia três meses, mas tinha estado naquelas terras outras vezes e se virava muito bem com a língua, além das quatro ou cinco que já falava, incorretamente, mas com fluência.[13]

É nesse espaço que o narrador e seu ouvinte criam a ocasião propícia para o intercâmbio de experiências, na esteira do que argumentou Benjamin, para quem as narrativas devem guardar os vestígios das ocasiões em que o narrador tomou dos fatos. Nesse romance de Levi, isso se dá de maneira dupla: o narrador faz questão de ressaltar como transcorreram as conversas com Faussone, e Levi deixa marcas das suas experiências com os trabalhadores piemonteses, estabelecendo, assim, um jogo especular, próprio de narrativas com traços autobiográficos. O livro se constituiu, pois, como um diálogo ficcional entre dois personagens, mas um deles, não nomeado, é um químico escritor que, após sua última "aventura" como químico, ao final da narrativa, abandona o ofício para se dedicar

13 LEVI, 2009, p. 7-8.

apenas à literatura, como fez Primo Levi exatamente no ano de publicação do romance.[14]

No capítulo intitulado "Tirésias", o tom de entusiasmo narrativo de Faussone, que percorre todo o romance, esmorece para dar lugar às reflexões do narrador sobre a arte de narrar. Assim registra: "[...] jamais o tinha visto tão taciturno, mas, estranhamente, seu silêncio aproximava em vez de afastar", declara o narrador.[15] É nesse momento que o ouvinte, aproveitando o silêncio de seu interlocutor, põe-se a refletir sobre o ofício de escrever, conformando, então, uma espécie de metadiscurso. À pergunta de Faussone se o mundo também às vezes parece "fora de esquadro" para os escritores, o narrador pondera que "os dias inúteis também acontecem" aos escritores e talvez com mais frequência porque

> é mais fácil confirmar se uma estrutura metálica está em bolha de ar do que uma página escrita; assim pode ocorrer que alguém escreva com entusiasmo uma página, ou até um livro inteiro, e depois perceba que não está bom, que é confuso, tolo, já escrito, inacabado, excessivo, inútil; e aí se entristeça e sucumba a ideias como aquelas que o obcecam naquela noite e pense em mudar de profissão, de lugar, de identidade, e talvez até pense em virar montador. Mas também pode ocorrer que alguém escreva coisas justamente confusas e inúteis (e isso acontece com frequência) e não se dê conta ou nem queira perceber, o que é bem provável, por-

14 Sobre o autobiográfico em *A chave estrela*, ver: CINELLI, 2010, p. 173-196.
15 LEVI, 2009, p. 54.

> que o papel é um material muito tolerante. Pode-se escrever nele qualquer barbaridade: não é como o amadeiramento das estruturas nas galerias das minas, que range quando está sobrecarregado e quase desaba. No trabalho da escrita a instrumentação e os sinais de alarme são rudimentares: não há nem mesmo um equivalente confiável ao esquadro e ao fio de prumo.[16]

O narrador, que conhece tanto o trabalho de escrita quanto o trabalho técnico, mais próximo ao que realiza Faussone, argumenta sobre a sutileza do primeiro, cuja falta de "praticidade" e "concretude" não diminui, contudo, o mal-estar que acomete os escritores quando a página escrita, já pronta para ser lida, lhe parece inútil e ruim; da mesma maneira que acontece com uma ponte, por exemplo, não "há desculpas nem subterfúgios", o escritor "responde inteiramente por ela".[17] A questão estaria, portanto, na ética do trabalho e na responsabilidade que se tem sobre o "produto" que ele gera – seja de ferro, seja de papel.

Faussone, ainda que se ponha a escutar bastante interessado a comparação entre os ofícios empreendida pelo narrador, e por vezes contribua com a argumentação, não se isenta do modo pragmático de avaliar o mundo e as pessoas, simplificando a querela da seguinte maneira: "no fundo era como dizer se era melhor nascer homem ou mulher: só quem tivesse tido ambas as experiências

16 LEVI, 2009, p. 55.
17 LEVI, 2009, p. 56.

poderia dar a palavra final".[18] O narrador, contudo, se enquadra na restrição que Faussone lança, pois é químico e também escritor, e mais uma vez procura explicar a seu interlocutor, valendo-se da história de Tirésias, figura híbrida e ambígua, que deve sua dupla natureza a um "caso estranho". Em uma noite de outono, o sabe grego estava passando por uma floresta e encontrou um enrosco de serpentes. Depois de olhar melhor, percebeu que eram apenas duas, um macho e uma fêmea em plena cópula, e então pegou um bastão e bateu nas serpentes. Nesse momento sentiu uma grande agitação e de repente se transformou em mulher, e assim ficou por sete anos, até quando encontrou novamente uma cópula de serpentes e bateu novamente com o bastão, voltando, assim, a ser homem.

Esse episódio foi responsável pela cegueira de Tirésias, conforme lembra o narrador. Ao ser chamado como árbitro em uma disputa entre Júpiter e Juno, que pensavam de forma diferente quanto à intensidade dos prazeres do sexo e do amor, se eram mais intensos na mulher ou no homem, Tirésias ficou cego. Furiosa porque ele disse que o prazer era mais intenso na mulher, Juno, que pensava o contrário, o cegou. Para compensá-lo, Júpiter, que não podia desfazer o feito, concedeu-lhe o dom de prever o futuro. Faussone, não entendendo exatamente o que tinha a história a ver com a conversa deles sobre os ofícios, fica irritado e é neste momento que o narrador chega

18 LEVI, 2009, p. 57.

à sua explicação mais lúcida sobre o escrever: "um dos privilégios de quem escreve é justamente o de manter-se no impreciso e no vago, de dizer e não dizer, de inventar com mão livre, a salvo de qualquer regra de prudência.[19] Assim como Tirésias, o escritor pode ser cego e vidente, ver o real e o possível, inventar-se e reinventar-se na trama das histórias que tece. Antecipando a Faussone sua decisão de se dedicar apenas ao ofício de escritor, o narrador se assume como um escritor ao modelo de Tirésias, um escritor que sempre foi, é e será ao mesmo tempo uma coisa e outra, escritor e químico, assim como o próprio Levi:

> Mas também lhe disse que sim – talvez só tenha percebido ao narrar aquela história –, também me sentia um pouco como Tirésias, e não só pela dupla experiência: em tempos distantes, também topei com deuses em disputa entre si, também encontrei serpentes em minha estada, e aquele encontro me fez mudar de condição, dando-me um estranho poder de palavra; mas desde então, sendo um químico aos olhos do mundo e no entanto sentindo o sangue do escritor nas veias, parecia levar no corpo duas almas demasiadas. E não era preciso recorrer a sofismas, porque toda essa comparação era forçada: trabalhar no limite da tolerância ou mesmo fora da tolerância é a beleza de nosso trabalho. Ao contrário dos montadores, quando conseguimos forçar uma tolerância, fazer um acasalamento impossível, ficamos contentes e somos elogiados.[20]

19 LEVI, 2009, p. 60.
20 LEVI, 2009, p. 60.

Nesse fragmento, como em outros do romance, os traços autobiográficos são entrevistos pelo olhar do leitor que já conhece a obra testemunhal de Levi, mas não há o compromisso ético e histórico do testemunho. Em uma ficção cujo narrador é um químico-escritor, que se vê como um Tirésias diante das serpentes, não poderia escapar a experiência daquele que assina a capa do livro, que deve seu ofício de escritor à sua experiência no *lager*. Levi começou a escrever para testemunhar a vida de prisioneiro no campo de Auschwitz e a uma considerável parte de sua produção literária se refere a essa temática. Além disso, para Levi o novo ofício de escritor não apenas devia muito ao velho ofício de químico, mas estava definitivamente marcado por este.

A condição de viajante e estrangeiro potencializa as narrativas de Faussone e também do narrador, pois suas histórias partem de experiências com o desconhecido, Constantemente em trânsito pelos mais diversos lugares, Faussone, que mais fala no romance, tem o que contar, confirmando o que Nelson Peixoto argumenta sobre o olhar do estrangeiro:

> Aquele que não é do lugar, que acabou de chegar, é capaz de ver aquilo que os que lá estavam não podem mais perceber. [...] Ele é capaz de olhar as coisas como se fosse pela primeira vez e de viver histórias originais. [...] O estrangeiro toma tudo como mitologia, como emblema. Reintroduz imaginação e linguagem onde tudo era vazio e mutismo. Para eles esses personagens e histórias são capazes de mobilizar.[21]

21 PEIXOTO, 1993, p. 363.

São os personagens e histórias dos diversos lugares por onde passou Faussone que alimentam suas narrativas. No primeiro capítulo, quando seu interlocutor lhe dá voz para se apresentar, ele diz: "eu gosto de conhecer países" [...]. Agora já me habituei tanto a esta vida que, se precisasse ficar sossegado num canto, adoeceria: para mim, o mundo é belo porque é variado".[22] Ambos os personagens, quando conversam, estão na condição de viajantes e de estrangeiros, e o constante trânsito entre um lugar e outro torna suas histórias sempre originais, apesar do caráter muitas vezes corriqueiro do ofício que exercem. Contudo, ao personagem químico e escritor é dada a tarefa de "decantar" as histórias de Faussone, que permanecem muito próximas da narrativa oral, conforme já discutido. A variabilidade do mundo e das histórias é que alimenta e anima a "conversa infinita" que se estabelece entre um viajante que narra e um escritor que escuta, e isso aproxima o narrador de Primo Levi do verdadeiro narrador que Benjamin tanto admirava. Conforme aponta Sérgio Cardoso, "o estrangeiro está sempre delineado – latente e invisível – nas brechas da nossa identidade, na trilha aberta por nossa própria indeterminação".[23] Basta o início de uma narrativa para que ele venha à tona.

22 LEVI, 2009, p. 8.
23 CARDOSO, 1993, p. 360.

BENJAMIN, Walter. O narrador: considerações sobre a obra de Nikolai Leskov. In: ______. *Magia, técnica, arte e política*: ensaios sobre literatura e história da cultura. Trad. Sergio Paulo Rouanet. São Paulo: Brasiliense, 1985. p. 197-221. (Obras Escolhidas, 1)

CARDOSO, Sérgio. O olhar viajante (do etnólogo). In: NOVAES, Adauto (Org.). *O olhar*. São Paulo: Companhia das Letras, 1993. p. 347-360.

CINELLI, Gianluca. L 'autobiografia come deslocamento: motivi allegorici ne *La chiave a stella* di Primo Levi. *Quaderni d'italianistica*, Toronto, v. 31, n. 1, p. 173-196, 2010. Disponível em: <http://jps.library.utoronto.ca/index.php/qua/article/viewFile/14208/11117>. Acesso em: 19 out. 2016.

LEVI, Primo. *É isto um homem?* Trad. Maurício Santana Dicas. São Paulo: Companhia das Letras, 2009.

LEVI, Primo. In: POLI, Gabriella; CALCAGNO, Giorgio (a cura di). *Echi di una voce perduta*: incontri, interviste e conversazioni con Primo Levi. Milano: Mursia, 1992.

LEVI, Primo. *A chave estrela*. Trad. Luigi Del Re. Rio de Janeiro: Rocco, 1988.

MACIEIRA, Aislan Camargo. *Primo Levi*: ciência, técnica e literatura. 2014. 270 f. Tese (Doutorado em Letras) – Faculdade de Filosofia, Letras e Ciências Humanas, Universidade de São Paulo, São Paulo, 2014.

PEIXOTO, Nelson Brissac. O olhar estrangeiro. In: NOVAES, Adauto (Org.). *O olhar*. São Paulo: Companhia das Letras, 1993. p. 361-365.

PIGLIA, Ricardo. *Crítica y ficciòn*. Barcelona: Anagrama, 2001.

A RESISTÊNCIA DAS PALAVRAS: A QUESTÃO DA LINGUAGEM EM *ATEMSCHAUKEL*, DE HERTA MÜLLER

Georg Otte

De acordo com a breve justificativa do comitê que concedeu o Prêmio Nobel de 2009 a Herta Müller, a escritora conseguiu pintar em sua obra, "com a concentração da poesia e a franqueza da prosa, [...] o panorama dos despossuídos".[1] Considerando que as justificativas desse comitê costumam ser formuladas em inglês e que a tradução para o português seguiu o original inglês (*dispossessed*),[2] a versão alemã se mostra um tanto distante do original, pois fala, no lugar dos "despossuídos", em *Heimatlosigkeit*,[3] literalmente "falta de pátria". Tudo indica de que se trata antes de uma versão paralela da justificativa do que de uma tradução propriamente dita.[4]

1 Cf. ALEMÃ Herta Müller surpreende e ganha o Nobel de Literatura, 2009.
2 Sobre a justificativa ("*prize motivation*") na página do Prêmio Nobel, ver: HERTA Müller – Facts, 2009.
3 LOVENBERG, 2009.
4 Curiosamente, a *Folha de S. Paulo* apresenta uma tradução mais próxima da versão em alemão quando fala em "abandonados", em vez de "despossuídos". Cf. COZER; STRECKER, 2009.

As duas versões, em sua brevidade, procuram chegar ao cerne da obra da autora e não apenas se complementam, mas são ao mesmo tempo instrutivas por falarem, cada uma à sua maneira, de uma falta: começando pela versão alemã, cabe atentar para o aspecto autobiográfico da "falta de pátria", manifesto no doloroso processo de expatriação que Herta Müller sofreu em companhia de sua mãe.

Como se não bastasse passar pela tortura psicológica da *Securitate*, do temido serviço secreto romeno, ela teve de se submeter também aos interrogatórios do serviço secreto da então Alemanha Ocidental, o BND (*Bundesnachrichtendienst*), por ser suspeita de ser uma agente – ou pelo menos uma informante – daquela mesma *Securitate* que a perseguira durante anos. Como acontecia com qualquer cidadão do antigo bloco oriental europeu ("Pacto de Varsóvia") que fizesse um requerimento de emigração, a intenção declarada de deixar a Romênia fazia com que Herta Müller também fosse tratada como "inimigo do Estado".[5] Ser recebida na Alemanha como uma espiã em potencial, ser preventivamente suspeita, por assim dizer, significava ser considerada como uma espécie de *persona non grata*. De certa maneira, as experiências com os dois serviços secretos reproduziram de forma concentrada a situação de marginalização e a falta de pertencimento

5 "Staatsfeind", em alemão. Falando de seu processo de expatriação, Herta Müller usa o termo "Staatsfeind", com certa frequência, no livro de entrevistas *Mein Vaterland war ein Apfelkern*: ein Gespräch mit Angelika Klammer, 2014.

cultural de uma exilada política que foge do seu país de origem para ser recebida como politicamente suspeita. Em *Reisende auf einem Bein* [*Viajante de uma perna só*],[6] Herta Müller reproduz fragmentos dos interrogatórios conduzidos por um agente do mencionado BND, sendo que a própria fragmentação do texto e as dificuldades da protagonista em manter relações afetivas reproduzem a total perda de referências existenciais.

Historicamente, essa perda, que se tornou evidente durante o processo de extradição da Romênia e de imigração na Alemanha, reflete também um passado latente, marcado pela imigração alemã para o chamado "Banato", uma região dos Balcãs, cuja maior parte fica na Romênia de hoje. Devastada pelas guerras contra o Império Otomano, os colonos alemães foram chamados para povoar a região. A rigor, não se tratava de alemães apenas no sentido cultural ou linguístico, uma vez que a Alemanha só passou a existir, politicamente, em 1871. O conceito de "pátria", portanto, sempre foi problemático para essas etnias, que certamente se identificavam com o novo território, mas mantiveram ao mesmo tempo a língua alemã e alguns costumes folclóricas que sinalizava o vínculo a uma nação alemã um tanto precária. A diversidade étnica e a decorrente instabilidade política dos Balcãs em geral e da Romênia em particular contribuíram a conservar essa identidade "alemã" que não deixava de ter um aspecto fantasmagórico.

6 MÜLLER, 2013. O livro foi publicado, pela primeira vez, em 1989 pela editora Rotbuch, de Berlim.

Cabe diferenciar, nesse contexto, entre o colono e o colonizador: enquanto este último, de um modo geral, deixava o país ocupado na perspectiva de voltar para a sua "verdadeira pátria" depois de explorar os recursos materiais e humanos da colônia, o colono emigrava para ficar, muitas vezes porque o país de origem não oferecia as condições mínimas de existência. Mesmo se essa distinção não deixa de ser um tanto artificial – os colonos não costumavam ser menos violentas com os nativos que os colonizadores –, trata-se de posturas diferentes. O colono, atraído pela promessa de se tornar proprietário de um terreno, acaba criando laços de identificação,[7] algo que não acontece quando o interesse se limita à extração da matéria prima. A posse da terra parece ser mesmo a condição fundamental para considerar o novo país como "pátria", fazendo com que os "despossuídos", para retomar a justificativa citada, não apenas fossem desapropriados, como aconteceu de fato aconteceu na ocasião da coletivização das terras na Romênia comunista, mas se considerem ao mesmo tempo como expatriados.

Por mais polêmica que seja a questão da posse de terra, que Rousseau, já em 1755, denunciou como "origem da desigualdade",[8] cabe constatar que a raiz lexical comum de "pertences" e "pertencimento" aponta para os laços afetivos que o indivíduo estabelece com sua "propriedade", mesmo que seja apenas "de uso pessoal". A tran-

7 Sobre a relação entre identidade e propriedade, ver: HABERMAS, 1999.
8 ROUSSEAU, 2002. Ver, ainda: OTTE, 2015, p. 10-18.

sição da propriedade considerada excessiva ou abusiva para a propriedade que serve para o sustento pessoal ou familiar certamente é fluida e não cabe decidir aqui sobre as fronteiras entre ambos. O que importa neste contexto é o pressuposto de o *sentimento* de pertencimento ser um fenômeno psicossocial, pois um objeto pode pertencer a uma pessoa no sentido da posse, mas também no sentido de *fazer parte* dela. Paul Federn, discípulo de Freud, fala nas "fronteiras do eu", que podem ser expandidas, como no caso da megalomania, ou encolhidas, como no caso da hipocondria.[9] No meio desses extremos patológicos encontramos o estado "saudável" de uma "identidade expandida" para objetos pessoais, constitutivas para forma a identidade de uma pessoa.

Sem dúvida, o surgimento do nazismo faz parte de uma expansão patológica no sentido da megalomania, que afetou também os descendentes dos alemães no Banato, evidenciando inclusive o paralelo com os colonos alemães no Brasil. O nazismo não apenas ofereceu uma identidade fortalecida e "expandida" por um discurso nacionalista e ufanista, mas também uma posição de "superioridade racial" que prometia resgatar essas populações de sua posição geográfica e socialmente marginalizada. Negligenciados pelos respectivos governos centrais, as minorias alemãs nos dois países acolheram de bom grado a propaganda que prometia erguer um Terceiro *Reich* em que desempenhariam um papel de primeira ordem.

9 Cf. CARVALHO, 2003, p. 47.

Se a valorização dos "excluídos" tradicionalmente faz parte da estratégia para garantir o apoio político àqueles que oferecem opções de ascensão social,[10] o nazismo jogava ainda com imposições contidas no Tratado de Versalhes, interpretadas como "humilhações". A sensação de marginalização nacional e social aumentou a disposição das minorias alemãs tanto no Brasil[11] quanto na Romênia de aderir ao nazismo.

Passar diretamente de marginalizado para poderoso foi também uma oportunidade bem-vinda para o pai de Herta Müller, que passou a ser membro da *Waffen*-SS, a organização responsável pela indústria da morte nos campos de concentração. Imaginar que o pai poderia ser responsável – ou pelo menos corresponsável – pela morte da mãe do também romeno e também escritor Paul Celan, assassinada a pancadas por um membro da SS, chega a ser uma ideia insuportável para Herta Müller:

> Eu lia os poemas de Paul Celan e pensava: se meu pai tivesse sido transferido para o campo de concentração, ele teria operado os fornos a gas. Ou teria assassinado os pais de Celan na Transnístria, onde não se precisava de gas.[12]

10 A referência literária é o romance clássico de Stendhal, *O vermelho e o negro*, 1830, sendo que as duas cores do título representam, respectivamente, o Exército e a Igreja. As duas instituições eram, de certa maneira, a única chance para um não aristocrata, de ascender socialmente, que retribuía essa ascensão por um apoio irrestrito, colocando a lealdade acima da legalidade.

11 De acordo com Priori e Ipólito, ao analisar o caso particular da cidade de Rolândia-PR, havia forte adesão ao nazismo, inclusive por meio das escolas em que se falava alemão. Em pelo menos uma delas, o retrato de Hitler ficava exposto e a canção nazista *Horst Wessel* fazia parte do repertório musical. Cf. PRIORI; IPÓLITO, 2015.

12 MÜLLER, 2014, p. 38.

Sem dúvida, a adesão ao nazismo foi facilitada pelo fato de o próprio governo romeno, liderado por Ion Antonescu, aderir oficialmente ao Eixo fascista e entrar, em novembro de 1940, na guerra contra a União Soviética ao lado das tropas alemãs. Depois da derrota do regime nazista, Stalin, com o aval dos aliados ocidentais, deu sua resposta com a deportação de aproximadamente 70.000 descendentes das colônias alemãs como reparação de guerra a ser prestada pela Romênia. Uma vez que outras etnias, nem os próprios romenos, não sofreram qualquer deportação, o critério de seleção tinha mesmo um caráter acentuadamente étnico, tal qual aplicado anteriormente pelo regime nazista.

A ideia aparentemente absurda, porém não totalmente descartável, de o próprio pai ter sido o assassino dos pais do seu poeta preferido ilustra o isolamento da autora, que cresceu falando alemão, mas não conseguiu se identificar com o ambiente ultraconservador das comunidades alemãs e sua nostalgia do Terceiro *Reich*. Quando se recusa a colaborar com a *Securitate*, ela é mais uma vez isolada do seu meio, pois perde seu lugar na fábrica onde trabalhava como tradutora. Cabe insistir no termo "lugar", uma vez que não ela não foi demitida, nem se demitiu, mas passou a perder o *espaço físico*, "sua" sala com "sua" escrivaninha, para executar "seu" serviço de forma adequada. Se o pertencimento a determinado território e a propriedade de um terreno são fundamentais para a criação de um sentimento de identidade, a ocupação de um lugar não deixa de criar vínculos semelhantes. "Exilada" do próprio escritório, Herta Müller passar a fazer seu trabalho na escadaria da fábrica, mas aproveita "as horas vagas" para dar os primeiros passos como escritora.

"Desenraizamento" talvez seja uma tradução melhor para *"Heimatlosigkeit"*, a "falta de pátria" da qual fala a justificativa do Prêmio Nobel quando comenta a obra de Herta Müller, que, evidentemente, possui uma alta "carga" autobiográfica.[13] Trata-se antes de uma "antibiografia", considerando que qualquer biografia mínima de uma pessoa consiste em vinculá-la a determinado lugar ou aos diversos lugares que deixaram seus vestígios em sua vida. Uma vez que, no caso de Herta Müller e seus personagens, essa vinculação ao lugar é extremamente precária, ela, que ficou espacialmente excluída até na fábrica onde trabalhava, não teve nenhum problema em se identificar com outros "excluídos", para usar o vocabulário em voga – o que também não deixa de ser uma anti-identificação.

A deportação, de certa maneira, é a forma mais brutal e, muitas vezes, mortal da exclusão. A história de Leo Auberg, o protagonista de *Atemschaukel*,[14] baseia-se nas experiências reais do poeta Oskar Pastior (1927-2006), amigo de muitos anos de Herta Müller. Era para ser

13 Sobre os aspectos autobiográficos nos ensaios poetológicos de Herta Müller, ver o importante trabalho de BLUME, 2013, p. 48-78.

14 O título *Atemschaukel* foi traduzido para *Tudo que tenho levo comigo*, 2011, na versão brasileira. A portuguesa é intitulada *Tudo o que eu tenho trago comigo*, 2010. A espanhola *Todo lo que tengo lo llevo comigo*, 2011. As edições francesa e italiana optaram por traduzir literalmente, *La buscule do souffle*, 2012, e *L'altalena del respiro*, 2012.

uma obra escrita a quatro mãos junto com o amigo, mas a morte precoce de Pastior, embora representasse a perda dolorosa da testemunha principal, deu ao mesmo tempo o impulso para transformar os seus depoimentos numa história de desenraizamento ou de exclusão. Seus relatos ganham traços autobiográficos pelo fato de a mãe de Herta Müller ter passado pela mesma experiência – com a diferença de que ela, como a grande maioria dos deportados traumatizados, nunca mais falou dela. De certo modo, os relatos de Oskar Pastior contaram o que a mãe não contou, pois as experiências desta apenas se manifestaram através do seu mutismo e de sua agressividade dirigida contra a própria filha.

Atemschaukel não é autobiográfico no sentido de aludir a detalhes da vida da autora, mas a descrição de uma situação de desterro total, para completar as possibilidades de tradução para *Heimatlosigkeit*. Os detalhes biográficos reproduzidos no livro se referem a Oskar Pastior, inclusive o fato de ser homossexual. Mas o homossexualismo ganha uma dimensão mais ampla justamente pelo aspecto da exclusão, sendo que essa, por sua vez, se deve à intolerância a qualquer forma de diversidade. Se o homossexualismo, ainda no final do século XX, era objeto de perseguição penal também nas democracias ocidentais, ele era alvo de perseguições implacáveis nos regimes totalitários, que costumavam reprimir qualquer manifestação de alteridade. O nivelamento, a *Gleichschaltung*, no vocabulário nazista, é um mecanismo de qualquer totalitarismo na tentativa de impor o poder, como também no caso da Romênia stalinista.

A homossexualidade de Oskar Pastior/Leo Auberg é condenada tanto pela mentalidade provinciana da comunidade alemã, quanto pela *Securitate*, duplicidade esta que reflete, uma vez mais, a situação de Herta Müller, que também não encontrou seu lugar na Romênia pós-guerra. Ambos são "expatriados" ou "exilados", *heimatlos* em sua própria terra, nos mais diversos sentidos, motivo pelo qual a deportação do personagem Leo Auberg chega a representar, inicial e paradoxalmente, um alívio, uma vez que temia ser preso durante seus encontros clandestinos. Herta Müller ao comentar a situação de Pastior afirma que o homossexual que saía vivo das mãos da *Securitate*, saía "envelhecido e arruinado, inservível para qualquer tipo de amor neste mundo".[15] Qualquer semelhança com a castração de homossexuais nos campos de concentração nazistas não é mera coincidência.

Não há necessidade de recorrer às sutilezas de uma leitura alegórica para entender o desenraizamento concreto das personagens como expressão de um estado mental. De certa maneira, Herta Müller leva ao extremo o que Georg Lukács, cem anos antes, já havia articulado em sua clássica *Teoria do romance*, mostrando que o "desabrigo" (*Obdachlosigkeit*) e o "exílio" (*Heimatlosigkeit*) não são apenas metáforas da falta de qualquer ponto de apoio transcendental, mas "objetivações" muito concretas

15 MÜLLER, 2011.

de um estado de espírito, para usar a linguagem hegeliana do primeiro Lukács.

A deportação, como se não fosse, por si só, o cúmulo da humilhação, acontece em vagões para o transporte de gado, como se se tratasse de retribuir a deportação dos judeus nos mesmos moldes, degradando mais uma vez as pessoas ao "grau zero" de sua existência. De certa maneira, *Atemschaukel* é um meta-romance, pois não deixa de levar ao extremo as características que Lukács atribui ao gênero do romance em geral. Se criminosos e loucos eram "concretizações" da perda de um referencial metafísico seguro, personagens como Leo Auberg são "perdidas" sem ocupar uma posição extrema.[16]

De acordo com Lukács,

> O simples fato da busca revela que nem os objetivos nem os caminhos podem ser dados imediatamente ou que, se forem dados de modo psicologicamente imediato e consistente, isso não constitui juízo evidente de contextos verdadeiramente existentes ou de necessidades éticas, mas só um fato psicológico sem correspondente necessário no mundo dos objetos ou no das normas. Em outras palavras: pode tratar-se de crime ou loucura, e os limites que separam o crime do heroísmo aclamado, a loucura da sabedoria que domina a vida, são fronteiras lábeis. Epopeia tragédia não conhecem, nesse sentido, nem o crime nem a loucura. [...] Pois crime e loucura são a objetivação do desterro trans-

16 Cabe lembrar que, se essas personagens não são loucas ou criminosas, elas passam a ser tratadas como tais. Assim, acabam caindo na loucura quando submetidas à tortura psicológica ou sendo criminalizadas.

> cendental – o desterro transcendental (*Heimatlosigkeit*) – o desterro de uma ação na ordem humana dos contextos sociais e o desterro de uma alma na ordem do dever-ser do sistema suprapessoal de valores.[17]

Se, para Lukács, o protagonista do romance é um "desabrigado transcendental", que, como Dom Quixote, se choca com o mundo ao redor, o protagonista de *Atemschaukel* não procura mais nada nesse mundo, nem luta contra ele. Uma vez que a homossexualidade de Leo Auberg não chega a ser detectada pelas autoridades, o único "crime" que o opõe ao regime ditatorial é de ser descendente da minoria alemã. Auberg não apenas não é uma pessoa que "busca" alguma coisa à maneira do cavalheiro andante, imitado por Dom Quixote, nem parte para uma busca quixotesca em um mundo sem "correspondências" à sua psique, para usar as palavras de Lukács, mas também não se relaciona mais com esse mundo nem que seja em oposição a ele. Auberg não é criminoso, nem louco, de modo que também não sofre as perseguições decorrentes do confinamento social.

Se Michel Foucault deixou bem claro que, na verdade, é esse confinamento que tem traços do crime e da loucura, os sistemas repressivos do século XX representam o ponto culminante de uma evolução em que o crime é cometido em nome do Estado. E não faltou loucura no caso particular da Romênia quando o ditador Ceaucescu, que, durante muitos anos, se autodenominava de

17 LUKÁCS, 2000, p. 60-61.

"Conducător", à maneira do seu precursor fascista Antonescu, entrou numa verdadeira paranoia se chamando de "Gênio dos Cárpatos".[18]

No século XX, a loucura e o crime não são mais "objetivações" de indivíduos isolados ou "excepcionais", mas tornaram-se a regra. Se para Hegel, a grande inspiração filosófica da *Teoria do romance*, de Lukács, este gênero se caracteriza pela "oposição entre a poesia do coração e a prosa das condições reais",[19] em *Atemschaukel* já não há mais nenhuma dialética entre indivíduo e sociedade, muito menos uma síntese racional que Hegel ainda via no *Wilhelm Meister* de Goethe. É no mínimo curioso que a frase da justificativa do Prêmio Nobel retome o dualismo entre poesia e prosa quando fala em "concentração da poesia" e na "franqueza da prosa". Segundo a justificativa, portanto, Herta Müller teria conseguido reunir poesia e prosa, não mediante a superação do conflito hegeliano mencionado, mas pela simples razão de esse conflito já não ter mais onde acontecer, uma vez que os "despossuídos" são privados de qualquer "poesia do coração". Para os sem-teto ou sem-casa da nossa época, para os nômades e *flâneurs* globalizados, a questão da conciliação nem se coloca mais, uma vez que a pessoa não só não pertence mais a lugar algum, mas também não se encontra em oposição a qualquer instância. A oposição não deixa de ser uma relação, sendo que um deportado como Leo Auberg,

18 LE BOR, 1998.
19 HEGEL, 1984, p. 452.

reduzido ao estado vegetativo, já não se relaciona com mais nada. Ninguém foge do campo de trabalho forçado, porque ninguém mais procura algo fora dele.

Como, então, pode ter "poesia" em um livro que só fala de pessoas privadas de tudo e como se pode escrever quase 300 páginas para falar desse despojamento? A redução ao estado vegetativo, às funções mínimas do corpo, pode ser uma pista para uma resposta: o neologismo "Atemschaukel", balanço ou gangorra da respiração, remete ao sistema vegetativo do corpo humano que garante a mera sobrevivência dos deportados. O trabalho é monótono, mas faz com que as necessidades mínimas da sobrevivência, que o ser humano costuma ignorar nos seus afazeres da vida cotidiana, ganham uma atenção excepcional, como no caso da distribuição da ração diária de pão, que o protagonista observa até nos seus menores detalhes.

Com o esforço físico, aumenta a respiração e a fome, que, junto com a *Atemschaukel*, manifesta-se na figura alegórica do *Hungerengel*, o anjo da fome, que passou a servir de título para tradução do livro em língua inglesa.[20] Certamente, os dois substantivos compostos ganharam esse lugar de honra na capa do livro justamente pela sua composição inédita, que, além de despertar a curiosidade do leitor, reúne dois substantivos normalmente considerados incompatíveis, ou, para dizê-lo linguisticamente, trata-se de composições não lexicalizadas, forma-

20 MÜLLER, 2013.

ções *ad hoc* cujo significado deve ser detectado pelo leitor durante o processo de leitura.

O processo de leitura de um texto literário é um processo mimético. Ao contrário do relato de um jornalista ou de um historiador, que procuram informar os seus leitores sobre determinados acontecimentos recorrendo à função simbólica e comunicativa da linguagem, o texto literário mimetiza a particularidade da experiência vivida por um personagem particular. Enquanto o leitor do relato toma conhecimento de dados, números e medidas para chegar a um quadro objetivo, a escolha de um indivíduo particular em determinado tempo e espaço permite ao leitor, guiado por um narrador discreto, "acompanha-lo".

É o caso do livro *O inferno de Treblinka*, de Vassili Grossman, lembrado por Newton Bignotto.[21] Grossman acompanhou a abertura do campo de concentração de Treblinka, relatando dados detalhados, que, quanto mais detalhados, se revelaram mais chocantes. No entanto, nada mais chocante do que o "detalhamento" dos centenas de milhares de vítimas na forma de um personagem, cuja morte na câmara de gás não pode ser relatada na forma de testemunho, mas é construída a partir dos fatos documentados. Concentrando o grande número de vítimas na pessoa documentada da médica Sofia Ossipova, a pessoa passa a ser a personagem que vive os últimos momentos de sua vida. Se o repórter Grossman não tem como relatar essa morte, o narrador Grossman – e seu

21 BIGNOTTO, 2016.

leitor – "a acompanha[m]".[22] O processo de leitura passa se ser uma experiência.

Ao aproximar o livro de Grossman ao filme *Shoah*, de Claude Lanzmann, Bignotto aponta para o grande dilema de falar sobre a experiência extrema do campo de concentração, uma vez que tal experiência parece desmentir qualquer aproximação verbal:

> Nos dois casos não se trata de um estudo, de uma narrativa que pretende ser imparcial, mas de uma aproximação por meio das imagens e da palavra de algo que não parece poder ser abordado de forma fria e distante, mas que também não pode se misturar com os relatos dos sobreviventes, que carregam na carne as marcas do horror.[23]

O dilema consiste justamente no contraste entre o uso "frio e distante" da palavra e os "relatos dos sobreviventes", que, evidentemente, nada têm dos relatos de jornalistas e historiadores, pois, constantemente interrompidos pelo silencio do indizível, carregavam "as marcas do horror". Tanto a palavra quanto a "carne" carregam essas marcas, sendo que unicamente a literatura, que, de antemão, desiste de qualquer tentativa de imparcialidade, tem como mimetizar essas marcas.

Se Vassili Grossman optou por lançar mão de recursos literários em meio à preocupação de documentar o horror nazista, Herta Müller, apesar do testemunho histórico de Oskar Pastior e da própria mãe, não obedece

22 BIGNOTTO, 2016, p. 10.

23 BIGNOTTO, 2016, p. 3.

a um impulso documentarista, e constrói uma experiência individual. Sem dúvida, as diferenças entre um campo de extermínio nazista e um campo de trabalho stalinista eram enormes, uma vez que as chances de sobrevivência no primeiro eram mínimas. Faz parte dessas chances de sobrevivência justamente a possibilidade de Leo Auberg poder ficar com sua meia dúzia de pertences que o distinguiam dos outros presos e lhe conferem uma "identidade mínima", enquanto, no caso da narrativa sobre Sofia Ossipova, o desnudamento é literalmente completo, culminando na substituição do nome pelo número tatuado no braço.

Se, no caso dela, a sobrevivência depende de um narrador, que, por meio de sua narrativa, confere singularidade ao processo de extermínio em massa, que, pelo próprio caráter industrial, aumentou ainda mais o anonimato das vítimas, a sobrevivência de Leo Auberg também depende da palavra. Mais uma vez, é a própria narrativa que transforma o destino de milhares de descendentes de alemães – o números oscilam entre 70 e 80 mil – em um caso particular. No entanto, são os neologismos, por natureza únicos, que se formam a partir de uma vida extremamente monótona – e que fazem com que ele não sucumba a essa monotonia como tantos outros que acabaram se suicidando.

Atemschaukel e *Hungerengel* fazem parte da "concentração da poesia", como afirma a justificativa. Da mesma maneira que as personagens são compostas pelas experiências de pessoas diferentes – Leo Auberg reúne as experiências da mãe e de Oskar Pastior –, as palavras se concentram e se condensam. A tradução alemã fala em *Verdichtung*, condensação que se dá pela mera repetição cada vez mais intensa em que as palavras aparecem ou até se impõem ao protagonista: "[...] as palavras caíam inesperadamente e me atingiam".[24] Não se trata mais da "poesia do coração" do jovem Werther, que se chocam com a realidade, causando seus "sofrimentos", mas essa poesia nasce do vai-e-vem da própria respiração. Não há como criar poesia em um campo de trabalho, mas apenas como encontrá-la escutando o próprio corpo.[25] A composição ou aglutinação como recurso próprio da língua alemã favorece o "encontro" de substantivos que, em sua justaposição, resultam em formações inesperadas. Da mesma maneira que as personagens são compostas por várias pessoas reais, o delírio da fome parece criar uma receptividade peculiar para as palavras que "atingem" o protagonista e se cristalizam ao longo dos anos.

São essas cristalizações ou condensações que fazem com que o protagonista encontre pontos de apoio em meio a um mundo sem qualquer segurança, nem transcendência. Esquecer-se de si mesmo e deixar todas as referências herdadas para trás, ou seja, não levar nada consigo, parece ser a condição de sobrevivência no *Lager*:

24 MÜLLER, 2011, p. 14.

25 É quase inevitável lembrar do famoso veredito de Adorno contra Paul Celan. A "poesia" de Herta Müller, atestada pelo comitê do Prêmio Nobel, poderia ser usada em defesa de Celan, cujos poemas, de certo modo, também são escritos a partir de uma subjetividade "vegetativa".

> Durante a chamada eu treinava formas de me esquecer de mim mesmo, não distinguir entre inspirar e expirar. E erguer os olhos sem levantar a cabeça. E procurar no céu um canto de nuvem onde fosse possível pendurar os ossos. Quando eu consegui esquecer-me de mim mesmo e encontrava o gancho celeste, ele me segurava.[26]

Encontrar um ponto de apoio mínimo, um gancho para se segurar, é um exercício da imaginação que cria suas referências individuais expressadas na forma de um idioleto, isto é, numa linguagem falada e compreendida apenas por um único indivíduo. Uma vez que a linguagem convencional se esvaziou, uma vez que a pessoa perdeu sua "pátria" linguística, ela precisa de palavras que servem como "gancho celeste" para sobreviver a cinco anos de campo de trabalho.

Retomando a justificativa citada inicialmente, podemos constatar que a "falta de pátria" pode ser estendida à ausência de pertencimento a qualquer território ou a qualquer comunidade, inclusive linguística. Se o termo "despossuído" (*dispossessed*) da versão em inglês aponta, normalmente, para a falta de posse, ou seja, para algo que *pertence* a uma pessoa, o exílio transcendental, para retomar a Lukács, significa que a pessoa não pertence a lugar algum. Os personagens de Herta Müller fazem parte dos "sem-terra" da modernidade, que não apenas não possuem qualquer pedaço de terra, mas também são existencialmente desterrados.

26 MÜLLER, 2011, p. 29.

Sem dúvida, seria cínico afirmar que Herta Müller deve sua criatividade literária à situação de "desterrada", mas também não há dúvida de que, sem essa situação, sua literatura seria outra. Se a perseguição pela *Securitate* e o decorrente exílio, seja na escadaria da fábrica onde trabalhava, seja na Alemanha, causou estados de angústia e de depressão, essa situação lhe proporcionou ao mesmo tempo a chance de preencher o vazio psicológico e existencial pela criação literária. Suas gavetas cheias de retalhos de palavras[27] – ela publicou dois livros com colagens – ilustram sua relação intensa com as palavras, que, como no caso de Leo Auberg, parecem ter servido de tábua de salvação.

Para Wolfgang Hildesheimer (1916-1991), autor judeu de nacionalidade alemã, o próprio desterro pode ser não apenas uma chance para compensar a falta de pátria, mas pode ser, ele mesmo, a pátria a partir da qual escreve. Uma vez que o exílio é, de acordo com Lukács, a metáfora existencial do homem moderno, o desterro não representa apenas um vazio, mas ao mesmo tempo a chance de preencher esse vazio:

> É verdade que, em 1933, emigrei à Palestina junto com os meus pais. Na época, nem se sonhava com o estado de Israel. Mas, depois de sua fundação, eu já estava de volta na Europa, à qual pertencia e continuo pertencendo. De certo modo, portanto, desprezei a pátria pagando o preço daquela falta de pátria [*Heimatlosigkeit*], que, vista de fora, é uma caracte-

27 Cf. *Herta Müller – Ein Porträt*, 2013.

rística dos judeus, e que, visto por dentro, simboliza aquela falta de pátria na qual todos nós, judeus ou não judeus, estamos em casa. Ela é a fonte de todas as minhas atividades criativas. Não quero ter uma pátria na Terra. Talvez seja também essa renúncia que também revela meu judaísmo.[28]

A questão do (não) pertencimento é "bidirecional" no sentido de o sentimento de identidade se alimentar tanto da posse de determinados objeto, por menor que seja seu valor material, quanto do pertencimento da pessoa a determinado espaço. A falta total de pertences é o ponto de partida da obra prima de Herta Müller, tanto que a primeira frase, "Tudo o que tenho levo comigo", foi escolhida como título para a tradução brasileira, pois resume, de certa maneira, estado de pobreza material e imaterial do protagonista. Assim, o primeiro capítulo, intitulado "Sobre fazer as malas", descreve o processo de um desnudamento radical que afeta até a identidade dos objetos e sua denominação:

> Tudo o que tenho levo comigo.
>
> Ou: tudo meu levo comigo.
>
> Levei tudo o que eu tinha. Meu não era. Ou tinha outra função ou pertencia a outra pessoa. A mala de couro de porco era a pequena caixa de um gramofone.[29]

28 Manuscrito do programa de rádio da emissora Südwestfunk, 2° canal, de 8 dez. 2016 (FUCHS, 2016). Cabe observar que Hildesheimer tinha bons motivos para voltar à Europa e, mais precisamente, à Alemanha, pois trabalhou como tradutor simultâneo nos processos de Nuremberg.
29 MÜLLER, 2011, p. 11.

Nem tudo o que tem é também propriedade do protagonista Leo Auberg e o "fazer das malas", na verdade, não diz respeito a uma mala, mas a uma caixa de gramofone que ele desmancha para enchê-la com objetos doados generosamente por aqueles que têm a sorte de não serem deportados. Com seus 17 anos, Leo já tem idade para constar na lista das pessoas a serem levadas para um campo de trabalho forçado na então Ucrânia soviética.

Os poucos pertences, portanto, pertencem a outras pessoas e a mala que serve para transportá-los, não é uma mala. O desnudamento é total quando chega às palavras que não pertencem mais ao domínio do protagonista, mas o dominam e o surpreendem nas situações mais inesperadas. Em vez de estarem a serviço do seu usuário, elas ganham vida própria e exercem um poder quase mágico sobre as pessoas. Sem dúvida, há magia em jogo quando a avó, ao despedir-se do neto, lhe diz a frase trivial "Eu sei que você vai voltar". A magia não consiste tanto no fato de Leo sobreviver ao campo, mas de se materializar como um objeto escondido que Leo vai levar em sua "mala":

> Não guardei essa frase intencionalmente. Levei-a distraído para o campo de trabalho. Eu não tinha a menor ideia de que ela me acompanhava. Mas uma frase assim é algo autônomo. Ela teve efeito sobre mim, mais do que os livros que eu levara. EU SEI QUE VOCÊ VAI VOLTAR tornou-se cúmplice da pá de coração e adversário do Anjo da Fome. Como voltei, posso dizer: uma frase assim nos mantém vivos.[30]

30 MÜLLER, 2011, p. 18.

"Pá de coração" e "Anjo da Fome" são neologismos como o próprio título do livro, o "Balanço da respiração" (*Atemschaukel*). Ao contrário daquela frase da avó, não têm como serem triviais, mas aglutinações "autopoéticas" que acompanham o protagonista como se fossem personagens que se caracterizam por sua presença permanente no campo, muitas vezes em conjunto e muitas vezes brigando um com o outro.

Sem dúvida, o que domina a vida – ou a sobrevida – no *Lager* é a fome. Fome é falta de comida, mas para sobreviver a ela, a solução é de substituir o domínio da fome pelo domínio do trabalho. Da mesma maneira que a frase da avó se transforma em um refrão – ou na "dominante", também no sentido musical – do livro, a pá de coração deixa de ser um mero instrumento de trabalho para assenhorear-se do seu usuário, para dominar seu dono:

> Eu gostaria que a pá de coração fosse a minha ferramenta. Mas ela é o meu senhor. A ferramenta sou eu. Ela manda, eu me submeto. Porém, mesmo assim, ela é a minha pá preferida. Eu me obriguei a gostar dela. Sou submisso, porque ela é melhor senhor para mim quando eu simplesmente obedeço e não a odeio.[31]

Basta um momento de desconcentração que o Anjo da Fome se aproveita dele para se pendurar "bem dentro da minha boca, no meu véu palatino".[32] O Anjo da Fome não é um anjo da guarda; muito pelo contrário: ele está pronto

31 MÜLLER, 2011, p. 88.
32 MÜLLER, 2011, p. 89.

para levar o protagonista para o céu, fazendo a respiração balançar, causando o "balanço da respiração", esse balanço que "é um delírio, e que delírio"[33]! Mas, mais vez o Anjo da Fome não sai vencedor, pois no meio do delírio, chega à conclusão "Você ainda não está leve o suficiente, por que não facilita as coisas [?]."[34]

Materializando a fome por meio de uma luta de figuras alegóricas e seus nomes nada convencionais, Leo Auberg cria um referencial, um pequeno mundo ao redor dele que o acompanha mesmo que seja brigando à maneira dos deuses da mitologia grega. Relacionando quase todos os acontecimentos com esses personagens fictícios que habitam o *Lager* e podendo *dar um nome a eles*, identificando neles o sofrimento de todos os dias, o sofrimento sem sentido passa a ganhar um sentido, por mais que seja limitado ao pequeno mundo de um expatriado ou então de um despossuído. Possuído pelos espíritos de uma mente sempre ameaçada de derivar para o delírio definitivo do desespero, o protagonista, ele mesmo uma criação da mente sempre ameaçada da autora, resiste ao suicídio ao qual tantos outros se livraram, assim como a autora escapou ao suicídio graças à resistência das palavras.

33 MÜLLER, 2011, p. 90.

34 MÜLLER, 2011, p. 89. No livro em questão, a autora tem o hábito de não utilizar pontos de interrogação.

REFERÊNCIAS

ALEMÃ Herta Müller surpreende e ganha o Nobel de Literatura. *O Estado de São Paulo*. São Paulo, 9 out. 2009. Disponível em: <http://cultura.estadao.com.br/noticias/geral,alema-herta-muller-surpreende-e-ganha-o-nobel-de-literatura,447775>. Acesso em: 2 fev. 2017.

BIGNOTTO, Newton. Vassili Grossman e o 'Inferno de Treblinka'. *Arquivo Maaravi*: Revista Digital de Estudos Judaicos da UFMG. Belo Horizonte, v. 10, n. 19, nov. 2016. Disponível em: <http://www.periodicos.letras.ufmg.br/index.php/maaravi/article/view/11196>. Acesso em: 15 abr. 2017.

BLUME, Rosvitha Friesen. Herta Müller e o ensaísmo autobiográfico na literatura contemporânea em língua alemã. *Pandaemonium*. São Paulo, v. 16, n. 21, p. 48-78, jun. 2013.

CARVALHO, Maria Teresa de Melo. As fronteiros do Eu na psicose – O trabalho pioneiro de Paul Federn. *Psicologia em Revista*. Belo Horizonte, PUC-MG, v. 9, n. 13, 2003.

COZER, Raquel; STRECKER, Marcos. Alemã Herta Müller leva Nobel de Literatura. *Folha de S. Paulo*. São Paulo, 9 out. 2009. Disponível em: <http://www1.folha.uol.com.br/fsp/ilustrad/fq0910200908.htm>. Acesso em: 2 fev. 2017.

FUCHS, Stefan. Der Schriftsteller Wolfgang Hildesheimer. Erinnerungen an einen Apokalyptiker. SWR2 *Wissen* (Programa radiofônico). Transmissão: 8 dez. 2017.

Redação: Anja Brockert. Direção: Felicitas Ott. Baden-Baden, 2016. Disponível em:<http://www.swr.de/-/id=18401988/property=download/nid=660374/1trsqop/swr2-wissen-20161208.pdf>. Acesso em: 15 abr. 2017.

HABERMAS, Tilmann. *Geliebte Objekte*. Symbole und Instrumente der Identitätsbildung. [*Objetos queridos*. Símbolos e instrumentos da formação da identidade]. Frankfurt/M.: Suhrkamp, 1999.

HEGEL, G. F. W. *Ästhetik*. Berlim, Weimar: Aufbau-Verlag, 1984.

HERTA Müller – Facts. Disponível em: <https://www.nobelprize.org/nobel_prizes/literature/laureates/2009/muller-facts.html>. Acesso em: 2 fev. 2017.

KELLHAMMER, Angelika. *Herta Müller - Ein Portrait*. Disponível em: <https://www.youtube.com/watch?v=HhohIgOuhJg>. Acesso em: 15 abr. 2017.

LE BOR, Adam. Romênia põe bens de Ceaucescu na Internet. *Folha de S. Paulo*. São Paulo, 29 nov. 1998. Disponível em:<http://www1.folha.uol.com.br/fsp/mundo/ft29119814.htm>. Acesso em: 12 fev. 2017.

LOVENBERG, Felicitas von. Mit der Tinte die Schatten vertreiben. 2009. Disponível em: < http://www.faz.net/aktuell/feuilleton/buchmesse-2009/autoren/literaturnobelpreis-fuer-herta-mueller-mit-der-tinte-die-schatten-vertreiben-1716578.html>. Acesso em: 2 fev. 2017.

LUKÁCS, Georg. *A teoria do romance*. Tradução, prefácio e notas de José Marcos Mariani de Macedo. São Paulo: Duas Cidades/Editora 34, 2000.

MÜLLER, Herta. *Tudo o que eu tenho trago comigo*. Trad. Aires Graça. Alfragide: Dom Quixote, 2010.

MÜLLER, Herta. *Todo lo que tengo lo llevo comigo*. Trad. Rosa Pilar Blanco. Madrid: Siruela, 2011.

MÜLLER, Herta. *Tudo que tenho levo comigo*. Trad. Carola Saavedra. São Paulo: Companhia das Letras, 2011.

MÜLLER, Herta. *L'altalena del respiro*. Trad. Margherita Carbonaro. Milano: Feltrinelli, 2012.

MÜLLER, Herta. *La buscule do souffle*. Trad. Claire de Oliveira. Paris: Gallimard, 2012.

MÜLLER, Herta. *Reisende auf einem Bein*. 3ª ed. Frankfurt/M.: Fischer, 2013.

MÜLLER, Herta. *The Hunger Angel*. Trad. Philip Boehm. London: Portobello Books, 2013.

MÜLLER, Herta. *Mein Vaterland war ein Apfelkern*. Ein Gespräch mit Angelika Klammer. München: Hanser, 2014.

OTTE, Georg. Do mito do "bom selvagem" à Nova Mitologia. A crise da cultura em Rousseau e Schiller. *Ipotesi*, Juiz de Fora, v. 19, n. 2, p. 10-18, 2015.

PRIORI, Angelo; IPÓLITO, Verônica Karina. DOPS, a cidade de Rolândia (PR) e a repressão aos imigrantes de origem alemã (1942-1945). *Varia historia*. Belo Horizonte, v. 31, n.

56, p. 547-580, maio-ago. 2015. Disponível em: <http://www.scielo.br/scielo.php?script=sci_arttext&pid=S0104-87752015000200547&lng=pt&nrm=iso&tlng=en>. Acesso em: 11 set. 2016.

ROUSSEAU, Jean-Jacques. *Discurso sobre a origem da desigualdade*. Edição eletrônica: Ed. Ridendo Castigat Mores, 2002.

STENDHAL. *O vermelho e o negro*. Trad. De Sousa e Casemiro Fernandes. São Paulo: Globo, 1971.

U.S. LATINOS:
BUSCANDO DEFINIÇÕES DE IDENTIDADE E DE ESPAÇO SOCIAL

Giséle Manganelli Fernandes

Revolutionary Spanish Lesson
Whenever my name
is mispronounced,
I want to buy a toy pistol,
put on dark eyeglasses,
push my beret at an angle,
comb my beard to a point,
hijack a busload
of Republican tourists
from Wisconsin,
force them to chant
anti-American slogans
in Spanish,
and wait
for the bilingual SWAT team
to helicopter overhead,
begging me
to be reasonable.

Martín Espada

Escolhemos o poema de Martín Espada "Revolutionary Spanish Lesson" para inciarmos a discussão a respeito da identidade dos latinos nos Estados Unidos por uma fundamental razão: tudo em nossas vidas começa pelos nossos nomes. Os nomes nos identificam e estabelecem o cumprimento de ordens nas nossas atividades diárias. Quando os nossos nomes não são pronunciados corretamente, tratamos de corrigir sua pronúncia sem demora.

No poema, Espada mostra sua revolta em todas as oportunidades em que seu nome não é pronunciado de forma correta. Ele tem vontade de ter "uma arma de brinquedo" e "sequestrar um ônibus com turistas republicanos do Wisconsin, forçando-os a entoar slogans antiamericanos em Espanhol". Ele espera, como consequência imediata desse ato, que "uma tropa da SWAT bilíngue" venha de helicóptero sobre sua cabeça, "implorando" para que ele "seja sensato". Obviamente, sua reação bastante forte contra os representantes dos que ainda se acreditam representantes da chamada "supremacia branca" iria motivar o aparecimento de um grupo policial com objetivo de demovê-lo da ideia de cometer qualquer ato de violência contra seus opressores. Uma força policial bilíngue, claro, para garantir que ele entenderia a mensagem. O estereótipo de que os latinos são violentos confirma-se com a presença da SWAT, embora a arma seja de brinquedo e Espada deseje que os passageiros cantem em Espanhol, o que pode ser caracterizado como "terrorismo linguístico" pelas "vítimas". A revolução almejada pelo poeta dá-se pela ampla compreensão da diferença e consideração com o Outro. Não é possível ser indiferente a uma situação concreta da presença dos latinos que, em anos de imigração, já promoveram alterações significativas nas estruturas pré-estabelecidas dentro da sociedade norte-americana. E tudo começa por essa primeira etapa da simples pronúncia correta dos nomes desses imigrantes e de seus descendentes.

Muitas vezes, terem nascido nos Estados Unidos não garante um tratamento igualitário aos latinos. Seus nomes os tornam alvos de preconceitos e mesmo tendo sido criados com os valores norte-americanos, isto é, sua língua, seus hábitos, costumes, eles podem ser tomados por imigrantes ilegais.

Em seu poema "Mexicans Begin Jogging", Gary Soto problematiza a identidade nacional, ao mostrar que mesmo sendo "an American", ele foi alvo de preconceito e mandado fugir do alcance da *Border Patrol* como se fosse um imigrante ilegal. Vejamos o poema a seguir:

> At the factory I worked
> In the fleck of rubber, under the press
> Of an oven yellow with flame,
> Until the border patrol opened
> Their vans and my boss waved for us to run.
> "Over the fence, Soto," he shouted,
> And I shouted that I was an American.
> "No time for lies," he said, and passes

A dollar in my palm, hurrying me
Through the back door.
Since I was on his time, I ran
And became the wag to a short tail of Mexicans –
Ran past the amazed crowds that lined
The street and blurred like photographs, in rain.
I ran from that industrial road to the sof
Houses where people paled at the turn of an autumn sky.
What could I do but yell *vivas*
To baseball, milkshakes, and those sociologists
Who would clock me
As I jog into the next century
On the power of a great, silly grin.[1]

O texto mostra o desespero do patrão de Soto quando a *Border Patrol* chegou com suas vans. Todos receberam a ordem para correr, inclusive Soto. Ser "an American" não fez nenhuma diferença, porque ele não é assim considerado. Aliás, ou seu patrão avaliou que Soto estava mentindo ("Não há tempo para mentiras") ou que a *Border Patrol* não iria acreditar em sua cidadania estadunidense. O patrão poderia ter acreditado em Soto, mas, e os policiais? Ter nascido nos Estados Unidos, naquele momento, não o distingue de qualquer mexicano ilegal. Sua ascendência o condena a seguir a ordem de seu patrão e a "correr". Não importa se sua vida foi pautada pelos valores pregados nos Estados Unidos, com "baseball, milk-shakes"; ele deve fugir da polícia imediatamente. E como reagir aos estu-

1 SOTO, 2004, p. 1027.

dos dos sociólogos, para os quais ele também deu "vivas", e agora Soto corre para o futuro "no poder de um grande sorriso tolo".

Ora, o tema "identidade" é sempre permeado por raça e gênero. Em relação à identidade racial, Enid Trucios -Haynes, docente da Brandeis School of Law da University of Louisville, "an immigration law scholar and immigration law attorney", apresenta a seguinte reflexão:

> It is my view that Latin@s in the U.S. today possess a racial identity based on internal and external identification factor, however the ambivalence about this racial identity on the part of many within the group limits Latin@ power and influence. The result is an indeterminate racial identity for Latin@s that simply does not fit in the U.S. hierarchical racial framework.

Verificamos que ainda persiste uma "ambivalência" no tocante a uma identificação racial para esse grupo. Para Trucios-Haynes, a questão racial dos latinos tem de ir além do paradigma "branca-negra", pois a essa identidade racial é "multidimensional" e não encontra seu lugar em nenhuma das categorias oficiais estabelecidas pelo governo. Nem a categoria étnica "Hispanic/Latino" abrange completamente todos os latinos sendo, assim, inconsistente. Essa indeterminação racial traz uma consequência grave para eles, segundo Trucios-Haynes: "retórica e práticas discriminatórias". Todavia, ela finaliza seu ensaio com uma mensagem esperançosa:

> But this is changing. Today the two features of racial identity – internal and external – are merging. This may be the final, necessary and transformative step to full participation in U.S. society.[2]

Outro ponto de debate refere-se ao gênero. A escritora Gloria Anzaldúa, em *Borderlands/La Frontera*: The New Mestiza,[3] aborda a problemática fronteira México-Estados Unidos, mostrando as situações de horror pelas quais passam os imigrantes ilegais, mormente as mulheres, cujo nível de opressão chega a níveis totalmente desumanos, como podemos observar na seguinte passagem:

> The Mexican woman is especially at risk. Often the **coyote** (smuggler) doesn't feed her for days or let her go to the bathroom. Often he rapes her or sells her into prostitution. [...] Isolated and worried about her family back home, afraid of getting caught and deported, living with as many as fifteen people in one room, the mexicana suffers serious health problems. *Se enferma de los nervios, de alta presión.*[4]

Se os homens sofrem nesse tipo de aventura, as mulheres são ainda mais oprimidas, humilhadas, sem poderem ter acesso às necessidades nutricionais decentes e às condições mínimas de higiene pessoal.

Anzaldúa ainda aponta para como, em sua cultura, as mulheres são sempre oprimidas, tendo de se submeter ao poderio masculino, a fim de serem consideradas "bem

2 TRUCIOS-HAYNES, 2016, p. 50.
3 ANZALDÚA, 1987.
4 ANZALDÚA, 1999, p. 34.

criadas". Já os homens usufruem de mais liberdade, inclusive na linguagem, como podemos observar neste trecho:

> *Hocicona, repelona, chismosa,* having a big mouth, questioning, carrying tales are all signs of being mal criada. In my culture they are all words that are derogatory if applied to women – I've never heard them applied to men.[5]

Em sua obra, Anzaldúa propõe a existência de uma *new mestiza consciousness*, una consciencia de mujer. *It is a consciousness of the Borderlands.*[6] E essa "nova mulher" claramente tem uma "batalha interior", pois encontra-se entre várias culturas, conforme a autora explana nos versos a seguir:

> *Una lucha de fronteras* / A Struggle of Borders
> Because I, a mestiza,
> continually walk out of one culture
> and into another,
> because I am in all cultures at the same time,
> *alma entre dos mundos, tres, cuatro,*
> *Me zumba la cabeza com lo contradictorio.*
> Estoy norteada *por todas las voces que me hablan*
> *simultáneamente.*[7]

Por outro lado, nessa *mestiza* está a junção de todas as culturas e isso dá-lhe a possibilidade de suportar ambiguidades, já que sua *plural personality*[8] significa uma

5 ANZALDÚA, 1999, p. 76.
6 ANZALDÚA, 1999, p. 99.
7 ANZALDÚA, 1999, p. 99.
8 ANZALDÚA, 1999, p. 101.

condição extraordinária para *to be an Indian in Mexican culture, to be Mexican from an Anglo point of view.*[9] A força está, dessa forma, com essa *mestiza*, que vai lutar contra os "dualismos" e os valores pré-estabelecidos.

Contudo, Anzaldúa mostra que há mais batalhas a serem travadas: sua "escolha em ser *queer*" ainda pode ser interpretada como uma forma de rebelião:

> For the lesbian of color, the ultimate rebellion she can make against her native culture is through her sexual behavior. She goes against two moral prohibitions: sexuality and homosexuality. Being lesbian and raised Catholic, indoctrinated as straight, *I made the choice to be queer* (for some it is genetically inherent).[10]

O texto de Anzaldúa sempre move o leitor a colocar em xeque as regras existentes e a tentar imaginar o mundo de outra forma, com uma outra configuração, sem fronteiras, sem raças definidas. Ao se declarar mestiça, lésbica e feminista, a autora apresenta as consequências de suas escolhas e de seu modo de ver o mundo:

> As a *mestiza* I have no country, my homeland cast me out; yet all countries are mine because I am every woman's sister or potential lover. (As a lesbian I have no race, my own people disclaim me; but I am all races because there is the queer of me in all races.) I am cultureless because, as a feminist, I challenge the collective cultural/religious male-derived beliefs of Indo-Hispanics and Anglos; yet I am

9 ANZALDÚA, 1999, p. 101.
10 ANZALDÚA, 1999, p. 41.

> cultured because I am participating in the creation of another culture, a new story to explain the world and our participation in it, a new value system with images and symbols that connect us to each other and to the planet.[11]

Todo o domínio cultural masculino e os valores de masculinidade são desafiados por Anzaldúa; porém, ela tem consciência de que este "viver sem fronteiras" cria novas formas de explicar o mundo, com um "novo sistema de valores" não mais pertencentes a um só lugar, mas "ao planeta". Por isso, ela precisa afirmar o seguinte: "*Escribo com la tinta de mi sangre*",[12] para deixar marcadas suas posições de rebeldia e de luta por uma nova realidade social, sem preconceitos.

Nessa mesma linha de ação, temos o conceito proposto por Guillermo Gómez-Peña, o "Fourth World", onde haveria pouco espaço para "static identities, fixed nationalities, 'pure' languages, or sacred cultural traditions".[13]

Assim, as questões de identidade são bastante complexas, pois vão desde a presença do hífen em mexicano -americano, cubano-americano (ligando duas culturas), passando pela ideia de se viver entre várias culturas (índia-mexicana-americana), até o posicionamento de se viver sem uma identidade definida e de ter a liberdade de pertencer a um novo modo de vida, desafiador da tradição.

11 ANZALDÚA, 1987, p. 102-103.
12 ANZALDÚA, 1999, p. 93.
13 GÓMEZ-PEÑA, 1996, p. 7.

A imigração latina nos Estados Unidos sempre é tema de debate para os candidatos a presidente. A importância do eleitorado latino é inegável no processo de escolha do novo líder da nação. Segundo Trucios-Haynes, "The Latin@ vote was key to the election of President Obama in both 2008 and 2012".[14] Ora, uma prova evidente da expressividade desse grupo está na realização dos debates entre os candidatos ocorridos na *Univision*, rede voltada para o público latino nos EUA, cuja sede localiza-se em New York.[15] Em um fórum na Brown University, estes foram considerados os "sleeping giants" da eleição para a Casa Branca em 2016.[16] Portanto, é inegável a relevância desse grupo para o contexto histórico e socioeconômico nos EUA.

Entretanto, esses imigrantes e seus descendentes têm de enfrentar uma série de preconceitos, até mesmo a acusação de roubarem empregos dos norte-americanos. Em seu poema "So Mexicans Are Taking Jobs From Americans", o escritor Jimmy Santiago Baca ironiza o discurso comum, inclusive na TV, que apregoa a noção de os mexicanos estarem tirando oportunidades de empregos dos cidadãos americanos:

> I hear Mexicans are taking your jobs away.
> Do they sneak into town at night,
> and as you're walking home with a whore,

14 TRUCIOS-HAYNES, 2016, p. 49.
15 Conteúdo disponível em: <www.univision.com/noticias/elecciones-2016>.
16 PINA, 2016.

do they mug you, a knife at your throat,
saying, I want your job?
Even on TV, an asthmatic leader
crawls turtle heavy, leaning on an assistant,
and from a nest of wrinkles on his face,
a tongue paddles through flashing waves
of lightbulbs, of cameramen, rasping
"They're taking our jobs away."[17]

Estariam os mexicanos roubando os empregos de forma violenta? Colocando facas nas gargantas dos americanos para consegirem seus objetivos?

Baca critica veementemente esse tipo de preocupação, quando as injustiças sociais são evidentes, pois há crianças famintas, pobres procurando trabalho, pequenos produtores vendendo suas terras para "fazendeiros" que moram em New York. Esses assuntos deveriam ser o foco das notícias, com ênfase no grave abismo separando ricos e pobres, como vemos na seguinte estrofe:

I see this, and I hear only a few people
got all the money in this world, the rest
count their pennies to buy bread and butter.[18]

O autor demonstra sua indignação ao constatar que o mais importante não está sendo feito e as acusações infundadas contra os mexicanos ganham notoriedade, enquanto as crianças morrem:

17 SANTIAGO BACA, 2000, p. 650-651.
18 SANTIAGO BACA, 2000, p. 651.

The children are dead already. We are killing them,
that is what America should be saying;
on TV, in the streets, in offices, should be saying,
"We aren't giving the children a chance to live."
Mexicans are taking our jobs, they say instead.
What they really say is, let them die,
and the children too.[19]

Com o intuito de trazer uma outra perspectiva para analisar a questão dos imigrantes Latinos nos Estados Unidos, apresentamos dois trabalhos do cartunista Lalo López Alcaraz. No primeiro, vemos como os latinos são vistos por aqueles que nutrem preconceitos em relação à cultura e aos hábitos desse grupo, incluindo sua fama de indolentes.[20] No segundo, artistas latinos são colocados no anúncio de *Star Wars* como se fossem uma ameaça de "escurecer" a branca sociedade dos Estados Unidos.[21]

19 SANTIAGO BACA, 2000, p. 651.
20 STAVANS, 2011, p. 2437.
21 STAVANS, 2011, p. 2438.

A partir dos textos aqui estudados, ainda vemos que o debate sobre a busca de espaços que identifiquem os U.S. Latinos persiste de modo bastante significativo para esse grupo bem como para a sociedade na qual se inserem.

REFERÊNCIAS

ANZALDÚA, Gloria. *Borderlands/La Frontera*: The New Mestiza. 2nd. ed. San Francisco: Aunt Lute, 1999.

GÓMEZ-PEÑA, Guillermo. *The New World Border*. City Lights, 1996.

LÓPEZ ALCARAZ, Lalo. Estar Wars. In: STAVANS, Ilan. (General Editor). *The Norton Anthology of Latino Literature*. New York: W. W. Norton & Company, 2011.

LÓPEZ ALCARAZ, Lalo. Hi-Spanic Hysteria Month. In: STAVANS, Ilan. (General Editor). *The Norton Anthology of Latino Literature*. New York: W. W. Norton & Company, 2011.

PINA, Alisha A. Brown forum: Latinos seen as 'sleeping giants' in 2016 race. *Providence Journal*. 15 mar. 2016. Disponível em: <http://www.providencejournal.com/news/20160315/brown-forum-latinos-seen-as-sleeping-giants-in-2016-race>. Acesso em: 23 jun. 2017.

SANTIAGO BACA, Jimmy. So Mexicans Are Taking Jobs From Americans. In: ANNAS, Pamela; ROSEN, Robert. *Literature and Society*. New Jersey: Prentice-Hall, 2000.

SOTO, Gary. Mexicans Begin Jogging. In: KALAIDJIAN, Walter; ROOF, Judith: WATT, Stephen. *Understanding Literature*. Boston, New York: Houghton Mifflin, 2004.

TRUCIOS-HAYNES, Enid. Latin@ Indeterminate Racial Identity: The Racialized, Foreign and Undocumented "Other". In: FERNANDES, Giséle *et al*. *Anais do III Congresso Internacional do PPG-Letras e do XVI Seminário de Estudos*

Literários: caminhos, contatos e contrastes [recurso eletrônico]. UNESP- IBILCE: São José do Rio Preto, 2016. p. 40-53.

UM EU À DERIVA:
THE ATLANTIC SOUND, DE CARYL PHILLIPS

Gracia Gonçalves

If our slave trade had gone, there's an end to our lives,
Beggars all we must be, our children and wives;
No ships from our ports their proud sails e'er would spread,
And our streets grown with grass, where the cows might be fed.
Caryl Phillips

INTRODUÇÃO: PERCURSOS DO EU

Este ensaio pretende ser uma reflexão em um terreno, antes de mais nada, escorregadio, no qual se entrelaçam parâmetros de raça e de gênero. Nele, procuro explorar a constituição de subjetividades, em especial, no que tange ao olhar do narrador, sempre face a face consigo mesmo, através das páginas do *travelogue*, *The Atlantic Sound*, de Caryl Phillips. O escritor é natural da Ilha de São Cristóvão, no Caribe, porém, desde cedo, com cidadania inglesa. Nessa obra, propõe-se a investigar os lugares mais marcantes do tráfico negreiro britânico, tais como Ghana e Elmina, na África, e Charleston, no Sul dos Estados

Unidos. Em primeira pessoa, como bem se caracteriza esse subgênero ficcional, e reunindo aspectos de ficção, memória e testemunho, tal empreitada concretiza-se na forma de três contos ("Leaving Home," "Homeward Bound" e "Home"), cujos títulos dão a ver um significante recorrente, "lar", que já sugere uma temática que irá permear as três histórias: a inquietação inerente à busca da representação do sujeito em relação à fluidez que envolve as noções de raça, de espaço e de pertencimento.

Em relação à apropriação do *travelogue* por Phillips, em seu artigo, "Travel Writing and Post-coloniality: Caryl Phillips' *The Atlantic Sound*", María Lourdes López Ropero discute a evolução dessa forma de narrativa no fim do século XX. Baseando-se em *Orientalismo*, de Edward Said, e *Imperial Eyes*, de Mary Louise Pratt, ela argumenta que, na proporção em que, na era vitoriana, *travelogues* serviram como uma ferramenta para o mundo imperialista impor sua cultura ao Oriente, hoje, uma apropriação dessa forma, particularmente por estudiosos do pós-colonialismo, bem como mulheres e autores LGBT, "têm combinado consciência social política com motivações diretamente relacionadas à subjetividade."[1] Nesse mesmo contexto, Ropero acrescenta que o livro de Phillips ocupa um espaço de conflito discursivo, tomando emprestado livremente de um largo leque de áreas como história, ciências sociais, jornalismo, autobiografia ou ficção, resultando, tudo isso, em um "mélange de intrigantes narrativas históricas, geo-

1 ROPERO, 2003.

gráficas descrições, narrativas ficcionalizadas, entrevistas, artigos de jornal, poemas, excertos de procedimentos jurídicos, discursos, inúmeras epígrafes, etc."[2]

Nesse diapasão, trago à tona a preocupação constante do narrador com a configuração dos espaços em que se desenrolam os eventos abordados, em função da constituição das subjetividades envolvidas, as quais, invariavelmente marcadas pela nuance de raça, aflora no seu texto, a começar pela do próprio autor. Acredito que a estratégia concebida por Phillips, a qual compreende a apresentação do relato do ocorrido, devidamente sustentada por documentação histórica, culminando por um reconhecimento pessoal do sítio em questão, abra-nos a possibilidade de perceber a intensidade de tal relação. Assim, é-nos permitido acompanhar, então, via sua concepção de espaço, não somente o caráter de comprometimento de sua narrativa com a crítica pós-colonial, o que não é pouco, mas também não é tudo; da mesma forma, sua subjetividade fica, igualmente, exposta, podendo evidenciar também, alguns traços reveladores desta, no que tange à, por exemplo, sua inserção social e ao reconhecimento de si mesmo. Portanto, faz-se importante uma reflexão sobre textos autobiográficos, feita a partir dos estudos de Sidonie Smith e Susan Shaffer, bem como vale nos determos na resenha teórica apresentada por Neely Brooke e Michelle Samura, concernente a reflexões de vários teóricos no campo da crítica espacial.

2 ROPERO, 2003, p. 55.

Primeiramente, para se explorar a singularidade do narrador, observe-se o que dizem Smith e Shaffer em *Human Rights and Narrative Lives*,[3] sobre o caráter interdisciplinar daquele tipo de narrativa, no sentido destes poderem ser vistos antes de tudo como "políticos, uma vez que implicam aspectos morais, estéticos, e éticos da cultura".[4] A dinâmica desse gênero é vista por elas como uma relação "simultaneamente produtiva para reivindicações de justiça social, mas também problemática para o avanço desta meta".[5] Nesse sentido, ambas nos alertam para um outro nível de fruição e crítica do texto:

> Quando digo recepção, quero me referir às condições de empoderamento ou constrangimento com os quais as histórias são recebidas e interpretadas por múltiplas audiências, em seus contextos imediatos de produção ou mesmo distantes do local de origem do evento. Quem conta histórias assume riscos.[6]

Sobre esses riscos, por sua vez, elas lançam algumas condições de possibilidade como:

> Maneiras de se referir em 'personal storytelling' variam dependendo de se os contextos jurídicos, políticos, comuns, social, imaginativos, ou mesmo uma supraposta combinação de todos. Uma vez que 'personal storytelling' envolve atos de lembrar, de fazer sentido com fatos passados e sua

3 SCHAFFER; SMITH, 2004.
4 SCHAFFER; SMITH, 2004, p. 2.
5 SCHAFFER; SMITH, 2004, p. 2.
6 SCHAFFER; SMITH, 2004, p. 6.

'verdade' não pode ser lida tão somente ou, simplesmente, como factual.'"[7]

A partir desse primeiro bloco temático, gostaria de levantar algumas questões envolvendo as motivações autobiográficas do autor em *The Atlantic Sound*, sugerindo, como nesse complexo processo de construção de subjetividades inferidas em meio a marcadores raciais, sociais e de gênero, que não basta que ele se credite uma origem étnica, representando um grupo marginalizado. Também se faz importante mostrar como seu texto deixa entrever uma construção da própria imagem, que ora revela sua aderência, ora seu estranhamento da raça e da classe a que ele pertence, supostamente opostas entre si. O que quero dizer é que, se por um lado, o texto mostra uma atitude de questionamento do narrador, por outro, admite, igualmente, uma autoidentificação com uma esfera mais elitista com a qual ele se identificaria. Essa faceta se mostraria ora latente, ora mais explícita, em algumas escolhas estéticas do relato, como em determinados pontos de vista adotados, algumas digressões e descrições detalhadas em que se nota um certo apreço pelo caráter ético ou de refinamento de uma personagem; como também, o contrário é exposto, ou seja, um previsível desapreço pela falta de clarividência, respeito ou nexo nas situações com que se depara, projetando-as, de modo particular, ironicamente, por intermédio de uma peculiar ridicularização da personagem e/ou lugar, com os quais sua cons-

7 SCHAFFER; SMITH, 2004, p. 7.

ciência não se lhe espelha. Esse veio crítico, que perpassa a obra, leva o personagem-narrador a pesar, sempre, na balança, tudo o que vê e, ao mesmo tempo, direciona-o à procura de si mesmo.

Destaco uma atitude do narrador sobre seu trajeto em alto-mar constante da parte introdutória do relato, antes mesmo das histórias. Lê-se que este, deliberadamente, escolhe colocar-se a bordo de um navio cargueiro para a África, para melhor avaliar (e extrapolar) as possíveis dificuldades da travessia. Ao fazê-lo, ele descobre que o peso real dessa experiência, para além do desconforto físico, estaria associado a um desconforto psicológico. A título de exemplo: quer na sua cabine, quer no restaurante, ele oscila entre seu reservado *background* inglês e a sua proposta de identificação com o Outro, dois vetores de mesma direção, porém, em sentidos contrários.

Uma situação específica no que diz respeito a esse aspecto da subjetividade do narrador, nos é, então, mostrada, quando ele se vê avaliando tanto o cardápio de bordo oferecido, como alguns de seus possíveis interlocutores no percurso: dentre esses estão três ingleses, um casal de alemães, um norte-americano ou o chefe do navio. Seu pouco entusiasmo face à gama de escolhas é significativo: ele prefere se sentar sozinho. Quanto ao prato, abre-se um ponto para especulação, como veremos:

> I notice that the already informal tone of the messroom is further lowered by the captain who dresses in scruffy T-shirt, shorts and open sandals with brown socks. The

> main course menu offers either German food (fried pork chop) or Burmese (duck curry). I opt for the Burmese, a decision I am to remain loyal to for the duration of the voyage.[8]

Por um lado, ele não só aprecia a comida étnica, mas também rejeita o prato europeu com uma retórica explícita. No jogo de palavras, contudo, num lapso freudiano, talvez, ele se manterá não somente, *faithful* (fiel), mas *loyal* (leal) à sua alteridade, um registro um tanto quanto ligado à sua origem britânica. Caliban contra-ataca, mas de que lado estaria? Da mesma forma, estranhará o ar *blaisé*, o aspecto informal, a postura nada vitoriana daquele capitão. A questão fica ambígua: por detrás da aparentemente singela atitude de lealdade do narrador a suas predileções étnicas, não poderia este, talvez, por outro lado, estar deixando subentendido mais um traço recorrente de assimilação seletiva da posição do colonizador?

Esse pequeno episódio é suficiente para delinear a ênfase dada à componente espacial na constituição do texto de Phillips, para o que será voltada nossa atenção daqui por diante. Contudo, antes, um panorama geral do enredo de "Leaving Home", a primeira história da coletânea, parece-nos oportuno. Um negociante de palma, matéria-prima valiosa para a produção de óleo em plena revolução industrial, envia, de Ghana, um montante de dinheiro estipulado para a compra de um barco, para um intermediador inglês, previamente contatado e reconhecido na praça, fato que nunca se concretiza. Em busca

8 PHILLIPS, 2000, p. 6.

de um possível ressarcimento econômico e moral, ele só conta com o seu filho que, entre temeroso e consciencioso de seu papel, viaja a Liverpool e se coloca à mercê da justiça inglesa para reaver o dinheiro do pai. Entre atribulações, mas também demonstrações de acolhimento, sempre vinculadas ao perfil religioso das pessoas, seu convívio/estranhamento com a cidade/civilização é delineado alternadamente entre páginas de *flashback*, em caracteres itálicos, com as reminiscências de sua terra e de sua família. Finalmente, após um longo período, e várias audiências, alegando-se a falência do réu, para seu desapontamento não se lhe é restituída a quantia gasta; por outro lado, todavia, ele se vê, na voz do narrador, contemplado, em parte, por presenciar o negociante inglês ser punido com uma sentença de prisão.

Abraçado, então, a esse roteiro, Phillips, vai se colocar no lugar do ganês ludibriado e mergulhar de corpo e alma no passado dessa metrópole do século XIX, revelando-nos um perfil obscuro do lugar, vivido ainda em pleno século XXI. Nesse caso específico, ressalte-se a observação arguta do autor, ao reler códigos instituídos, ora oficialmente, ora pelo senso comum, e levantar o véu que encobre o olhar da história sobre tal cenário. Daí também se depreenderão exemplos concretos de releitura de signos propícios à critica espacial em consonância com as teorias do pós-colonial, porém, dentro de uma especificidade própria, à qual nos atentaremos a seguir.

Neely e Samura, em seu artigo "Social Geographies of Race: Connecting Race and Space", apontam para uma certa tendência ao se pensar a relação do espaço com o sujeito, que tem tomado lugar na crítica contemporânea, segundo a qual construções do espaço iluminam construções sociais de raça e vice-versa. Para elas:

> Tanto raça, quanto espaço variam ao longo do tempo e lugar, envolvendo variados embates políticos sobre seu significado, o qual emerge do jogo entre materialidade e cultura. Da mesma forma, processos raciais e espaciais podem ser vistos também como co-constitutivos e dialéticos em natureza.[9]

Em outras palavras, identidades e inerentes conflitos teriam muito a ver com a maneira com a qual nós, coletivamente, fazemos e refazemos, através do tempo, contínuas contestações, sobre e através do espaço que habitamos.[10] Em débito com estudiosos como Henri Lefebvre e David Harvey, que deram maior visibilidade aos estudos da geografia humana, dentre outros, elas demonstram como se desenvolver uma abordagem para estudar processos espaciais nos quais se façam, necessariamente, conexões entre economia política e cultural, projetando a espacialidade como elemento dominante na identificação da reprodução econômica e social.[11]

9 BROOKE; SAMURA, 2011, p. 1934.
10 BROOKE; SAMURA, 2011, p. 1934.
11 BROOKE; SAMURA, 2011, p. 1936.

Nessa linha, ambas mencionam Edward Casey, quando este afirma que espaço seria, na realidade, a incorporação "significativa" do lugar;[12] já para Douglas Massey, lugar seria, por sua vez, "uma constelação particular de relações sociais", enquanto Harvey corrobora a focalização especial do olhar ao afirmar que assim se enfatizam os benefícios das múltiplas camadas de significado implícita no conceito de lugar, argumentando que tais camadas "muito revelam sobre as práticas espaciais, sociais e políticas em interrelação umas com as outras ao longo do tempo".[13]

Ambas as autoras dedicam também uma atenção especial ao trabalho de Caroline Knowles, quanto à abordagem dupla que esta faz de espaço, juntamente à raça, levando-nos ao conceito de espaço como um "arquivo-ativo". Para Knowles:

> O espaço é um arquivo-ativo de processos sociais e relações sociais constitutivas das ordens raciais. Ativo porque não é só um monumento, acumulado através de um passado racial e do presente – embora também o seja – ele é ativo no sentido que interage com pessoas e suas atividades como um sempre renovado conjunto de possibilidades.[14]

Neely e Samura se alinham a outras teóricas como Doreen Massey e Lucy Lippard que também contemplam a fluidez implícita ao caráter mutante dos espaços,

12 BROOKE; SAMURA, 2011, p. 1936.

13 BROOKE; SAMURA, 2011, p. 1936.

14 BROOKE; SAMURA, 2011, p. 1940.

realçando que seu conceito atenta ao caráter de "sociabilidade e historicidade," neles embutidos, mostrando tal e qual o espaço e a raça reagem (por intermédio de pessoas) no que tange à identidade e formações sociais.[15]

Chegando, portanto, a uma identificação produtiva de possibilidades de intersecção entre esses dois elementos, raça e espaço, ainda em débito com Knowles, Neely e Samura apresentam-nos situações concretas, as quais se enquadrariam em uma sistemática abordagem do espaço em interação com a arquitetura, o universo social e a experiência das pessoas, mostrando seu lado flexível, surpreendente como pode vir a ocorrer nas estruturas e instituições do nosso dia a dia. Elas então levantam quatro tipos de situações que merecem nota, uma vez ligadas entre si por superposição dos espaços referenciados com vetores de raça e correspondentes juízos de valor. Tais espaços, segundo ambas, projetam-se, então, cada um a seu modo, com suas características específicas, estando o primeiro caso ligado à questão de contestação, isto é, quando posições sociais são definidas por um controle diferencial de recursos e acesso ao poder.[16] Em uma segunda instância, tem-se a distinção do espaço no que diz respeito à sua fluidez e historicidade, isto é, de acordo com seus significados que podem variar e mudar ao longo do tempo. Uma terceira situação envolve o caso de quando espaço e raça são continuamente feitos e refeitos por meio da interação

15 BROOKE; SAMURA, 2011, p. 1940.
16 BROOKE; SAMURA, 2011, p. 1938-1939.

entre grupos e indivíduos, tanto no nível micro quanto macro, chamando atenção para possibilidades de interação e relacionalidade. Finalmente, tem-se um quarto caso a ser destacado, o qual trata de espaços explicitamente marcados pela diferença e pela desigualdade.

À guisa de ilustração da pertinência do até então exposto, nos deteremos aqui em apenas dois desses casos, o segundo e o terceiro, respectivamente, de fluidez e de interrelacionalidade.

FLUIDEZ E HISTORICIDADE: DUAS VERSÕES DO ESPACO EM "LEAVING HOME"

Neely e Samura levantam uma argumentação que se mostra extremamente pertinente no caso do reconhecimento que Caryl Phillips empreende ao retratar uma Liverpool escravocrata da era vitoriana. Para além da capacidade de um espaço poder constituir-se como um dado de contestação em si, elas nos lembram de que significados que lhe são inerentes podem variar, mudando radicalmente ao longo do tempo e dentro de diferentes contextos. Em débito com Knowles, e provando como camadas de denotação de sentido se acumulam ao longo do tempo, ambas chamam nossa atenção para o caso de um clube noturno que era usado, no passado, para retenção dos escravos antes de serem transportados para longe da África, deixando no ar a dúvida de como devemos compreender uma locação identificada como um lugar de entretenimento e barbárie ao mesmo tempo.

Em "Leaving Home", paralelamente ao olhar do protagonista recém-chegado da África na Liverpool do XIX, tem-se o olhar de um narrador que também visita a cidade, conferindo a vários daqueles espaços, e a tantos outros, a visão da contemporaneidade.

Aqui, torna-se necessário reconhecer o criterioso trabalho de Phillips em desnudar o papel da cidade na implantação e fomento do tráfico negreiro, sobre cujos pilares se ergueria como um monumento de poder econômico para o país. O autor dedica algumas páginas de sua narrativa a explorar as manobras políticas e ideológicas que envolviam esse comércio, dentre as quais se depreende a seguinte passagem referente à defesa da questão por um interessado na causa escravocrata.

O trecho, retirado de um estudo, *Thoughts upon the African Salve Trade*, do Capitão John Newton, transcreve uma conversação, na qual se expõe uma dúvida sobre o que de melhor se fazer com um escravo para se atingir o máximo de lucro possível. Duas alternativas são aventadas, chegando-se a uma solução indecorosa:

> Either to appoint them a moderate amount of work, and five of them plenty of provisions so that they live longer. Or to straighten them with heavy service and hard usage, wear them out, and then simply buy new ones to fill their place. The "gentlemen commented that it was generally acknowledged that working a slave to death was the more profitable method, and on his Antigua plantation it was very seldom

that a slave lived more than nine years."[17]

O diapasão do lucro virá a alinhar outras tantas manifestações descritas por Phillips, como a argumentação ocorrida em um *fórum* legítimo de debate que justificava tal tráfico numa linha utilitarista. Diz o texto:

> He asked the abolitionist, who wished to end this trade, to consider how he would employ the seamen who were currently involved in slavery, [...] Then this provided employment for no less than two thousand seven hundred Liverpool men as sailors. Then there were the workmen on land to consider. The carpenters, joiners, ironmongrs, painters, sail-makers, boat-builders, coopers, riggers, plumbers, gaziers, gunsmiths, bread-bakers and labourers. "What", cried the trader, "must become of all these people who will be left without employ?"[18]

Outra argumentação espúria utilizada na época se pautava, igualmente, no bem-estar dos britânicos envolvidos a promoverem a economia fora do país, a exemplo dos colonizadores das Índias Ocidentais. Esse impasse, para o qual o advogado dos escravocratas demanda da audiência uma saída, produz uma pergunta retórica respondida por Phillips logo adiante:

> And what of the poor West Indian planters, British citizens, whose valuable estates brought great revenue into British hands, but how were likely to be reduced to poverty by the ending of the trade and its practical supply of labour? [...]

17 PHILLIPS, 2000, p. 46.
18 PHILLIPS, 2000, p. 44.

> What the Liverpool 'merchants', as they liked to call themselves, omitted to mention were the huge profits that were being made by a handful of the richest among them. [...] slaves were worth an average of $50 'per head', and although there remained expenses from the voyage, and a 5 per cent factor's commission to be deducted, the profits to the slave traders of Liverpool were still, by anybody's estimates, simply enormous.[19]

Quaisquer que fossem os argumentos, estes se mostram altamente causísticos, pois como o próprio Phillips comenta se, antes, se pensara que o banimento do comércio negreiro fosse trazer altos prejuízos, contraditoriamente, ocorreu o oposto, pois, a respeito de tais previsões, diz o texto que

> after the abolition they were proved wrong, for by 1834 trade to east, particularly to China, had been thrown open to private enterprise. Liverpool entered this trade with vigour, and soon became the chief port through which tea and rice arrived in England.[20]

Concentrando-nos, então, em um caso específico, em que o caráter de fluidez do espaço dentro da história da cidade fica patente, o narrador identifica uma prática de deturpação de sentidos relativa ao conhecido Museu Marítimo daquela cidade:

> for many years before this there had been a strong lobby from both the black and white communities of Liverpool,

19 PHILLIPS, 2000, p. 44-45.
20 PHILLIPS, 2000, p. 57.

> who argued that the Maritime museum should at least acknowledge Liverpool's deep involvement in the slave trade. Stephen had told me that as a young boy his visits to the museum were characterized by being exposed to people dressed as sailors, who played the hornpipe and encouraged the black and the white children to sing sea shanties.[21]

Como se pode depreender dessa passagem, um outro perfil, mais ameno e menos comprometedor teria sido superposto ao do passado, que Phillips resgata em sua pesquisa documental. Contudo, confirmando ainda mais a teoria, o perfil que, hoje, se depreende das redes, a imagem virtual dessa atração turística, já anuncia a sua representatividade na história da embaraçosa participação da cidade no tráfico. Por outro lado, na mesma atmosfera, porém, de entendimento da construção de uma historicidade que pode ser ligada a um monumento, Neely e Samura tratam de uma outra instância, a qual abrange o caráter relacional e interacional dos processos. Nota-se, segundo esse enfoque, o envolvimento de atores sociais (individuais, grupos, instituições) que "criam, rompem e recriam significados espaciais", isso porque, tanto significados quanto usos do espaço demonstram muito ter a ver com a definição de quem detém ou não o poder de definir e controlar.[22] Assim, elas evidenciam como, ao se adotar tal perspectiva, podemos ver o espaço como um elemento de criação e manutenção dessa ordem.

21 PHILLIPS, 2000, p. 11.
22 BROOKE; SAMURA, 2011, p. 1938-1939.

O reconhecimento da Prefeitura de Liverpool, feito por Phillips, por exemplo, tem um papel fundamental no esclarecimento deste processo de cunho ideológico na interpretação do espaço:

> I walk to the middle of the square where an imposing monument occupies pride of place. Around a fountain, which was built to celebrate Admiral Nelson´s victories at sea, there is a powerful sculpture of four semi-clad and chained men. Each French 'prisoner' is meant to represent one of Nelson's significant sea victories; however, it is impossible to look at this fountain and its sculpture and not think of the slave trade. In fact, when Herman Melville visited Liverpool and laid eyes in the monument, he remarked that the four figures reminded him of the slaves of Virginia and Carolina.[23]

Em outras palavras, o que aqui se discute não é mais simplesmente o fato de que se faça outro uso de um espaço e, paralelamente, um desvirtuamento de suas primeiras ligações semânticas. Mais sutilmente, trata-se de uma tácita e/ou alienante postura face a um monumento que, não obstante, se mantém tal e qual e que funcionaria, ao longo do tempo, como um eco de um código prenho de significações de dominação. Estas teriam-lhes sido obliteradas por efeitos "capilares" do poder na sua própria recepção ao longo do tempo. A situação requer mais atenção do leitor do que outra mais explícita em que todos os estereótipos de outremização disponíveis teriam sido acionados:

23 PHILLIPS, 2000, p. 103-104.

> I circumnavigate the building and can see that high up near the roof here is a 'frieze' that 'subtly' depicts the the images that were central to the development of Liverpool's trading empire. Llamas, cocoa pods, a Native American woman with a bow, an elephant, an African face, a rhinoceros and so on.[24]

Nesse último exemplo, a cor local, o exotismo, o processo de reificação ou, segundo Said, de "invenção" do outro, são facilmente detectáveis pelo autor, que "põe seu dedo na ferida". Contudo, a passagem, rica em termos de um delineamento de sua subjetividade, deixa entrever, mais uma vez, certa oscilação, ao que parece, associada ao seu alterego do narrador identificado com o seu referencial hegemônico, o que se pode notar a partir de sua identificação com a postura de Herman Melville, representante do cânone literário norte-americano. O ato de referendar-se a partir de outra voz literária nos leva ao estudo que Sylvia Molloy faz sobre a escrita autobiográfica na América Latina. Nos autores estudados, ela detecta certa tendência em se apoiarem indiretamente nos clássicos para emitirem seus juízos. Assim, desde crianças, estes se revelam como eruditos, aprendizes da arte de escrever e, portanto, mais tarde, aptos a emitir juízos.

O lugar de enunciação de Phillips como o fio da navalha determina, desse modo, uma necessária empreitada de risco. Não há como falar de si mesmo sem se comprometer de alguma forma.

24 PHILLIPS, 2000, p. 104.

Voltando ao caso de John O' Casey, no qual se nota sua inegável empatia com o drama da personagem, ao continuar percorrendo a cidade, o narrador prossegue em sua jornada de reconhecimento/estranhamento de si mesmo. Na imparcialidade respeitosa com que descreve o processo de julgamento do ganês, e a deliberação dada pelo juiz, vê-se quão pouco imune ele ainda estaria dentro dessa zona de conforto e como, de certa forma, Phillips se rende ao sistema jurídico inglês. Ao veredito, "no other sentence than that you be imprisoned with hard labor for fifteenth calendar months",[25] a vítima reage com alívio:

> John O'Cansey listened carefully to every word, and once the sentence had been pronounced he flet as though a great burden had been lifted from his person. His thoughts immeadiately turned to his father, who he knew would be relieved that he could now look to the future and put this unhappy incident behind him. [...] He pictured his grandmother, her eyes cloudy with cataracts, her leathery skin furrowed with the ridges of old age. She was watching him. She was still watching him. Mrs Lyle handed John the glass of water and stood to one side. She was watching him. John knew that it was time to go. It was time to return to Africa.[26]

Aqui, tem-se, talvez, a mais problemática injunção das duas culturas que perpassam a formação de sua subjetividade: o respeito à ancestralidade fala mais alto que o dinheiro. Desse modo, ele fecha a conta com o bater do martelo.

25 PHILLIPS, 2000, p. 91.
26 PHILLIPS, 2000, p. 92-93.

Por outro lado, ao fazer o seu balanço da cidade, tem-se, de novo, nítido, seu desapreço pela carga cultural que impera no seu sítio de investigação, como se pode ler na citação: "It is disquieting to be in a place where history is so physically present, yet so glaringly absent from people's consciousness. But where is it any different?"[27] A alienação das pessoas torna-se uma marca espacial da cidade. A julgar pelo alcance, hoje, de seu trabalho, pela reformulação constante do código de valores ou, no mínimo, pela ampliação de horizontes e modos de olhar, é possível dizer que o escritor já tenha delineado a literatura como este lugar no qual a história está fisicamente presente, mas habitada por pessoas sem consciência.

27 PHILLIPS, 2000, p. 49.

REFERÊNCIAS

BROOKE, Neely; SAMURA, Michelle. Social Geographies of Race: Connecting Race and Space. *Ethnic and Racial Studies*, v. 34, n. 11, p. 1933-1952, nov. 2011.

FOUCAULT, Michel. *Vigiar e punir*: nascimento da prisão. Trad. Raquel Ramalhete. Petrópolis: Vozes, 2002.

PHILLIPS, Caryl. *The Atlantic Sound*. New York: Vintage. Random House Inc., 2001.

ROPERO, María Lourdes López. *Travel Writing and Postcoloniality: Caryl Phillips's The Atlantic Sound Atlantis*. Sevilha: Asociación Española, 2003.

SAID, Edward. *Orientalismo*: o Oriente como invenção do Ocidente. Trad. Tomás Rosa Bueno. São Paulo: Companhia das Letras, 1990.

SCHAFFER, Kay; SMITH, Sidonie. *Human Rights and Narrated Lives*: The Ethics of Recognition. New York and Basingstoke: Palgrave Macmillan, 2004.

BERNARDO SANTARENO
E O TEATRO DE ANTÔNIO JOSÉ DA SILVA, O JUDEU

Kenia Maria de Almeida Pereira

Pois hei de confessar culpas que me não carregam, nem à memória, nem à consciência?! Quais sejam essas culpas, eu não sei".
Antônio José da Silva, o Judeu

A vida trágica e desafiadora do comediógrafo luso-brasileiro Antônio José da Silva, o Judeu, fascinou e seduziu, desde o século XIX, a imaginação de vários autores, cineastas e dramaturgos, tanto no Brasil como em Portugal. No Brasil, o primeiro autor a se interessar pela tragédia de Antônio José e seus últimos dias, condenado em um auto de fé em Lisboa, foi Gonçalves de Magalhães, com o drama romântico *António José, ou o poeta e a Inquisição*, de 1838. No início do século XX, em 1901, Machado de Assis publica Ocidentais, no qual se encontra o poema "Antônio José", em que o autor de *Memórias póstumas de Brás Cubas* relembra a trajetória funesta do dramaturgo que morreu nas fogueiras da Inquisição. Em 1992, Alberto Dines publica o primeiro volume da biografia de Antônio José. Em aproximadamente mil páginas, *Vínculos do fogo* apresenta de, forma histórico-poética, o período em que a Inquisição portuguesa perseguiu e matou vários artistas e pensadores. Em 1995, Jom Tob Azulay leva às telas do cinema a produção luso-brasileira *O Judeu*, em que se mesclam, aos olhos dos espectadores, tanto a beleza do teatro de marionetes manipuladas por Antônio José como várias cenas de torturas imputadas pela Igreja contra o dramaturgo e a sua família.

Em Portugal, Camilo Castelo Branco, em 1866, lança dois volumes de *O Judeu*, folhetim romântico sobre a vida e o teatro de Antônio José, enfocando principalmente as muitas polêmicas em torno das debochadas peças do infeliz comediógrafo.

No século XX, Bernardo Santareno, pseudônimo de Antônio Martinho do Rosário, considerado pela crítica como um dos mais importantes dramaturgos portugueses contemporâneos, publicou em 1966 a "narrativa dramática" *O Judeu*. Nessa peça, moldada na estrutura teatral brechetiniana, com um narrador que conduz e comenta os fatos, Santareno também retoma a vida trágica do escritor.

Autor de oito peças, também conhecidas como óperas joco-sérias, Antônio José entremeia dança, música, recitados, árias e duetos às falas zombeteiras dos seus personagens. Julgado como herege e cripto-judeu, o dramaturgo foi morto pelo Santo Ofício em 1739, no auge da carreira teatral. Santareno retrata esse momento trágico colocando como narrador do drama o emblemático polemista Francisco Xavier de Oliveira, conhecido por Cavaleiro de Oliveira: um crítico ferrenho da Inquisição e de todo seu aparato de dor e de tortura. Santareno recria um escritor em crise de identidade, que oscila entre a negação e a aceitação de suas raízes judaicas. Visto sempre como "o outro", "o estrangeiro", Antônio José, homem do teatro, utiliza-se de personagens emblemáticos como os bobos da corte para elaborar suas comédias desafiadoras, as quais zombavam tanto do fanatismo religioso português quanto das instituições sociais e religiosas.

A narrativa dramática O *Judeu* é dividida em três atos. Santareno inicia a peça com um espetáculo macabro: um auto de fé, em que várias pessoas serão julgadas. Pelas rubricas, percebe-se que Santareno tem uma grande preocupação com a sonoplastia e a iluminação. O efeito maneirista do claro-escuro tanto sobre o cenário quanto sobre os semblantes dos personagens ajuda a compor a aura funesta e lúgubre dos julgamentos e dos aparatos religiosos.

O palco aparece fortemente iluminado, contrastando com uma cortina negra, em que vai desenhada, ao fundo, a imagem de São Domingos, patrono da Inquisição, cujo lema de seu estandarte era "Misericórdia e Justiça". O primeiro personagem a falar é o padre pregador que, dirigindo-se à plateia, exorta a todos para que temam as heresias e o pecado e, mais ainda, os "Matadores de Deus", "a Raça de Víboras", a "Raça Maldita dos Judeus". O padre pregador insiste que, se estes são deicidas, eles merecem morrer na fogueira. Aos poucos, a plateia vê desfilar, com carocha e sambenito, os acusados que serão julgados. Dentre os personagens considerados hereges, há mulheres acusadas de feitiçaria e que, supostamente, copularam com o demônio; convertidos ao luteranismo e cristãos-novos que insistem na fé mosaica, dentre eles, Antônio José da Silva e sua mãe, Lourença Coutinho. Os réus são humilhados tanto pelos familiares do Santo Ofício quanto pela turba sedenta por ver as fogueiras crepitarem, pessoas essas que, em coro, gritam frenéticas, contorcendo seus corpos num bailado grotesco. "Eh, judeu maldito! Eh, Satanás! Hoje há festa no inferno",[1] clama uma mulher histérica em meio à massa ensandecida.

Aliás, o coro, no teatro de Santareno, é moldado na tradição da dramaturgia greco-romana, e esse componente não é apenas um elemento ornamental e sem importância em que os personagens, além de cantar e dançar, também comentam a ação dramática. Nos textos de Santareno, o coro tem, além de uma marcação política, uma ferrenha crítica ao fanatismo religioso em que estavam mergulhadas as pessoas do povo. Ou, como bem aponta Maria Aparecida Ribeiro, "não é um coro passivo que comenta ou lamenta o ocorrido. É a populaça que julga, amaldiçoa e incita à morte".[2] A multidão, aos gritos, numa performance exagerada, exige a punição dos supostos culpados, lançando mão inclusive de crianças para obterem seus

1 SANTARENO, 1981, p. 23.

2 RIBEIRO, 1981, p. 25.

sádicos objetivos, pode ser vista em outras passagens impactantes da peça, como neste trecho:

> Todos: (Marcando com os pés o auge do ritmo ameaçador) Ladrões, ladrões, ladrões!!!!
>
> (Uma criança vem à frente, ao primeiro plano cênico, fazendo pontaria com mímica viva e cruel, arremessa uma pedra que vai atingir Lourença no peito. Esta solta um grito agudo e cai de joelhos no chão; Antônio José corre a ampará-la. Voz do padre secular: Em silêncio, todos os presentes imobilizam e mantém as respectivas marcações, atitudes e expressões faciais).[3]

Além da gente do povo que grita e ofende os acusados, em um canto da cena, pode-se ver D. João V e sua comitiva. O rei, mesmo estando adoentado, velho e combalido, resiste calado, endoçando a mais uma apresentação pública inquisitorial, destinada a entreter e a amedrontar a turba.

Os autos de fé em Portugal eram verdadeiros "espetáculos de massa", como advertiu Luiz Nazario.[4] Eram um acontecimento popular grandioso em que compareciam desde as mais ilustres autoridades, como reis, bispos e juízes, até a gente simples do povo. Numa espécie de carnaval macabro, num excesso de exibicionismo corporal, ovacionavam e aplaudiam cada cenados julgamentos, enquanto os réus se contorciam, ora de medo, ora de dor. Há, na peça, rubricas, como a do primeiro ato, que descrevem essa estonteante cenografia, principalmente no

3 SANTARENO, 1981, p. 36.
4 NAZARIO, 2005.

trecho em que os réus, Antônio José e sua mãe, marcham em meio à multidão:

> (Como um foguete, a alegria arrebenta, selvagem, dentro e entre os Homens, as Mulheres, as Crianças do povo: como possessos, saltam, correm, fazem pinos e outras ginásticas, riem, ululam, numa giândola infernal de corpos e faces sanguinárias).[5]

De acordo com Nazario, "o rito das punições dos pecados transformou-se, na Península Ibérica, numa gigantesca catarse coletiva [...] e o auto-de-fé geral era a encenação espetacular do Dia do Juízo Final para uma massa festiva".[6] Para Francisco Bethencourt, o ritual do Santo Ofício constituía-se na "possibilidade do jogo sádico em torno de um corpo preso, imóvel e impotente".[7] No teatro de Santareno, essas performances lúgubres durante os rituais da Inquisição seriam uma espécie de referência intertextual trágica à dança alegre e zombeteira das comédias de Antônio José. Nelas, os personagens bailavam ao som de oboés, violinos e trompas, recitando sonetos geralmente cômicos ou amorosos. Esse entrelaçamento de música, poesia, recitado e dança, no teatro de Antônio José, pode ser considerado uma espécie de zarzuela, ou seja, um teatro cômico com matriz espanhola, uma opereta, em que há canções e diálogos, geralmente satírica e de base folclórica. Estas têm como fontes tanto Calderón de la Barca como Lope de Vega.

5 SANTARENO, 1981, p. 37.
6 NAZARIO, 2005, p. 109.
7 BETHENCOURT, 2000, p. 258.

Essas comédias são de grande apelo visual, em que a melhor parte de todo o espetáculo, é, segundo Oliveira Barata, "os jogos verbais postos na boca dos graciososos".[8] Em *Os encantos de Medeia*, por exemplo, o criado Sacatrapo canta com o coro: "Se amor é um encanto/ que inflama/ na chama/ tirânico ardor/ de ver não me espanto/ a um peito/ desfeito/ a encantos de amor".[9] Ao longo da peça *O Judeu*, Bernardo Santareno faz referências a algumas comédias de Antônio José, como *Vida do grande D. Quixote de la Mancha e do gordo Sancho Pança* (1733); *Esopaida ou Vida de Esopo* (1734); *Anfitrião ou Júpiter e Alcmena* (1736); e *Guerras do Alecrim e Manjerona* (1737). O dramaturgo, nessas peças, ao denunciar os abusos do período iluminista em Portugal, faria uma tentativa de "transformar o duro cotidiano da perseguição da qual ele também era vítima, em algo menos doloroso e mais poético".[10]

Geralmente, Santareno extrai, dessas comédias, passagens polêmicas em que a falta de justiça para com os que vivem à margem da sociedade são desnudadas no palco, como se vê em *Vida do grande D. Quixote de la Mancha e do gordo Sancho Pança*, em que Sancho, na pele do governador da Ilha dos Lagartos, dispara de forma paródica:

> Que me faça bom proveito! Dai-me atenção, Meirinho. Sabei, primeiramente, que isto de Justiça é coisa pintada e que tal mulher não há no mundo, nem tem carne, nem sangue, como v. g. a Senhora Dulcineia del Toboso, nem

8 BARATA, 1988, p. 221.
9 SILVA, 2013, p. 72.
10 PEREIRA, 2013, p. 33.

mais, nem menos; porém como era necessário haver esta figura no mundo para meter medo à gente grande, como o papão às crianças, pintaram uma mulher vestida à trágica, porque toda a justiça acaba em tragédia...[11]

Além disso, Bernardo Santareno, para demarcar o tom de polêmica e de denúncia social, elege Cavaleiro de Oliveira como o narrador de sua tragédia. Perseguido pela Inquisição, o personagem se autoexila em Londres e de lá escreve para toda Europa várias cartas e livros, demonstrando o atraso cultural e social de Portugal do setecentos. No texto, ele narra e comenta grande parte da tragédia, num tom lúcido e irônico, procurando, sempre que possível, apontar a burocracia e os exageros da Igreja. Sua fala inicial já revela o tom de presságios e denúncias de uma época intolerante: "Portugal pode comparar-se a um relógio atrasado pela malícia e perversidade daqueles que têm a cargo dar-lhe corda..."[12] Mais adiante, em outra passagem, advoga a favor de Antônio José, criticando a Igreja e os maus-tratos ao dramaturgo:

> Pobre rapaz!... Uma criança... vinte e um anos! Violado em sua consciência, cuspido, feito exemplo de escárnio, torturado implacavelmente... que nojo! Vinte e um anos... que país!! Quais as suas culpas? É cristão-novo, filho de cristãos-novos, neto de judeus... Este é o seu crime.[13]

11 SILVA, 1957, p. 89.
12 SANTARENO, 1981, p. 38.
13 SANTARENO, 1981, p. 45.

Em vários outros trechos, o personagem Antônio José, em desespero, em tom de revolta, reluta e renega, várias vezes, sua identidade, já que pressente que irá morrer pelo simples fato de ser de origem judaica, como podemos observar no diálogo com sua mãe:

> Lourença: (Mística, mártir): Ainda que eu andasse pelo vale da sombra da morte, não...
>
> Antônio José: (Interrompendo, com raiva): Livro dos Salmos, 23, 4! Não, mãe, estou farto! Farto da Torah, do Talmud, do Zohar... Não acredito, não creio em nada disso! Quero viver! Não creio no Deus de Israel, não creio no Deus dos cristãos... Tenho medo de todos os deuses, messias, profetas e santos. Medo! Peço-lhe, mãe... proíbo-a de tornar a falar-me neles! Quero viver... Viver, viver, viver!!..[14]

Bernardo Santareno encena, no terceiro ato, os pesadelos delirantes de Lorença Coutinho que, dormitando em sua cadeira de balanço, antevê, numa espécie de sonho -profecia, os principais campos de concentração nazista, os quais são enumerados no palco por uma voz aterrorizante: "Maidaneck, Treblinka, Auschwitz, Theresienstadr, Vilna, Varsóvia".[15]

Na cena final, no trecho que antecede a morte de Antônio José, Santareno dramatiza os momentos em que o teatrólogo enfrenta a famigerada tortura na polé, confessando, em seguida, seus erros verdadeiros ou imaginários, sob gritos de protestos e de dor:

14 SANTARENO, 1981, p. 32.
15 SANTARENO, 1981, p. 159.

> (Ao sofrer, pela segunda vez, as dores do tremendo estirão, não se domina, cede.) Confesso!... Por amor de Deus, tirai-me daqui!...! Confesso!... Quanto quiseres, eu confessarei!... Confesso!... Confesso!...[16]

Anita Novinsky observa que a tortura em Portugal era banalmente aplicada "sempre que se suspeitava de uma confissão incompleta ou quando a confissão era incongruente".[17] Segundo Novinsky,

> na polé levantava-se o condenado a alturas diferentes, até a roldana, repetindo-se as quedas. Esse tormento, muitas vezes, deixava os réus aleijados, e para maior hipocrisia perante a sociedade, os inquisidores mandavam que não fosse aplicado nos últimos quinze dias antes de o réu sair no auto de fé, para que o povo não visse as marcas deixadas pela tortura.[18]

Aliás, as consequências dessa tortura no corpo traumatizado são descritas por Santareno:

> (O Inquisidor-Mor dá sinal ao Carrasco. Este faz deslizar a corda. Quando o corpo traumatizado do judeu chega ao chão, nele tombando dorido e inerte, nesse momento apagam-se de súbito as luzes todas do palco. Obscuridade completa em cena. Luz sobre o Cavaleiro de Oliveira. Durante algum tempo, ampliados pelo eco, ainda se ouvem os gritos rasgados de Antônio José: Confesso!... Confesso!...).[19]

16 SANTARENO, 1981, p. 232.
17 NOVINSKY, 1994, p. 60.
18 NOVINSKY, 1994, p. 60.
19 SANTARENO, 1981, p. 232-233.

Nessa rubrica, o jogo de luz e sombra modulado pela iluminação do palco recria a atmosfera lúgubre das salas de tortura. Nelas, tanto os gritos dos condenados quanto o som de suas carnes se rompendo se misturam aos ruídos estridentes dos ferros e das cordas manejados pelos carrascos. Enquanto réus e carrascos se encontram nessa cena na mais profunda obscuridade, Cavaleiro de Oliveira, com sua língua afiada e seu olhar irônico, é o único personagem a ser iluminado no palco, metaforarizando o seu discurso mordaz e corrosivo naqueles tempos sombrios:

> (Entre o desespero, a indignação e a ironia melancólica) Com as carnes laceradas e os ossos desconjuntados quem resistirá a confessar os crimes imputados e tantos quantos se queira, dos quais nem ideia sequer lhe passou pelo entendimento...[20]

Bernardo Santareno, também descendente de judeus, homossexual e politicamente de esquerda, ao enfrentar a censura de um governo totalitário, reelabora no palco as torturas e os momentos finais de Antônio José da Silva. Ao retomar a barbárie dos campos de concentração, lança mão da alegoria para iluminar e também questionar o período em que Portugal era dominado pelo autoritarismo do regime fascista de Salazar. Vale lembrar que o dramaturgo teve várias de suas peças mutiladas pelos censores. Segundo Eduardo Silva, nos

> anos de 1960, o teatro português assistia ao recrudescimento da fúria censória, concentrada na ação de aparelhos

20 SANTARENO, 1981, p. 233.

repressores do governo salazarista como a PIDE (Polícia Internacional de Defesa do Estado) e as comissões de Censura espalhadas pelo país.[21]

Não por acaso, o crítico Luiz Francisco Rebello considera que Santareno seja um dos mais importantes dramaturgos portugueses do século XX, uma vez que esse artista, melhor que ninguém, fez a

> denúncia da superstição, da intolerância, da discriminação e da repressão sexual, que percorria como um veio subterrâneo o corpo das primeiras peças, explode irresistivelmente na últimas e aponta, como dado certeiro, o monstro em cujo ventre se forjam: o fascismo.[22]

Pode-se ainda dizer que a peça *O Judeu* dialoga com a tragédia grega, não só pela presença do coro, mas também pela catarse proporcionada ao público diante da comoção e do horror em ver o herói Antônio José passar da felicidade da fama teatral à infelicidade de terminar seus dias no queimadouro do Santo Ofício. Para Lilian Lopondo, a utilização da tragédia pelo dramaturgo português

> naquilo que tem de arquetípico serviu, pois, a duas finalidades: a de denúncia de uma situação adversa ao homem português, cerceado em seus anseios pela ditadura, e que remete ao pessimismo da cosmovisão de Bernardo Santareno, que vê em Portugal um país assolado pelo primitivismo, onde as pessoas se deixam apascentar como touros, que é preciso domar ou conduzir as touradas; a de exame da

21 SILVA, 2011, p. 2.
22 REBELLO, 1981.

> condição humana, assaltada sempre pelo mesmo conflito, o da volta ao estado natural ou do prosseguimento da civilização, que implica a soberania sobre a natureza indômita.[23]

Essa cosmovisão pessimista, marca registrada do teatro de Santareno, tão bem observada por Lopondo, indica que o dramaturgo não ficou indiferente às consequências funestas tanto da Inquisição quanto do fascismo. Aliás, fascismo e nazismo representam uma ferida trágica na história do século XX, marcada tanto pelas duas Grandes Guerras Mundiais como pela morte de seis milhões de judeus.

Bernardo Santareno resgata assim, com *O Judeu*, "um posicionamento político de tradução da realidade, um dever de memória".[24] A peça seria, dessa forma, tanto uma denúncia da Inquisição quanto da Shoah; tanto uma crítica severa ao nazismo quanto uma posição contrária ao totalitarismo português; tanto uma projeção do passado aterrador quanto um alerta para o nosso tempo presente, marcado pela tragédia causada pelo terrorismo, pelo drama dos refugiados e pelo persistente antissemitismo que ainda teima em assombrar o mundo em pleno século XXI.

23 LOPONDO, 2000, p. 114.
24 NASCIMENTO; JEHA, 2012, p. 160.

REFERÊNCIAS

BARATA, Oliveira. *História do teatro em Portugal*. Lisboa: DIFEL, 1988.

BETHENCOURT, Francisco. *História das inquisições*. São Paulo: Companhia das Letras, 2000.

BRECHT, Bertolt. *Estudos sobre teatro*. Trad. Fiama Pais Brandão. Rio de Janeiro: Nova Fronteira, 2005.

JEHA, Julio; NASCIMENTO, Lyslei (Org.). *Estudos judaicos: Shoá, o mal e o crime*. São Paulo: Humanitas, 2012.

LOPONDO, Lilian. *Bernardo Santareno: a tragédia contemporânea e a tradição aristotélica*. São Paulo: Mackenzie, 2000.

NAZARIO, Luiz. *Autos-de-fé como espetáculos de massa*. São Paulo: Humanitas/Fapesp, 2005.

NOVINSKY, Anita. *A Inquisição*. São Paulo: Brasiliense, 1994.

PEREIRA, Kenia Maria de Almeida. A feiticeira Medeia no teatro de Antônio José da Silva, o Judeu. In: SILVA, Antônio José da. *Os encantos de Medeia*. São Paulo: EDUSP, 2013. p. 9-33.

REBELLO, Luis Francisco. Bernardo Santareno: uma peça inédita. *J. L. Jornal de Letras, Artes e Ideias*, 14 set., 1981.

RIBEIRO, Maria Aparecida. *Mitogênese no teatro de Bernardo Santareno*. Rio de Janeiro: Padrão, 1981.

SANTARENO, Bernardo. O *Judeu*: narrativa dramática em três actos. Lisboa: Ática, 1981.

SILVA, Antônio José da. *A vida do grande Dom Quixote de la Mancha e do gordo Sancho Pança*. In: TAVARES, José Pereira (Org.). *Obras completas de Antônio José da Silva*. Lisboa: Sá da Costa, 1957. p. 3-116.

SILVA, Antônio José da. *Os encantos de Medeia*. Organização: Kenia Maria de Almeida Pereira. São Paulo: EDUSP, 2013.

SILVA, Eduardo Neves da. A representação ficcional do comediógrafo Antônio José da Silva em o Judeu, de Bernardo Santareno. Revista Letras Fafibe, n. 2, p. 1-7, maio 2011.

A *DISSONANTE IMIGRAÇÃO* EM JOHN DOS PASSOS

Lauro Iglesias Quadrado

Diversas camadas de apelo sensorial formam a intensa experiência de leitura do romance *Manhattan Transfer* (1925), de John Dos Passos. O texto literário desse escritor estadunidense é marcado por um pronunciado foco nas massas, sobretudo na vida da classe operária que lutava para encontrar conforto na vida urbana de irrefreável crescimento da Nova Iorque do começo do século XX. A cidade norte-americana assume o papel da metrópole modernista por excelência, sendo o centro das inovações tecnológicas, bem como o centro para de intenso encontro cultural de pessoas e trabalhadores oriundos de diferentes regiões do globo.

A prática artística do Modernismo carrega consigo a presença de diferentes aspirações vanguardistas, que se mostram ativas em diversos meios e em variadas expressões. É possível perceber um movimento comum que parte da urbanização e da modernização urbana alcançando as páginas dos livros e as telas de pinturas. A cena narrada por Filippo Tommaso Marinetti em seu

Manifesto Futurista, de 1909, é exemplar no que tange à relação estreita entre as artes e a experiência humana na urbe: o grupo de futuristas é movido pela vibração e pela empolgação causadas pela passagem do bonde elétrico, inovação tecnológica que faz a terra e os edifícios tremerem pelos caminhos por ele percorridos.[1] A cena mostra a expansão da cidade e seu grande enredamento, bem como demonstra a variedade de sensações buscadas pelos vanguardistas. A cidade do século XX toma de assalto os sentidos do homem e encontra abrigo no campo da arte.

O maquinário industrial e as invenções comerciais são responsáveis pela consolidação de inauditas possibilidades de relações humanas, mediadas por novos *media* e disposições sociais. Dentre os novos itens patenteados perto da virada do século, destaca-se o gramofone. A experiência sonora é modificada decisivamente com o advento deste equipamento que permite que sons possam ser gravados e reproduzidos. Além disso, ele prevê o surgimento de novas formas de exploração de capital cultural, por intermédio das indústrias de entretenimento e indústrias culturais e criativas – culminando, no século XXI, na forma exacerbada de práticas políticas e de gestão ligadas a estratégias econômicas urbanas de gentrificação.

Essa presença sonora é decisiva para a formação do ambiente urbano e das habitações nele inseridas. O compositor e musicólogo canadense Murray Schafer, em minucioso levantamento do histórico da relação entre

1 MARINETTI, 1973, p. 19-20.

as pessoas e a sonoridade que circunda os ambientes por elas habitado, atenta para o fator decisivo que é desempenhado por aquilo que ele denomina paisagens sonoras.[2] Segundo o musicólogo, a paisagem sonora é determinada pelos elementos que fazem parte da experiência aural de cada lugar, sejam eles produzidos naturalmente ou por interferência humana, podendo representar qualquer campo de estudo acústico.

A Nova Iorque de John Dos Passos é a cidade que agrega, nas décadas iniciais do século XX, todos os elementos para um particularmente rentável estudo de sua paisagem sonora. "O que o analista da paisagem sonora precisa fazer, em primeiro lugar, é descobrir os seus aspectos significativos, aqueles sons que são importantes por causa de sua individualidade, quantidade ou preponderância",[3] dirá Murray Schafer. Diante desse estímulo, convém inventariar que a metrópole da Costa Leste dos Estados Unidos reúne sortidos elementos para a composição de um complexo conjunto sonoro: presença do fonógrafo e do gramofone nas habitações particulares; vibrante cena musical com frequentes apresentações ao vivo; constante presença dos barulhentos trens elevados; por fim, a diversidade linguística que compõe o som das conversas da cidade, oriunda das falas de imigrantes das mais diversas partes do mundo.

2 SCHAFER, 2001, p. 23-26.
3 SCHAFER, 2001, p. 25.

Esse último item é recorrente nos textos modernistas. A tarefa de aproximar ao eventual leitor brasileiro algumas referências culturais de *Manhattan Transfer* não é, portanto, uma tarefa custosa. John Dos Passos retrata nesse romance uma metrópole de seu próprio país, poderia facilmente ter seu trabalho diretamente ligado às observações feitas em relação ao período de gestação do modernismo no Brasil, nas décadas finais do século XIX e iniciais do século XX. Havia, segundo Flora Süssekind,[4] uma "presença crescente de uma força de trabalho internacional" nas grandes cidades brasileiras. "E, no que diz respeito à constituição de um solo próprio ao Modernismo, essa presença crescente dos trabalhadores imigrados, desse proletariado industrial em formação, teria sido decisiva".[5] Para completar, Süssekind traz à tona a importância do que por ela é chamado de "horizonte técnico",[6] ou seja, uma visão de mundo mediada pela inovação tecnológica e industrial, marcada pelo maquinismo.

Voltando ao Modernismo italiano, é possível então traçar algumas linhas gerais em relação à prática artística modernista, que se estende desde a preocupação com a inovação tecnológica até a própria força de trabalho imigrante do ser humano em si. Dos Passos amarra as duas pontas, de forma a construir consistentemente um texto com sua preocupação social em relação ao proletariado. O tempo diegético de *Manhattan*, que varia entre as déca-

4 SÜSSEKIND, 1987, p. 15.
5 SÜSSEKIND, 1987, p. 15.
6 SÜSSEKIND, 1987, p. 29.

das de 1900 e 1920, é marcado por aqueles que foram rotulados por Julia Kristeva[7] essencialmente como aqueles que trabalham: os imigrantes. O escritor apresenta suas ferramentas, e faz uso delas por intermédio de personagens muitas vezes passageiros, servindo como arquétipos para a apresentação de ideias e ideais discutidos no romance. O interesse maior recai sobre as massas, que compõem conjuntamente a harmonia do romance. Nesse sentido, ressalte-se a intrínseca ligação do proletariado imigrante com a paisagem sonora metropolitana de Nova Iorque e, de maneira análoga, à própria prática do narrador de *Manhattan Transfer*.

O personagem Phineas P. Blackhead é um caso exemplar das relações intricadas entre os donos do poder, a classe trabalhadora e os imigrantes. Um típico WASP[8] estadunidense, Blackhead estabelece complicadas relações com aqueles por ele chamados de "reformistas", e deseja acabar com uma greve de funcionários ferroviários, bem como evitar a chegada de novos imigrantes a Nova Iorque. Aparece sempre na cama, doente e dando ordens autoritárias, até que é envenenado e morto. Blackhead é mais um personagem que não chega a ser aprofundado em *Manhattan Transfer* e sua morte é, de certa forma, uma simbólica derrota que John Dos Passos

7 KRISTEVA, 1994.

8 *White Anglo-Saxon Protestant*, ou branco, anglo-saxão e protestante, geralmente de origem britânica. A sigla é utilizada para se referir ao indivíduo tipicamente dotado de poder e facilidades econômicas no Estados Unidos, sobretudo até meados do século XX.

imprime ao chefe opressor, valorizando os grupos de proletários, na figura dos trabalhadores dos trens atrelados à força de trabalho imigrante.

A fala do imigrante passa a ganhar destaque no livro, como camada evidente e substancial para o desenvolvimento tanto da forma quanto dos fatos diegéticos. A transliteração dos mais variados sotaques e maneiras de se falar inglês é fator incontornável para a experiência auditiva de leitura proposta pelo autor. Com isso, Dos Passos incita os leitores a aplicar o simplificador rótulo de "forasteiros" aos personagens. Não há como escapar a essa relação. Philipp Schweighauser, professor de literatura suíço, refere-se a essa estratégia de caracterização de personagens literárias por intermédio de sua representação sonora como *audiograph*, que traduzimos aqui como audiografia. Cito aqui a descrição que o autor faz do termo:

> I define an audiograph as a characterization technique that endows fictional bodies with a set of distinctive acoustic properties designed to position characters with regard to the ensemble of social facts and practices that constitute the fictional world they inhabit.[9]

Após essa breve conceituação, Schweighauser expande suas reflexões à importância da caracterização dos sons

9 "Eu defino audiografia como a técnica de caracterização que garante aos corpos ficcionais uma série de propriedades acústicas distintas, designadas a posicionar as personagens naquilo que lhes toca como conjunto de práticas e fatos sociais que constituem o mundo ficcional por eles habitado." (SCHWEIGHAUSER, 2002, p. 94, todas as traduções são minhas).

que cada personagem produz dentro do espaço ficcional, indo desde o barulho que fazem quando caminham, seus roncos e suas risadas até o sotaque e a maneira como falam.[10] Em *Manhattan Transfer*, a audiografia de todos os personagens é estruturada de maneira expressiva, sempre posta em primeiro plano; não há possibilidades de o leitor ignorá-la, pois a produção de som de cada protagonista das diversas cenas do romance de Dos Passos está intrínseca e incontornavelmente ligada à própria construção de cada personagem como uma de suas condições essenciais.

Já no primeiro capítulo do livro, em sua segunda cena, o narrador em terceira pessoa – que durante o livro é conduzido pela firme mão de Dos Passos em alternância entre a tradicional onisciência do clássico narrador descritivo e as habilidosas manobras com o discurso indireto livre – apresenta o personagem Bud Korpenning O leitor é levado a aproximar-se da história de um homem que desce do *ferry* que o leva a Nova Iorque procurando pela Broadway, tida por ele como o centro de tudo e de todos. O menino vindo do vilarejo de Cooperstown, interior do estado de Nova Iorque, jovem de vinte e cinco anos, parece somente capaz de rosnar a todos, incessantemente como um refrão: "I kin work all right. I'm a good worker, [...] I'm telling yez, that's all".[11]

10 SCHWEIGHAUSER, 2002, p. 94-95.
11 "Eu trabaio bem. Sou bem trabalhador, [...] é tudo que digo pra você." (DOS PASSOS, 1925, p. 5).

Korpenning incorpora a caracterização de Kristeva por excelência, pois demonstra inicialmente sua força e sua ética de trabalho como única alternativa de comunicação com os novaiorquinos. A sua busca incessante por um emprego que lhe dê a chance e a oportunidade de desfrutar do que o centro do mundo tem de melhor é retratada de maneira desoladora, através de cenas em que Bud é constantemente rejeitado por suas maneiras, seus trajes e, sobretudo, por seu linguajar. As falas do personagem, marcadas pelo seu sotaque do chamado *Upstate New York* – o lado desconhecido do estado mais conhecido dos Estados Unidos; o interior –, são postas diretamente em contraste com os registros de imprensa que são anexados à diegese do romance. O leitor se depara, aqui, com mais um caso exemplar, em *Manhattan Transfer*, das reflexões de Schweighauser acerca da audiografia:

> The positioning accomplished via audiographs may involve value judgments on the part of other characters, narrators and implied authors as well as implied and empirical readers. [...] While audiographs may be used as part of the narrative technique of telling (for instance when a narrator censures a character's snoring), their principal mode of operation is clearly showing.[12]

12 "O posicionamento alcançado via audiografias pode envolver julgamentos de valor por parte de outras personagens, narradores e autores implícitos, bem como por parte de possíveis e empíricos leitores. [...] Enquanto as audiografias podem ser utilizadas como parte da contação de histórias em uma técnica narrativa (por exemplo, quando um narrador censura o ronco de uma personagem), seu principal modo de operação é claramente demonstrativo." (SCHWEIGHAUSER, 2002, p. 94).

Em manobra de expansão da propriedade expositiva da descrição sonora dos personagens, a colagem de Dos Passos se mostra explícita – pedagógica – ao contrastar a voz de Korpenning ao texto oficial da variante linguística prestigiada dos jornais. O jovem pastoril encontra, em um canto do salão de barbeiro – o salão que cumpriria com o processo de transformação para que ele enfim tivesse uma aparência tida apropriada, decente, digna para que conseguisse finalmente um emprego –, uma cópia do *New York Times* daquele dia: "'D'yous mind if I set here a minute an read that paper?' he hears his voice drawling in his pounding ears".[13] A voz e a frase que saem de Korpenning, novamente transliterando seu sotaque gramaticalmente inculto e desprestigiado, soa externa, arrastada e agressiva, dessa vez inclusive a seus próprios ouvidos, reforçando violentamente a dimensão aural de seu desconforto. E é contrastada imediatamente com o registro formal do diário, de letras maiúsculas que exibem as manchetes relacionadas a fatos econômicos ininteligíveis, crimes e homicídios. "ADMITS KILLING CRIPPLED MOTHER"[14] é a reportagem lida pelo personagem que seguimos agora, e narra formalmente e detalhadamente um assassinato, seguido da confissão do próprio assassino. A opulência de Nova Iorque, junto à formalidade da linguagem, é retratada por intermédio da imediata contraposição espontânea do migrante, em

13 "'Você se importa se eu sento aqui um minutinho pra ler aquele jornal ali?' ele ouve sua voz arrastada, que agredia seus ouvidos". (DOS PASSOS, 1925, p. 17).
14 "Admite matar a própria mãe deficiente". (DOS PASSOS, 1925, p. 17).

uma conhecida frase, aqui posta em seu próprio falar: "No more'n a needle in a haystack".[15]

O trecho traz à tona o deslocamento, o estranhamento de um forasteiro à efervescência e à complexidade urbana de Manhattan. Bud Korpenning é um cidadão estadunidense, portanto, a princípio, ainda de alguma forma pertencente às ideias de sociedade e nação retratadas no romance. Mesmo assim, por meio de um artifício de Dos Passos, é possível inserir o interiorano trabalhador que chega à sede da metrópole moderna junto aos demais casos exemplares de personagens imigrantes que esmiuçaremos a partir de agora, todos eles representativos de afastamentos internacionais.

"Vat's a matter? Dontye like it?",[16] pergunta o inominado homem imigrante para sua esposa após ter acabado de adquirir a e utilizar-se da mais recente invenção do empresário King Camp Gillette, a lâmina de barbear descartável. Seria possível encarar tal cena como outra das numerosas referências à intensa atividade dos escritórios de registros de patentes em mais uma das cenas curtas narradas em *Manhattan Transfer*. No entanto, a germanizada frase, carregada de estrangeirismo, podemos perfeitamente utilizá-la como forte e simbólica declaração de um *locus* de discurso. A pergunta-desafio do personagem revela um embate entre a visão de mundo do lugar de partida e a do lugar de chegada, refletido na atitude

15 "Sou só uma agulha no palheiro". (DOS PASSOS, 1925, p. 17).

16 "Qual a problema? Focê non gosta?" (DOS PASSOS, 1925, p. 11).

impositiva do homem e no questionamento da mulher em relação à adoção de padrões e práticas recém adquiridos. John Dos Passos, de maneira riquíssima, ressalta tais entrelinhas por meio da forma com que dá voz ao indivíduo em questão, e é precisamente na sonoridade de sua fala que é enfim revelada ao leitor a complexa dimensão da situação desse casal de imigrantes.

Ao ler – ao ouvir – a frase destacada, é possível enxergar o rosto de quem a profere encarando o seu interlocutor, em afronta. E o interlocutor aqui não parece ser propriamente o leitor, ou limitar-se a uma provocação apenas a quem lê o livro, mas sim uma declaração, um *statement*, de força do imigrante. O inglês de sons invertidos, agramático, mastigado, se revela poderosíssimo em "Vat's a matter? Dontye like it?".[17] A provocação é ao mesmo tempo uma defesa e um ataque àqueles que insistem em hostilizar os que vêm de longe. A frase do personagem sem nome se estende ao longo da narrativa e encontra eco em outros forasteiros à grande metrópole da América do Norte.

Em cena no segundo capítulo, três personagens, dois franceses e um italiano, em um balcão de bar comentam sobre a nova vida que encontraram em sua nova cidade. O assunto não poderia ser outro: trabalho. A conversa deles evolui em uma mistura de línguas e entre-línguas, que variam desde o completo francês ou italiano até intervenções de palavras destas línguas em um inglês

17 "Qual a problema? Focê non gosta?" (DOS PASSOS, 1925, p. 11).

miscigenado. A prosa segue até que o atendente do bar reage, servindo bruscamente o café a eles e dizendo "say why de hell doan you guys loin English?".[18] Marco, o italiano, prontamente rebate: "if we talk Engleesh, [...] maybe you no lika what we say".[19] O episódio se mostra interessantíssimo: o barista, provavelmente também um imigrante estrangeiro pelo que indica a transliteração de sua fala, cobra dos outros forasteiros a total assimilação linguística. A intrépida resposta é, novamente, uma maneira de enfrentar as expectativas. Não há problema em se falar inglês, porém o idioma se estabelece como necessidade, não como imposição. Ao mesmo tempo, as frases desafiadoras dos estrangeiros revelam também o desconforto com o novo ambiente, bem como a incapacidade de pertencimento completo. Finalizando aqui a ideia de caracterização sonora dos personagens quanto a sua linguagem, fechamos com um pensamento do mesmo Marco, que dispara: "Then I began to learn Angleesh... Go awright to 'ell, I says".[20]

Apontando para o argumento final, obviamente não poderíamos deixar de mencionar a importância da música em um texto que trata da dimensão sonora do texto literário.

18 "Qual a problema? Focê non gosta?" (DOS PASSOS, 1925, p. 11).

19 "me conte, por que cargas d'água vocês non aprende inglêis?" (DOS PASSOS, 1925, p. 36).

20 "se nós fala inglêis, [...] talvez você non gosta do que nós diz" (DOS PASSOS, 1925, p. 36).

> Authors of the late nineteenth and early twentieth centuries sometimes took music up as subject matter, whether in discussing its effects on listeners, in using musicians as characters, or in demonstrating the[ir] social function of [...] ultimate art in their world and time. On other occasions they used music as a formal model for literature, attempting something like singing, record-playing, and soundtracking in their pages.[21]

As tão tradicionais canções populares, características de cada povo, e associadas a determinadas nacionalidades, origens e ocupações, se fazem presentes nas narrativas de *Manhattan Transfer*. É interessante notar que o foco se dá particularmente em canções próprias da imigração, que permeiam e mediam várias das situações de encontros de determinados grupos migratórios ao longo do romance. Um interessante caso é o do personagem Congo. Originário da França, ele recebeu a alcunha devido a ser, de acordo com seus companheiros do navio migratório, parecido com um africano. O homem, que carrega uma enorme carga de estrangeirismo, seja por sua aparência, por sua nacionalidade, pelo nome pelo qual atende e pela maneira como fala, acaba tendo êxito financeiro através do tráfico de bebidas alcoólicas, cuja comercialização era ilegal na época da proibição nos Estados Unidos, de 1920 a 1933. Congo costuma cantar – ou ao menos cantarolar – canções nas cenas em que aparece, e todas são relacio-

21 "Daí eu comecei a aprender inglêis... vá direto pro inferno, eu digo". (DOS PASSOS, 1925, p. 37).

nadas a sua vida de *globe-trotter*, "j'ai fait trois fois le tour du monde / dans mes voyages",[22] exalta o francês, em sua própria língua materna. "Deus inventou a música para que os pobres pudessem ser felizes",[23] diria um personagem de José Eduardo Agualusa, e nenhuma afirmação poderia ser mais apropriada à cantoria de Congo ou a de outros personagens de *Manhattan*. A música serve como o pico dos momentos de descontração e alegria nos bares, nos shows burlescos, nos teatros. "O would the Atlantic were all champagne/Bright billows of champagne",[24] cantam em uníssono os imigrantes e filhos de imigrantes em um animadíssimo *speakeasy*[25] nova-iorquino.

Em comum, os trechos musicais apresentados acima possuem marcante enraizamento com a condição do movimento migratório, inclusive mencionando a própria travessia. O foco se dá na volta ao mundo, na viagem, no oceano. Neste último caso, a canção sobre o Atlântico – a composição não é histórica, mas uma possibilidade criativa elaborada pelo autor dentro do espaço ficcional –

22 "Autores do final do século XIX e do começo do século XX carregaram a música como matéria temática, seja através de sua discussão como efeito em ouvintes, com o uso de músicos como personagens, ou por intermédio da demonstração de sua função social como arte definitiva, em seu mundo e tempo. Em outras ocasiões, eles utilizaram a música como modelo formal para a literatura, tentando algo como o canto, a reprodução de discos ou a composição de trilhas sonoras em suas páginas". (GRAHAM, 2013, p. 2).

23 "fiz três vezes a volta ao mundo/em minhas viagens". (DOS PASSOS, 1925, p. 227).

24 AGUALUSA, 2012, p. 149.

25 "Oh, se o Atlântico fosse todo de champanhe/brilhantes ondas de champanhe". (DOS PASSOS, 1925, p. 29).

reforça o enfadonho da viagem intercontinental, sendo que a relação com a jornada de deslocamento é, de maneira espirituosa, vista como um ato de sacrifício que poderia somente ser melhorado por meio do consumo de bebidas alcoólicas. Nessas passagens, Dos Passos justapõe duas populares e riquíssimas tradições musicais, as canções de bar e as canções de marinheiros.

O resultado diegético dos momentos de cantoria, ressaltados fortemente pelo narrador do romance, acaba se resolvendo na forma de um *leitmotif*, a recorrência que suporta um tema em um jogo intermedial em que a literatura encontra ressonância justamente no âmbito musical, no próprio terreno em que a prática do *leitmotif* foi desenvolvida.[26] A canção de imigração é o símbolo que, intimamente ligada à caracterização dos personagens de *Manhattan Transfer*, remete ao sentimento, reiterando, portanto, o anteriormente citado aforismo de Agualusa: a momentânea e temporária felicidade.

Em outra intensa cena envolvendo o uso e a significância das músicas populares, temos a afirmação de Madame Rigaud, uma personagem francesa, que orgulhosamente profere para seu amante e futuro marido, o compatriota Émile: "I've learned a new American song...

26 Os estabelecimentos conhecidos como *speakeasies* praticavam comércio ilegal de bebidas alcoólicas durante os anos da proibição. A bebida servida nesses bares clandestinos era geralmente preparada caseiramente, com péssimas condições sanitárias e nenhum tipo de controle de qualidade. Segundo o *New York Times*, 741 pessoas morreram por intoxicação após beberem em um speakeasy somente no ano de 1926. Cf. GRIMES, 2009.

C'est chic vous savez".[27] As frases proferidas por Rigaud estão impregnadas de sentido, sobretudo quando levadas em conta em relação a sua condição de imigrante. A *chanson française*, tão popularmente difundida no começo do século XX, sendo inclusive um dos primeiros fenômenos comerciais da indústria fonográfica,[28] não era o suficiente para esses dois personagens. Mesmo com a aceitação geral do público e subsequente incorporação da canção francesa no imaginário musical na América do Norte, Rigaud e Émile apresentam motivação e busca por prestígio ao se considerarem capazes de cantar, compreender e desfrutar genuinamente da música produzida nos Estados Unidos, a *chic* música de sua nova terra. Não por coincidência, é justamente a *performance* de Rigaud de uma composição estadunidense que a une a Émile, fazendo com que dois franceses até então desencontrados em Nova Iorque possam finalmente começar a vida nova, tão idealizada e comentada pelos emigrados. Há uma representativa expansão de repertório, uma ampliação de horizontes. Há uma troca simbólica: da chanson française ao jazz; dos *cabarets aos speakeasies*; da França aos Estados Unidos.

No entanto, o trecho que escolhemos para encerrar essa reflexão sobre a imigração e sua rica relação com o som em *Manhattan Transfer* aponta para um outro lado. A complexa e dificultosa tarefa de imigrar adota um tom pessimista e possui um desfecho menos integrador.

27 BALDICK, 2001, p. 138-139.

28 "Aprendi uma nova canção americana... é chique, você sabe". (DOS PASSOS, 1925, p. 59.)

O episódio a seguir é bastante demonstrativo no que concerne aos eventuais enredamentos causados e potencialmente maximizados em uma situação que envolve um grupo estrangeiro em terras do além-mar. O trecho começa com alguns recorrentes personagens do romance em uma andança aparentemente cotidiana pela cidade de Nova Iorque. A narração segue em ritmo rotineiro – os assuntos variam perigosamente desde o clima até o menu para o almoço do dia – até o momento em que a conversa do grupo de homens é descontinuada por uma marcante agitação sonora. Ao fundo está Ellis Island, a célebre ilha que à época servia como a principal porta de entrada para os imigrantes que cruzavam o Atlântico até aportarem nos Estados Unidos, praticamente um sinônimo para a chegada de pessoas de fora.[29] Dos Passos cria a armadilha: é através do tumulto sonoro, de entreouvidos murmurinhos – "os deportados, os deportados!" –, que sabemos, por via dos ouvidos dos personagens, que o ferry ali perto não está trazendo mais pessoas; ele está direcionado ao vetor contrário, as levando para longe. "They are sending the Reds back to Russia... Deportees... Agitators... Undesirables".[30] O leitor finalmente fica sabendo de que se trata de uma deportação de pessoas consideradas explici-

29 GRONOW; SAUNIO, 1999, p. 26-27.

30 Uma valiosa referência ao tratamento dado à enorme leva de imigrantes no final do século XIX e no começo do século XX pode ser encontrada no filme *Ellis Island* (1982). O curta-metragem, dirigido pela multifacetada e experimental artista Meredith Monk, reverbera intensamente o romance de John Dos Passos, e com ele estabelece um diálogo transtextual bastante proveitoso.

tamente politicamente indesejáveis. A Estátua da Liberdade, na vizinha Liberty Island, observa tudo e nada pode fazer. A liberdade dos imigrantes é então exprimida em suas condições, em suas restrições impositivas, à assimilação ao sistema vigente. Explicitamente não há espaço para os comunistas.

A cena segue com uma colagem de falas em meio à multidão que assiste a tudo, perplexa. "Take a look at the deportees... Take a look at the undesirable aliens".[31] Os rótulos são instantâneos, e as palavras carregadas de sentidos depreciativos. A montagem de narrativas segue com a imagem dos integrantes do grupo abanando lenços vermelhos em despedida para as pessoas em terra, dentre as quais algumas produzem reações favoráveis e, por parte de outras, respostas corretivas. O melodrama que ameaça, na superfície, dominar por completo a descrição narrativa dos acontecimentos ficcionais, produz uma intensa discussão que é traduzida em poucas palavras por John Dos Passos.

Em meio à ruidosa cena, a reação dos deportados não poderia ser outra, levando-se em conta o comportamento dos demais personagens estrangeiros em *Manhattan*: cantar. A canção por eles entoada brota, naturalmente: *A internacional*. O uso de uma composição musical como símbolo de um movimento político que se entende como universal, ou universalista, remete diretamente à própria

31 "Eles estão mandando os Vermelhos de volta para a Rússia... Deportados... Agitadores... Indesejáveis". (DOS PASSOS, 1925, p. 289).

forma como os ideais comunistas se espalharam mundo afora. A *internacional*, adotada como hino comunista, é um signo instantaneamente reconhecível e atribuível àquele grupo de pessoas retratado no romance. É estimulante verificar como a malfadada cena do ferry que leva os lamuriosos é construída dentro de uma lógica que, precisamente ali, naquela composição, encontra sua mais clara representação.

"Um fantasma circula pela Europa – o fantasma do comunismo",[32] afirma a primeira frase do *Manifesto Comunista*. A declaração de Marx e Engels propõe um jogo de fantasmagoria ao leitor, que é levado a assumir a presença do até então não abertamente falado e não abertamente reconhecido comunismo. Tem-se uma "causalidade espectral", como definido pelo teórico e escritor britânico Mark Fisher.[33] que se desenvolve por intermédio de uma "virtuality whose threatened coming was already playing a part in undermining the present state of things".[34] O espectro comunista agora assombra no outro lado do Atlântico, confirmando seu inerente caráter global – que já fora previsto nas linhas finais do próprio *Manifesto*.[35] Ao serem deportados, nada mais resta aos indesejáveis do que modular a sua permanência no imaginário dos que presenciavam aquele episódio por meio de sua música;

32 "Veja só os deportados... Veja só os estrangeiros indesejáveis". (DOS PASSOS, 1925, p. 290).

33 ENGELS; MARX, 2012, p. 488.

34 FISHER, 2014, p. 18.

35 "[...] virtualidade, cuja apavorante iminência já estava desempenhando seu papel de minar o estado presente das coisas". (FISHER, 2014, p. 19).

de seu som. "Sound is energy unleashed, yet also the perpetual emerging and vanishing, growth and decay of life and death - the perfect metaphor for a ghost".[36] E assim se reproduz a causalidade espectral.

A descrição do desfecho da deportação e de suas espectrais consequências é conduzida com destreza pelo narrador do romance, em uma cena sonoramente poderosíssima:

> The singing trailed away across the water. At the end of a marble wake the ferryboat was shrinking into haze. *International... shall be the human race*. The singing died. From up the river came the longdrawn rattling throb of a steamer leaving dock. Gulls wheeled above the dark dingydressed crowd that stood silently looking down the bay.[37]

A assombração, os imigrantes comunistas, lentamente se dissipa na névoa, junto com sua música, e a paisagem sonora vai gradualmente se modificando. A ironia da situação atinge o seu máximo potencial quando justaposta ao refrão da música, destacado pela montagem realizada na narração. O estribilho clama pela unidade e unificação da espécie humana; uma, internacional. Tal verso é trazido justamente no momento em que à impossibilidade de uma completa internacionalização se faz presente em termos práticos na construção ficcional.

36 ENGELS; MARX, 2012, p. 1131.

37 "o som é energia liberta, e simultaneamente o perpétuo surgimento e desaparecimento, o crescimento e a decadência de vida e morta – a metáfora perfeita para um fantasma". (TOOP, 2011, p. 168).

A reação subsequente daqueles que permanecem em solo norte-americano, sejam eles imigrantes ou não, retoma a dissonância da condição migratória. Encarados como uma massa de pessoas esfarrapadas, eles são as notas de um acorde problemático: ao mesmo tempo em que conseguiram se moldar ao imposto e ao esperado pela sociedade que os recebe, conjuntamente são representados como os que se calam mediante à deportação de outros pares imigrantes. O som do navio a vapor é substituído pelo bater de asas das gaivotas junto ao silêncio produzido pelo olhar da multidão. A nova terra engole os seus novos habitantes.

REFERÊNCIAS

AGUALUSA, José Eduardo. *Teoria geral do esquecimento*. Rio de Janeiro: Foz, 2012.

BALDICK, Chris. *The Concise Oxford Dictionary of Literary Terms*. Oxford: Oxford University Press, 2001.

DOS PASSOS, John. *Manhattan Transfer*. Boston: Houghton Mifflin, 1925.

ENGELS, Friedrich; MARX, Karl. *Manifesto do Partido Comunista*. Trad. Sergio Tellaroli. São Paulo: Penguin Companhia, 2012.

FISHER, Mark. *Ghosts of My Life*: Writings on Depression, Hauntology and Lost Futures. Winchester, RU: Zero Books, 2014.

GRAHAM, T. Austin. *The Great American Songbooks*: Musical Texts, Modernism, and the Value of Popular Music. New York: Oxford University Press, 2013.

GRIMES, William. Bar? What Bar? *The New York Times*, 2 jun. 2009. Disponível em: <http://www.nytimes.com/2009/06/03/dining/03speak.html?_r=0>. Acesso em: 29 abr. 2016.

GRONOW, Pekka; SAUNIO, Ilpo. *An International History of the Recording Industry*. Trad. Christopher Moseley. London/New York: Cassell, 1999.

KRISTEVA, Julia. *Estrangeiros para nós mesmos*. Trad. Maria Carlota Carvalho Gomes. Rio de Janeiro: Rocco, 1994.

MARINETTI, F. T. The Founding and Manifesto in Futurism. Translated by J.C. Higgitt. In: APOLLONIO, Umbro (Org.). *Documents of 20th Century Art: Futurist Manifestos*. New York: Viking Press, 1973. p. 19-24.

SCHAFER, R. Murray. *A afinação do mundo*: uma exploração pioneira pela história passada e pelo atual estado do mais negligenciado aspecto do nosso ambiente: a paisagem sonora. Trad. Marisa Trench Fonterrada. São Paulo: Editora UNESP, 2001.

SCHWEIGHAUSER, Philipp. You Must Make Less Noise in Here, Mister Schouler: acoustic profiling in American Realism. *Studies in American fiction*. Boston: Northeastern University, v. 30, n. 1, p. 85-102, 2002.

SÜSSEKIND, Flora. *Cinematógrafo de letras*: literatura, técnica e modernização no Brasil. São Paulo: Companhia das Letras, 1987.

TOOP, David. *Sinister resonance*. Londres: Bloomsbury, 2011.

JORGE LUIS BORGES E ALFONSO REYES, TRADUTORES

Livia Grotto

"A lembrança de minha tradução de Sterne me leva a uma divagação", escreve Alfonso Reyes no ensaio "De la traducción".[1] Essa divagação intenta justificar escolhas e assinalar "descuidos" de sua própria versão do romance de Sterne, *Viagem sentimental*. Reyes se interessa por essa revisão porque supõe que um bom resultado soma leitores. Mais do que isso, também parece-lhe diretamente proporcional à eficácia com que se pode pensar o México por intermédio desse romance estrangeiro, ajudando sua língua a "cobrir" as "ausências verbais", as "afasias momentâneas" e a falta de vocabulário específico para nomes que em outros idiomas são correntes e fáceis.[2] A tradução é, portanto, uma forma de beneficiar a língua e a cultura nacional por meio do que existe de melhor nas culturas centrais.

Diferentemente de Jorge Luis Borges – que valoriza o tradutor, observado no interior de uma tradição nacional mais ou menos fixa no passado e na qual ele pretende

1 REYES, 1997, p. 148. (Todas as traduções são minhas).

2 REYES, 1997, p. 149-150.

entrar como un inovador – Reyes descobre uma cultura nacional que segue um fluxo em direção ao futuro e à qual ele pode somar traduções. Por isso, considera cada uma delas como uma unidade, tentando respeitar as peculiaridades do original. Ele, no entanto, não esteve satisfeito com o resultado. Para além do perfeccionismo, uma constante autocrítica se vincula a uma concepção de linguagem como algo que traduz de forma imperfeita o mundo, as coisas, os sentimentos.

São, nesse sentido, frequentes na sua obra, frases em que afirma que o poeta "traduz" em versos ou em palabras. No seu primeiro livro de ensaios, publicado em 1911, afirma que o romance é um gênero literário que "traduz" a vida de forma pessoal, como no caso de Flaubert.[3] Em 1944, ao refinar sua concepção de teoria literária, Reyes explica, na introdução de *El Deslinde*: "Se já toda percepção é tradução (a luz não é luz, a mesa não é mesa, etc.), isso aumenta quando o filtro é a sensibilidade artística. Existem tantos tipos divergentes de traduções quanto leitores".[4]

Para Reyes, portanto, toda tradução é imperfeita: "a luz não é luz", "a mesa não é mesa". Essa desconfiança em relação à linguagem como instrumento de comunicação faz do escritor um defensor de vários tipos de tradução, assim como de várias versões para um mesmo texto. Em *Cuestiones gongorinas*, por exemplo, estima que as traduções dentro da mesma língua e as que se produzem

3 REYES, 1996b, p. 49.
4 REYES, 1997a, p. 25.

entre línguas distintas ajudam a compreender o original. Assim, sugere que se traduza dentro da própria língua, como Jules Lemaître fez com Mallarmé, do francês para o francês. Também elogia a utilidade da versão francesa de *Polifemo y Galatea* elaborada por Marius André para que os próprios espanhóis entendam a obra de Góngora.

Tanto as traduções entre línguas como as reescritas de atualização no interior da mesma língua congregam, para Reyes, funções didáticas, de divulgação e de desenvolvimento intralinguístico. Daí o seu *Cantar de mío Cid*, de 1919, e seu *Polifemo sin lágrimas*, livre interpretação do poema de Góngora com a qual esteve envolvido nos anos 1950. Valendo-se de todos os comentaristas que pode revisar, declara no prólogo dessa última obra, inconclusa e publicada postumamente, que pensava "trazer para a rua, até o humilde posto aonde possam adquirir todos os passantes, os saborosos produtos daquele laboratório poético que geralmente se considera como recinto inacessível."[5] Note-se, pois, que a compreensão da obra prevalece sobre a fruição estética. Por isso, ele usa a expressão que se refere a uma facilitação do texto: "sem lágrimas". Uma preferência pelo que alcança as maiorias, registrada desde 1918, quando sugeriu um "Croce sem lágrimas", tradução fiel às fórmulas pessoais e ao estilo do crítico italiano, apesar de comportar uma consequente perda de profundidade.[6]

5 REYES, 1991, p. 244.
6 REYES, 1996a, p. 324-325.

Traduzir é, portanto, para Reyes um ato hermenêutico, de interpretação e de explicação, cuja finalidade é expandir ao máximo o número daqueles que alcançam a obra. Tal acepção é válida para todas as traduções que empreendeu, em especial para a da *Ilíada* de Homero, pela distância entre o espanhol moderno e o grego antigo em termos culturais, lingüísticos, históricos e métricos. Essa tradução que se pode chamar de interpretativa também é válida para as traduções que propôs de Mallarmé. A dificuldade de sua poesia – pelo que foi comparado a Góngora em *Cuestiones gongorinas* – o "rigor literário" e a "técnica" empregada em seus versos[7] reuniam motivações o bastante. Entretanto, a razão mais forte para traduzi-lo é que compartilhava com o poeta e tradutor francês a sensação de "impossibilidade absoluta de traduzir em signos qualquer coisa nobre e elevada". "Todos os meios de expressão" – completaria Mallarmé citado por Reyes – "são de uma relatividade inaceitável".[8]

Mallarmé entre nosotros foi publicado em 1938 pela editora Destiempo, de Bioy Casares e dirigida em colaboração com Borges. Nele, Reyes reúne, entre outros textos, uma notícia de vários dos tradutores da obra do poeta francês, três propostas de tradução do poema "El abanico de Mademoiselle Mallarmé", além de dez novas traduções de poemas e textos em prosa. Nas três versões do poema "El abanico de Mademoiselle Mallarmé", a terceira etapa

7 REYES, 1991, p. 238.
8 REYES, 2000, p. 67.

corresponde ao momento em que o original aparece, por fim, "criado" em castelhano, depois de ter passado pelo entendimento da tradução em prosa e pela apreensão sonora e poética da tradução em verso rítmico.

As três traduções desse poema foram publicadas em conjunto em 1920, em 1923 recolhidas, por fim, no livro *Mallarmé entre nosotros* de 1938. Essa republicação estampa uma crença, mantida ao longo do tempo, de que as traduções podem ser cada vez melhores, além de assinalar que cada trabalho tradutório supõe um grau diferente de apreensão do original. Nesse sentido, Reyes esclarece, na seção de "Nuevas traducciones" de *Mallarmé entre nosotros*, que não existem versões definitivas, sobretudo se são de poesia. Querendo, ainda assim comunicar o estado de seu trabalho, explica que está disposto a receber as "emendas" e "tentativas" de seu leitor. Juntos podem aproximar-se do "enigma", já que "tudo sabemos entre todos". Nos parênteses colocados depois dos títulos em espanhol, Reyes registra o primeiro verso francês de todos os poemas traduzidos. Ele também fornece a referência completa dos dois textos em prosa que traduziu. Conclui que dessa forma o leitor, "Grande Censor Desconhecido", pode identificar o original e, tendo-o em conta, melhorar as traduções que têm em mãos por meio de seus próprios cotejos.[9]

Os parênteses também compõem as traduções apresentadas na última seção do primeiro livro de contos de

9 REYES, 1991, p. 225-226.

Borges, *Historia universal de la infamia*. Essa seção, chamada "Etcétera", representa a continuação da série dos personagens infames apresentados ao longo do livro. Seu título fica mais claro por meio da expressão latina estendida que inspira seu título, *et cetera desunt*: "as coisas que ainda faltam". Ao contrário do "etc." que indica uma série incompleta ainda que dispensável de enumeração porque redundaria no já concluído ou enumerado, o "Etcétera" de Borges aparece inventariado.

Os parênteses postos ao final de cada conto – e aqui "conto" pode ser entendido em seu duplo sentido em espanhol: como narração curta e como mentira – são suficientes para demonstrar que a tradução é tomada como pretexto criativo. "Un teólogo en la muerte", por exemplo, é de Emanuel Swedenborg, mas o título da fonte informada entre parênteses é falso. Não pertenece a *Arcana Coelestia*, mas baseia-se em fragmentos de dois textos: *Continuatio de ultimo Judicio e De vera christiana religio*. Tal qual anota Borges em 1954, desse último livro recortou "El doble de Mahoma", a tradução mais literal de toda a seção. Existem, não obstante, outros ludíbrios. "El espejo de tinta", supostamente extraído de *The Lake Regions of Equatorial Africa* de Richard Francis Burton é, na realidade, uma reescrita, ampliação, além de tradução de duas partes de *Manners and customs of the modern Egyptians* de Edward William Lane. "La cámara de las estatuas" e "Historia de los dos que soñaron", duas narrações de *As mil e uma noites*, de fato não têm autor já que procedem de uma compilação de contos orais, mas Borges tampouco indica a edição original. Por outro lado, especifica os números das noites, inevitavelmente imprecisos, pois mudam de edição para edição.

"El enemigo generoso" e "Del rigor en la ciencia", elaborados para a segunda edição de *Historia universal de la infamia*, publicada em 1954, ampliam as troças. O livro e o autor citados como fonte do primeiro conto existem, no entanto, o texto não é uma tradução: foi elaborado pelo próprio Borges. "Del rigor en la ciencia" também é de Borges e tanto o autor como o livro citados entre parênteses são apócrifos. Com esses dois últimos contos, Borges reforça a opinião exposta nos ensaios sobre tradução dos anos 30 ("Las versiones homéricas", "Las Kenningar" e "Los traductores de *Las mil y una noches*") de que a obra literária e sua respectiva tradução têm o mesmo valor e são, inclusive, intercambiáveis. Também demonstra rapidamente a convicção, bastante contrária à de Alfonso Reyes, de que tanto como as obras literárias, as traduções são para poucos e podem estar escondidas na última seção de um livro de histórias de personagens infames.

Entretanto, o principal efeito dessa irreverência em relação ao original é acentuar a voz de Borges. Por isso "Etcétera" pertence a um livro "de Borges" (não "traduzido por Borges"). Esaa opção demonstra que sua sugestão de consciência autoral relativizada pode servir para o autor do original, mas não para si próprio. Afinal, na década de 1930, combater a fidelidade às palavras de uma tradição que atribuía genialidade ao autor do original era o mesmo que combater o que arriscava encobrir a voz do jovem Borges. A inversão de valores comumente aceitos na esfera teórica da tradução destaca-o como um tradutor ousado, que nega que a língua traduzida seja igual (e fiel) à língua materna e que sua cultura possa anexar (fielmente) a cultura do autor traduzido. A infâmia, afirma Paul de Man, atua como um princípio estético.[10]

No caso de Alfonso Reyes, a presença do tradutor está disposta a se apagar, o que não deixa de representar um paradoxo em relação a seu ideal de popularização e divulgação dos textos. Diferentemente de Borges, que depura as traduções de acordo com seu próprio programa de inserção na tradição literária, Reyes não atua como um escritor enquanto traduz. Não se trata de grande modéstia. Ele está do lado do que se poderia imaginar como uma intervenção vazia porque, a seu ver, essa é a missão do tradutor. Sem que o tradutor se apresente, a tradução é a própria obra, vestida com a "forma do espanhol".

A "tradução do literário não deve se perder na mudança", afirma Reyes, porque o tradutor não procede com liberdade, mas de acordo com certos "limites [que] se ajustam muito mais do que na criação original".[11] As correspondências entre as línguas são, no entanto, difíceis quando se trata de línguas distantes, onde não só são distintas as estruturas verbais, mas as semânticas.

10 DE MAN, 1987, p. 144-145. A respeito de Borges tradutor, ver: GROTTO, 2013.

11 REYES, 1997a, p. 269.

Nesse caso, "a tradução se torna uma recriação poética sobre uma pauta semântica determinada, na qual a fidelidade de ordem verbal se reduz ao respeito das séries mentais".[12] Segundo essa linha de raciocínio, a tradução, apesar das dificuldades técnicas, é fiel às "séries mentais" da obra literária original e conserva a essência da palavra criadora. Assim, de acordo com Reyes, ela compartilharia com a obra literária original o "sumo grau literário".[13] Sendo assim, nem a criação original, nem sua recriação tradutória podem ser ruins se o tradutor não se faz presente. Ambas se subtraem aos juízos de valor negativos.

Quando se trata da tradução literária e da língua própria, Borges "sonha o já sonhado",[14] imaginando que a "ondulante imprecisão"[15] da língua é a matéria de que está feita a obra literária. Para Reyes, essa incerteza inerente às línguas não desvanece nem o enigma, nem a essência do original e, consequentemente, tampouco garante o direito de inventar uma biblioteca de obras traduzidas que seja, ela própria, original e nova. As obras que, beneficiadas pela tradução, podem ser possuídas por todos, são, para Reyes, suficientes.

Na seção "Etcétera" de *Historia universal de la infamia*, Borges "traduz" dois dos contos ambientados na Espanha com a linguagem portenha: "La cámara de las estatuas" e "Un brujo postergado". Narrá-las com essa

12 REYES, 1997a, p. 270.
13 REYES, 1997a, p. 270.
14 BORGES, 2010, p. 328.
15 BORGES, 2011, p. 585.

língua do Rio da Prata produz uma estrangeridade que confina com a infâmia porque são percebidas como próprias, daí um motivo mais para estarem num livro que compila histórias infames. Para esse escritor-tradutor, o que importa não está somente no tema, na paisagem ou no objeto, senão na forma, sempre distinta da dos europeus em geral e, sobretudo, do espanhol da Espanha. Essa aversão à fôrma e à forma espanholas percorrem os escritos de Borges, desde a polêmica do meridiano intelectual em 1927, até o ensaio-conferência dos anos 50, "El escritor argentino y la tradición". Mesmo quando se considera distante dos primeiros livros de fervor localista,[16] Borges conclui que "a história argentina pode definir-se sem equívoco como a vontade de apartar-se da Espanha".[17]

Borges, ao que parece, desejou que Reyes assumisse a mesma postura em relação ao que considerava propriamente mexicano. Assim, a mesma perspectiva que utiliza em "El escritor argentino y la tradición" para destacar-se no panorama da língua castelhana serve para redigir una nota de elogio ao amigo, publicada em 1955. Nela, Reyes está na "contramão" da Europa e, subentende-se, especialmente na "contramão" da Espanha, país ao qual ele não teria "jurado devoção" alguma:

16 "[...] en libros ahora felizmente olvidados" [confessa Borges] "traté de redactar el sabor, la esencia de los barrios extremos de Buenos Aires; naturalmente abundé en palabras locales, no prescindí de palabras como cuchilleros, milonga, tapia, y otras, y escribí así aquellos olvidables y olvidados libros". BORGES, 2009, p. 441.
17 BORGES, 2009, p. 442.

> Foi um favor para Alfonso Reyes ter nascido um pouco na contramão, na América, terra que herda as culturas ocidentais, mas que não jurou devoção a nenhuma delas. Outro favor foi que teve a sorte de ter o espanhol como língua materna, já que ninguém, nem sequer um nacionalista argentino, pode imaginar que esta língua basta, e assim Reyes teve de adquirir o hábito de outras.[18]

Reyes, apesar de manter certa distância crítica em relação à Espanha, não nega sua herança. Desde seu livro *Visión de Anáhuac*, ensaio em prosa poética escrito em 1915, questionou a imagem do México projetada pelas crônicas dos conquistadores e abriu um primeiro caminho para pensar a identidade americana a partir de uma perspectiva própria. Apesar disso, fez juz à herança peninsular e escreveu ensaios sobre vários autores espanhóis. Tal como se mencionou antes, também produziu uma adaptação do *Mío Cid* e uma "livre interpretação" de Góngora. É nesse sentido que em julho de 1955 comenta o ensaio "El escritor argentino y la tradición" de Borges da seguinte forma:

> [...] hei de manifestar novamente o que tantas vezes já declararei: que a má vontade contra a tradição espanhola é uma forma de servidão, uma confissão de inferioridade ou liberação não consumada. A liberdade supõe igualdade no comércio humano, tratar de igual para igual, amizade sem medo e sem rubor.[19]

18 BORGES, 2001, p. 334.
19 REYES, 1989, p. 567.

Seguro de que a tradução deve vestir o original com a "forma do espanhol", segundo um uso mais corrente e internacional, Reyes ri-se, no ensaio "De la traducción", daqueles momentos em companhia de Pedro Henríquez Ureña quando ambos convertiam os clássicos gregos em "versões caseiras". De forma semelhante, em outros textos, Reyes demonstra que conhece a etimologia e o uso local de várias palavras. Prefere, apesar disso, a vulgarização da língua traduzida, tal como explica em certa passagem de *Mallarmé entre nosotros*:

> 'Rumia' puede usarse metafóricamente: el olvidado Gabriel y Galán habla por ahí de una noche propicia a la 'rumia de las grandes ideas'; pero este uso es tan casero y tan de la tierra, que da pensa vestir con paño tan burdo a un huésped delicado y venido de muy lejos.[20]

As opiniões de Borges em matéria de tradução literária e língua própria, parecem, segundo Reyes, bastante extremadas, posto que oscilariam entre o louvor do indivíduo e o apagamento completo do homem. Por isso em 1944 Reyes comenta da seguinte forma o conto do amigo, "La lotería de Babilonia":

> ¿Será, pues, que todo es azar, como esa imaginaria Babilonia del argentino Jorge Luis Borges, donde todo se gobierna por la lotería? [...] ¡Oh, no! La historia tiene un sentido. Lo que sucede es que el destino del hombre no se realiza en

20 REYES, 1991, p. 228.

> el individuo, sino – por encima del individuo – en la total especie humana.[21]

No que concerne à tradução, o próprio Borges daria provas dessa oscilação identificada por Reyes. Isso ocorre no conto de 1947, "La busca de Averroes", no qual o tradutor é apenas um reflexo no espelho. A importância do tradutor também se desdiz com sentido similar em pelo menos dois textos. No ensaio "La supersticiosa ética del lector", publicado em 1931, Borges conclui que "dom Quixote ganha póstumas batalhas contra seus tradutores e sobrevive a qualquer versão descuidada".[22] Muitos anos depois, o vencedor das batalhas tradutórias não seria o livro ou o personagem, mas o espírito do autor, contra o qual o jovem Borges tinha se lançado com todas as suas armas. Assim, no prólogo de 1968 à sua própria tradução de *Leaves of grass* de Walt Whitman, escreve que depois de assistir a uma representação de *Macbeth*, saiu "na rua desfeito pela paixão trágica", pois "Shakespeare tinha aberto caminho" apesar da tradução "detestável".[23] Por meio da tradução que ele apresentava naquele momento, Whitman também abriria caminho, à semelhança do Homero aplaudido por Alfonso Reyes, superior ao preceptista, ao tradutor e ao crítico:

> "Las cigarras de voz de lirio", dice Homero...
> Le pesa al preceptista, le duele al traductor

21 REYES, 1996b, p. 245.

22 BORGES, 2009, p. 382.

23 BORGES, Jorge Luis. *Obras completas IV*, Buenos Aires, Emecé, 2003, p. 160.

[...]

!Se asusta el avispero!

Mientras zozobra el crítico, digamos con valor:

— ¡Bravo por "las cigarras de voz de lirio", Homero![24]

24 REYES, Alfonso. *Obras completas* x, México, Fondo de Cultura Económica, 1996, p. 414.

REFERÊNCIAS

BORGES, Jorge Luis. *Obras completas I*, 1923-1949. Edición crítica comentada por Rolando Costa Picazo e Irma Zangara. Buenos Aires: Emecé, 2009.

BORGES, Jorge Luis. *Obras completas II*, 1952-1972. Edición crítica anotada por Rolando Costa Picazo. Buenos Aires: Emecé, 2010.

BORGES, Jorge Luis. *Obras completas III*, 1975-1985. edición crítica anotada por Rolando Costa Picazo. Buenos Aires: Emecé, 2011.

BORGES, Jorge Luis. *Obras completas IV*. Buenos Aires: Emecé, 2003.

BORGES, Jorge Luis. *Textos recobrados*, 1931-1955. Bogotá: Emecé, 2001.

DE MAN, Paul. *Un maestro moderno: Jorge Luis Borges*. In: ALAZRAKI, Jaime (Org.). *Critical essays on Jorge Luis Borges*. Boston, Massachussets: G. K. Hall & Co., 1987. p. 144-151.

GROTTO, Livia. *Palavras e disparates em Borges e Ramón, sobre Historia universal de la infamia e Doña Juana la Loca. Superhistoria*. 2013. 340 f. Tese (Doutorado em Teoria e História Literária) – Instituto de Estudos da Linguagem, Universidade Estadual de Campinas, Campinas, 2013. Disponível em: <http://www.bibliotecadigital.unicamp.br/document/?code=000909010>. Acesso em: 05 jul. 2016.

LOUIS, Annick; ZICHE, Florian. General Bibliography of Borges' Writings. *Borges Center*. Disponível em: <http://www.borges.pitt.edu/bibliographies/annick-louis>. Acesso em: 16 jun. 2016.

REYES, Alfonso. *Obras completas* X. México, Fondo de Cultura Económica, 1996.

REYES, Alfonso. *Obras completas* VII. México: Fondo de Cultura Económica, 1996a.

REYES, Alfonso. *Obras completas* I. México: Fondo de Cultura Económica, 1996b.

REYES, Alfonso. *Obras completas* XIV. México: Fondo de Cultura Económica, 1997.

REYES, Alfonso. *Obras completas* XV. México: Fondo de Cultura Económica, 1997a.

REYES, Alfonso. *Obras completas* XXII. México: Fondo de Cultura Económica, 1989.

REYES, Alfonso. *Obras completas* XXV. México: Fondo de Cultura Económica, 1991.

REYES, Alfonso. *Obras completas* XXI. México: Fondo de Cultura Económica, 2000.

DO JUDEU COMO ESTRANGEIRO EM *O ÚLTIMO CABALISTA DE LISBOA*, DE RICHARD ZIMLER

Lyslei Nascimento

Não se deixem iludir: sob a superfície desta história corre o gume de uma parábola de advertência.
Richard Zimler

Data do fim do Império romano, 476 d.C, o registro da presença judaica na região que veio a se tornar Portugal. Desde a fundação da nação, em 1143, os judeus vindos do Oriente estavam ali presentes. De certo modo, a chegada e a permanência judaica em solo lusitano foram favorecidas pela boa vontade dos primeiros reis que, no século XII, diante da invasão e da conquista moura, viam, como boa estratégia, a necessidade política e econômica de povoar o território.

No século XIII, D. Afonso II proíbe os judeus de terem empregados cristãos sob pena de perderem seu patrimônio. Qualquer converso ao cristianismo que retornasse ao judaísmo podia, nesse reinado, ser condenado à morte. Além disso, os judeus não podiam ocupar cargos oficiais para que os cristãos não se sentissem prejudicados.

No século XV, apesar de condições não totalmente favoráveis, a população judaica cresce e prospera. Proibidos de terem propriedades, empregados e, em alguns casos, até cavalos e armas, aos judeus restaram as atividades econômicas e os empréstimos a juros. Esses últimos determinaram o surgimento de inúmeras queixas às autoridades.

No Castelo Rodrigo, ao norte da Serra da Estrela, em 1321, por exemplo, o conselho se queixa ao rei D. Dinis, alegando que os judeus emprestavam dinheiro a juros tão altos que arruinavam os moradores da vila e das aldeias vizinhas, interferindo, segundo eles, na agricultura, principalmente no cultivo da videira e da oliveira, logo, na produção de vinho e de azeite.

O crescimento dos movimentos contra os judeus na Espanha desde meados do século XIV; o estabelecimento da Inquisição e a expulsão dos judeus da Andaluzia nos primeiros anos de reinado dos reis católicos, Dona Isabel I de Castela e Dom Fernando II de Aragão; o início do processo dos descobrimentos portugueses com a abertura de novas rotas marítimas e comerciais são causas basilares, de acordo com Jean Delumeau, do crescimento da população judaica em Portugal ao longo da Idade Média.[1] Se em 1400 existiam em Portugal cerca de 30 comunidades e algumas milhares de famílias, na data da chegada de Colombo à América, em 1492, havia mais de 100 judiarias e dezenas de milhares de habitantes.

1 DELUMEAU, 1989.

Em 1492, os reis católicos promulgam o édito de expulsão dos judeus da Espanha. No ano da unificação final de todo o território desse país (com a etapa final da reconquista cristã – a tomada de Granada) se inicia verdadeiramente a Diáspora de Sefarad.[2] D. João II, em Portugal, acolhe muitos desses judeus, cujo total superaria 120.000 pessoas.

A Inquisição, para León Poliakov, não é uma criação espanhola. Para o historiador:

> Já se pode encontrar para ela uma espécie de justificação prévia em Santo Agostinho, segundo o qual, uma "perseguição moderada (*tempereta severitas*) era lícita para reconduzir os heréticos ao caminho reto.[3]

Quatro anos depois das expulsões e perseguições na Espanha, o sucessor de D. João II, D. Manuel, casado com uma filha dos reis católicos e pressionado por estes, promulga também o édito de expulsão em Portugal. Essa política não agrada a todos, principalmente nos meios da ciência e da escrita. A D. Manuel também não interessava ver partir, com os judeus, parte do capital financeiro. Daí, como é possível perceber nesse histórico, a estratégia da conversão e do batismo forçado a que os judeus foram submetidos. D. Manuel sabia que ia perder aqueles que devia, estrategicamente, manter em solo português. Assim, ele decreta medidas que obrigavam conversões e abjurações.

Os judeus são, assim, de acordo com Delumeau:

2 Sefarad corresponde a Península Ibérica. Sefardita designa, hoje, os judeus de Espanha, Portugal, Brasil, Turquia, Marrocos e norte da África.
3 POLIAKOV, 1984, p. 156.

> [...] a própria imagem do "outro", do estrangeiro incompreensível e obstinado em uma religião, dos comportamentos, de um estilo de vida diferente daqueles da comunidade que os recebe. Essa estranheza suspeita e tenaz aponta-os como bodes expiatórios em tempos de crise.[4]

A teoria do bode expiatório, de acordo com Natan Sharansky, ocorre quando tensões em determinada sociedade são liberadas ao se culpar um grupo mais fraco, geralmente os judeus, pelo que quer que esteja incomodando a maioria.[5] Alia-se, assim, a esse preceito, o da demonização, segundo o qual os judeus foram plasmados e amalgamados. Para Sharansky, tanto a concepção de um elemento a quem culpar quanto a demonização surgem em virtude da necessidade, aparentemente perene, de rejeitar aqueles que são étnica, religiosa ou racialmente diferentes. Nesse sentido, o antissemitismo emerge como um fenômeno que não é apenas judeu, mas se configura como um "das variantes de uma família de ódios que incluem o racismo e a xenofobia".[6]

A Igreja, a partir de um recrudescimento de um "racismo religioso", como argumenta Delumeau, dá, assim, a partir da Idade Média, à hostilidade econômica, uma dimensão que não é nova aos sentimentos contra os judeus. A catequese, por exemplo, difundiu o antijudaísmo e o "desprezo por Israel", lembra o filósofo.[7] O teatro

4 DELUMEAU, 1989, p. 279.
5 SHARANSKY, 2004.
6 SHARANSKY, 2004.
7 DELUMEAU, 1989, p. 278.

religioso foi, principalmente nas grandes cidades, um dos principais meios de difusão, entre a população cristã, de múltiplas formas e ocasiões de detestar os judeus ou de zombar deles. No teatro sacro, os dramas de Cristo ensinam o ódio aos judeus. Em *Autos da destruição de Jerusalém*, por exemplo, destaca-se a vingança do Senhor a punir o "povo deicida". Os textos hagiográficos também dão ampla divulgação ao antijudaísmo religioso:

> No *Mistério da Assunção de... Maria* (impresso em Paris por volta de 1518), quatro judeus ousam tocar o caixão da Virgem e são subitamente atingidos pela cegueira. Dois deles aceitam o batismo e ficam curados. Os dois outros se obstinam matam-se entre si.[8]

Esses relatos, popularizados pelo teatro dos Mistérios, são também encontrados na iconografia. As comédias, tardiamente, a partir do século XV e XVI, multiplicam as caricaturas dos judeus, principalmente como usurário. O antijudaísmo passa, assim, do teatro religioso ao profano. Shylock, personagem célebre de *O mercador de Veneza*, publicada em 1605, de William Shakespeare, assim, só foi possível, "em razão de todas as injúrias que os mistérios haviam lançado anteriormente sobre o povo maldito".[9] Em 1607, em *Dom Quixote*, também Cervantes irá colocar na boca de Sancho Pança uma declaração explícita de ódio aos judeus ligada à Igreja:

8 DELUMEAU, 1989, p. 278.
9 DELUMEAU, 1989, p. 285.

> [...] e, quando outra coisa não tivesse que não fosse o crer, como sempre creio firme e verdadeiramente, em Deus, em tudo o que manda acreditar a Santa Igreja Católica Romana, e ser inimigo mortal, como sou, dos judeus, [...].[10]

Desse modo, uma cultura e um imaginário antijudaicos, tanto nas prédicas e peças religiosas, quanto na vida artística em geral, cria e alimenta um inimigo que, embora possa estar ausente na vida cotidiana, e por mais distante que esteja, continua a ameaçar. O judeu é, assim, também nas artes, um personagem detestável e odioso. A população é ensinada não só a temer e a isolar, mas a odiar.

O romance *O último cabalista de Lisboa*, publicado em Portugal em 1996, e, no ano seguinte no Brasil, tem como cenário esse profundo sentimento de alteridade, desconfiança e ódio contra os judeus. Como arcabouço histórico, a ficção se arma a partir do "Massacre de Lisboa de 1506", também conhecido como "Pogrom de Lisboa" ou "Matança da Páscoa de 1506". Nessa ocasião, centenas de judeus foram assassinados por uma multidão ensandecida, que havia, como já foi dito, recebido doutrinação e ensinamento de ódio contra os judeus, sob a acusação de terem estes causado seca, fome e peste. A presença dos judeus, vistos como adoradores do Diabo e deicidas, em solo português, atrairia, assim acreditavam, os castigos divinos. O pogrom de Lisboa ocorre antes do início da Inquisição, cerca de nove anos depois da conversão forçada dos judeus em Portugal, em 1497, durante o reinado de D. Manuel I.

10 CERVANTES, 1993, p. 342.

A historiografia situa o início dos tumultos no Convento de São Domingos de Lisboa no dia 19 de abril de 1506. Na ocasião, alguém jurou ter visto o rosto de uma imagem de Cristo se iluminando milagrosamente. Conta-se que, diante desse suposto milagre, um cristão-novo, um judeu convertido à força, tenta explicar aos fiéis que o que acontecia era apenas um reflexo de luz, não um evento milagroso. Por esse motivo, ele é espancado até a morte. Esse incidente desencadeia três dias de massacre, incitado por frades que prometiam absolvição dos pecados para quem matasse os hereges. Fogueiras foram improvisadas no Rossio, no largo de São Domingos, e muitos judeus foram queimados em praça pública.

A matança durou de 19 a 21 de abril e só acabou quando foi morto, por engano, João Rodrigues Mascarenhas, um dos escudeiros do rei. Esse episódio provocou a intervenção das tropas reais para restaurar a ordem. D. Manuel I, então, confisca os bens de quem foi pego cometendo alguma violência e os religiosos que incitaram a turba foram condenados à morte por enforcamento. O Convento de São Domingos, segundo consta, teria sido fechado por oito anos e seus representantes, expulsos do Conselho da Coroa.[11]

Após o massacre, o crescimento do antissemitismo em Portugal e o estabelecimento do Tribunal do Santo Ofício, 1540-1821, obrigaram centenas de judeus a fugirem, para isso, pagam caro com suas propriedades e bens. Outros

11 DELUMEAU, 1993, p. 287-288.

foram expulsos, tendo como destino principal os Países Baixos, a França, a Turquia e o Brasil, considerados, naquele momento, mais tolerantes.[12] Esse triste episódio da história portuguesa é lembrado por um monumento construído no Largo de São Domingos. Nele, um *magen david*, inaugurado em 23 de abril de 2008, homenageia o judaísmo e os judeus portugueses e, por extensão, todos os estrangeiros, afirmando o respeito a cada uma de suas religiões. Tradicional ponto de encontro de imigrantes, existe também, nesse espaço de memória, um muro onde a frase "Lisboa, cidade da tolerância" está escrita em 34 línguas.

O que se segue, em Portugal, é uma longa história de medo: a dos sobreviventes do massacre e da Inquisição e a daqueles que precisam se pôr em marcha para o desconhecido. Soturnamente, o medo que se cunhou dos judeus, potencializaria a história de violência e de morte, a xenofobia e a intolerância religiosa. Delumeau chama a atenção para os desregramentos e a loucura em tempos de peste.[13] Para o filósofo, tais atrocidades em comportamentos coletivos configuram-se como uma "ruptura inumana". Nesse sentido, algo de "nosso passado selvagem" se irromperia, provocando crimes, barbáries e violência desmedida.

Na trama do romance de Zimler, um estudioso da literatura sefardita descobre, ao reformar uma velha casa em Istambul, manuscritos redigidos em português, mas trans-

12 O MASSACRE, 2006.
13 DELUMEAU, 1989.

literados em letra hebraica, e tratados sobre a Cabala.[14] Os manuscritos narram os "assombrosos acontecimentos do abril de 1506, em Lisboa". A narrativa simula a autoria desses textos, atribuindo-os a Berequias Zarco, um judeu clandestino, ou criptojudeu, e aprendiz de cabalista.

A história constitui, assim, uma sustentação importante para o romance, não só como um mundo a ser mobiliado, como argumenta Umberto Eco, em *Pós-escrito a O nome da rosa*, mas como um paratexto sobre o qual se arma a ficção.[15] O mundo "real" coincide, por essa estratégia, com um mundo "possível" da narração, mas com deslocamentos e desdobramentos.

Italo Calvino afirma, em *Seis propostas para o próximo milênio*,[16] que há coisas que somente a literatura com suas especificidades pode traduzir e preservar. Uma das propostas a que o título se refere é a leveza. Ao defender essa qualidade para a sobrevivência da literatura, Calvino analisa o mito de Perseu e Medusa. No texto, ele argumenta que para evitar a visão da górgona, que petrificava quem a fitasse, Perseu a mata, decapitando-a, guiando-se pela imagem refletida num escudo. Esse mito representaria, assim, uma metáfora do escritor diante do mundo. Para o crítico, é sempre na recusa da visão direta da realidade que residiria a força da ficção. Essa força não estaria, portanto, na recusa do real, mas na capacidade de sobrelevar o peso dos acontecimentos, criar estratégias de enuncia-

14 ZIMLER, 1997.
15 ECO, 1985.
16 CALVINO, 2003, p. 13-41.

ção que, indiretamente, possam fazer falar vozes as silenciadas do mundo.

Mergulhada no contexto histórico, a trama pode incorrer na tentação de ser, dele, o espelho.[17] No romance de Zimler, porém, uma metáfora não deve passar despercebida pelo leitor: um espelho redondo, como uma bandeja, colocado na parede, acima da escrivaninha de Abraão Zarco, o copista, iluminador e cabalista, tio de Berequias Zarco, o narrador dos manuscritos. Segundo lendas da família Zarco, esse espelho "vertia uma ínfima lágrima de sangue, invisível ao olhar, sempre que um único judeu morria".[18] A referência à lenda do espelho que sangra aponta, portanto, não para a verdade histórica, mas para o caráter de invenção da literatura.

Também não é por acaso que *O último cabalista de Lisboa* se inicia com o recurso do "manuscrito encontrado", recorrente na ficção. A narrativa dessa descoberta surge a partir de um paratexto intitulado "Nota do autor":

> Nesse mês de julho, Abraham Vital decidiu começar a pôr a casa de acordo com os padrões ocidentais do século XX. A reforma começou pelo porão, de modo que eu não fosse incomodado. No dia 18 de julho, os operários deram com um esconderijo secreto, uma abertura quadrada com quatro pés e profundidade de dois, que tinha sido tapada com tábuas de madeiras e uma cobertura de cimento. Dentro do esconderijo havia um *tik*, o pequeno cofre cilíndrico que os

17 ECO, 1989.
18 ZIMLER, 1997, p. 47.

judeus sefarditas usavam para guardar a *Tora*, os primeiros cinco livros do Antigo Testamento. Decorada com uma elaborada filigrana de prata e pavões de esmalte, verificou-se conter não a *Tora*, mas vários manuscritos encadernados de couro, nove ao todo.[19]

Essa estratégia confere verossimilhança à ficção que, com esse efeito de realidade, arma os fios que sustentam a narrativa. O escritor cria, assim, vários níveis de encaixe, de níveis dentro de níveis, narrações dentro de narrações. A casa, em Istambul, em reforma, vale ressaltar, fora cedida ao narrador por seu atual dono, o advogado Abraham Vital. Este a havia recebido por herança de um antigo cliente, Ayaz Lugo que falecera sem deixar herdeiros. A casa, como uma caixa chinesa, denuncia a estrutura em abismo da narrativa: dentro da casa, um porão; dentro do porão, um *Tik*, um cofre; dentro do cofre onde deveria estar a *Tora*, os tais manuscritos que, por entre a urdidura, conterá a história a ser narrada.

O narrador, ou o escritor encenado na história, informa que se mudara para lá no dia 9 de maio de 1990 e tudo lhe "parecia cinzento e castanho, como uma velha fotografia sépia" até que começou a "remover a poeira".[20] A nota explicativa, com data completa, põe em destaque o recurso da "Nota do autor" e, também, do "manuscrito encontrado". A ficção insurge por entre as malhas da letra, denunciando a forja do autor implícito. O ambiente

19 ZIMLER, 1997, p. 8-9.
20 ZIMLER, 1997, p. 8.

é cinzento e castanho, empoeirado, logo, pouco iluminado e propício às máscaras, aos jogos de ilusão e ao esquecimento. Além disso, a referência à fotografia, que poderia ser outro índice de verdade, torna-se mais um recurso ficcional. A ficção é, assim, a tinta do tempo, que é variável e múltipla, que tingirá com suas nuances a narrativa. Outra importante observação a ser feita é que o narrador, o autor-personagem ali encenado, se propõe, ainda a "remover a poeira", ou seja, o leitor está diante de um texto que pretende explicitamente preencher, ficcionalmente, a lacuna de fatos esquecidos sem, no entanto, criar um mundo enclausurado na moldura do factual.

Na enunciação, portanto, Zimler impõe à narrativa uma dicção em que uma múltipla escuta é necessária. Eco, no texto em que explica, mais ou menos, como realizou esse entretecer de textos no romance *O nome da rosa*, argumenta que a "metafísica policial" seria uma das formas de provocar um "efeito poético", ou seja, de provocar "a capacidade que tem um texto de gerar leituras sempre diversas, sem nunca esgotar-se, completamente."[21] A referência ao manuscrito seria, pois, uma provocação irônica ao leitor que deve reconhecer nela um eco de intertextualidade com outros tantos textos, outros tantos escritores. Edgar Allan Poe e Jorge Luis Borges, por exemplo.

Dessa forma, o romancista oferece ao leitor uma importante oportunidade para refletir como a história pode se inscrever na ficção. Isso se dá, além da presença

21 ECO, 1985, p. 13.

de inúmeras metáforas que retiram da narrativa o apelo de ser apenas uma transcrição da realidade, como o espelho que sangra e o recurso dos manuscritos encontrados, pela construção de uma trama policial.

Essa trama consiste no relato e na investigação de crimes ocorridos durante o Massacre de Lisboa. Berequias encontra, no porão da casa arrasada, fechados por dentro, o cadáver do tio e mestre, Abraham Zarco, e o de uma jovem completamente nus. O relato de um crime ocorrido em um espaço fechado aponta, entre outras referências clássicas, para os ecos de "Os crimes da rua Morgue", de Edgar Allan Poe. Esse conto, como se sabe, um marco da narrativa policial moderna, traz a resolução de assassinatos cruéis em que o detetive Auguste Dupin desvenda o mistério dos crimes cometidos em um ambiente fechado pelo lado de dentro.[22]

Na trama de Zimler, o que se segue à descoberta dos corpos por Berequias Zarco é a sua configuração como detetive ao investigar a morte do tio e da jovem. Segundo ele afirma: o seu "olhar passava de um corpo ao outro, como se observasse alguma escrita desconhecida." E prossegue: "'Não posso tocar em nada', pensei. Pelo menos até que tudo se imprima na minha mente de *Tora* como se fosse uma cena bíblica."[23] Destaca-se, assim, nessa construção do narrador como um detetive, a aproximação da narrativa policial ao judaísmo:

22 POE, 1978, p. 109-150.
23 ZIMLER, 1997, p. 72-73.

> Anos de aprendizagem da *Tora* e do *Talmud* tinham me adestrado a perceber quando o meu espírito se desviava do caminho do raciocínio, fosse ele grego ou judeu, e meu espírito procurava agora um desenho nos azulejos que o pudesse reconduzir.[24]

Como uma cortina de fumaça, ou seja, a partir de uma estratégia que aponta para a ilusão e pistas falsas, as referências à Torá e ao Talmude constituem, como não poderia deixar de ser, um intertexto importante no romance de Zimler. Essas marcas, no entanto, não são, teológicas, filosóficas ou místicas, mas sugerem a valorização da ficção.[25]

O romance de Zimler, no jogo entre mostrar e esconder, velar e desvelar, afasta o narrado da mera reprodução histórica e instaura a consciência do texto como um artefato literário.

As imagens dos manuscritos encontrados na década de 1990 pelo escritor ficcionalizado, bem como as iluminuras e as referências ao misticismo judaico dos idos de 1500, criam um efeito de *mise en abyme* com os crimes e a história do Massacre de Lisboa. Se, num primeiro plano, o leitor acompanha o investigador Berequias pela cidade de Lisboa feita labirinto, em seu desejo de desvendar o assassinato do tio e da jovem mulher no porão da casa do talmudista; no segundo plano, a história a ser contada, a do massacre que é soterrada na memória de

24 ZIMLER, 1997, p. 76.
25 SOSNOWSKI, 1991, p. 42.

Portugal, passa a ser seguida pelo leitor que, junto ao escritor, atravessa os textos, de nível em nível.

Torna-se, pois, o romancista não um historiador, mas um detetive da história. Ao construir sua trama, cria um narrador/detetive, que encontra os manuscritos de Berequias. Dessa forma, com esses duplos, ou alteregos, encena vários narradores, criando labirintos textuais e fazendo com que o leitor seja continuamente testado em suas percepções da trama narrativa.

Também no romance *Os anagramas de Varsóvia*, Zimler efetua uma estratégia ficcional semelhante. Na trama, uma série de assassinatos de crianças, durante a segregação dos judeus em guetos na Segunda Guerra Mundial, põe o leitor diante de um mundo sem afeto e sem compaixão, de que falava Jorge Luis Borges, no conto "Deutsches Requiem,[26] bem como na realidade transformada em pedra, como avaliava Calvino na proposta dedicada à leveza.[27] A história narrada, de cunho policial, inclusive com os seus elementos tradicionais como o crime, o trabalho investigativo e a narração dessas duas narrativas, como queria Tzvetan Todorov,[28] é permeada pela contingência da segregação, o que prende o leitor numa narrativa em que o mal é o nazismo ali representado. Zimler encena o gueto como uma ratoeira, uma caixa de torturas, um labirinto de crueldades, que acaba por ser um testemunho do sofrimento humano. Longe de confortar o leitor,

26 BORGES, 1998, p. 641-646.
27 CALVINO, 2003, p.13-41.
28 TODOROV, 1969, p. 93-104.

ao recriar esse espaço de confinamento e, dentro dele, a emergência do mal, o escritor reafirma seu compromisso com vozes que foram silenciadas pelos desmandos da história, do poder, dos vencedores, ao fazer o narrador, em contraponto ao projeto nazista, afirmar: "Depois que os alemães perderem, vão querer que esqueçamos tudo o que aconteceu. Uma pessoa, lembre-se apenas de uma!, será o suficiente para estragar seus planos."[29]

Assim, as histórias dos crimes, tanto no enunciado quanto na enunciação, fazem com que o romance seja um labirinto de tramas e enredos. Os crimes, no espaço privado do porão, em *O último cabalista de Lisboa* prefiguram, assim, o massacre público dos judeus e dele é metáfora. O abismo, portanto, para onde vai o leitor de Zimler, não endossa o esquecimento, mas sempre, na referência a caixas e segredos, manuscritos e iluminuras, à contrapelo, com o "gume de uma palavra de advertência", denuncia os crimes da história.

29 ZIMLER, 2010.

REFERÊNCIAS

CALVINO, Italo. *Seis propostas para o próximo milênio*. Trad. Ivo Barroso. São Paulo: Companhia das Letras, 1990.

CERVANTES, Miguel de. *Dom Quixote de la Mancha*. Trad. Viscondes de Castilho e Azevedo. São Paulo: Nova Cultural, 1993. p. 342 (Parte II, Capítulo VIII).

DELUMEAU, Jean. *História do medo no Ocidente*: 1300-1800 – uma cidade sitiada. Trad. Maria Lúcia Machado. São Paulo: Companhia das Letras, 1989.

ECO, Umberto. *Pós-escrito a O nome da rosa*. Trad. Letizia Zini Antunes e Álvaro Lorencini. Rio de Janeiro: Nova Fronteira, 1985.

ECO, Umberto. *Sobre os espelhos e outros ensaios*. Trad. Beatriz Borges. Rio de Janeiro: Nova Fronteira, 1989.

O MASSACRE DE LISBOA. *Morasha*. São Paulo, edição 53, jun. 2006. Disponível em: <http://www.morasha.com.br/conteudo/artigos/artigos_view.asp?a=620&p=0>. Acesso em: 25 nov. 2015.

POE, Edgar Allan. Os crimes da rua Morgue. In: ______. *Histórias extraordinárias*. Trad. Breno Silveira *et al*. São Paulo: Abril Cultural, 1978. p. 109-150.

POLIAKOV, León. *De Maomé aos marranos*: história do anti-semitismo II. Trad. Ana M. Goldberger Coelho e Jacó Guinsburg. São Paulo: Perspectiva, 1984.

SHARANSKY, Natan. Sobre o ódio aos judeus. *Morasha*. São Paulo, edição 44, mar. 2004. Disponível em: <http://www.morasha.com.br/antissemitismo/sobre-o-odio-aos-judeus.html>. Acesso em: 16 set. 2016.

SHAKESPEARE, William. *O mercador de Veneza*. Trad. Helena Barbas. Almada: Água Forte, 2002.

SOSNOWSKI, Saul. *Borges e a cabala*: a busca do verbo. Trad. Leopoldo P. Fulgêncio Jr. e Roney Cytrynowicz. São Paulo: Perspectiva, 1991.

TODOROV, Tzvetan. Tipologia do romance policial. In: _____. *As estruturas narrativas*. Trad. Moysés Baumstein. São Paulo: Perspectiva, 1969. p. 93-104.

ZIMLER, Richard. *O último cabalista de Lisboa*. Trad. José Lima. Adaptação para o português do Brasil: Rosa Freire D'Aguiar. São Paulo: Companhia das Letras, 1997.

ZIMLER, Richard. *Os anagramas de Varsóvia*. Trad. Daniela Carvalhal Garcia. Rio de Janeiro/São Paulo: Record, 2010.

MAD GIRL'S LOVE SONG: EXPRESSÃO DA ABORDAGEM PÓS-COLONIALISTA DE RUKMINI BHAYA NAIR

Mail Marques de Azevedo

No romance *Mad Girl's Love Song*, Rukmini Bhaya Nair, poeta, historiadora cultural, filósofa da linguagem e crítica literária indiana entrelaça com grande habilidade a vida de Pari - jovem bengali de pele escura que voa em asas de anjo por um território imaginário - com as dos grandes autores canônicos brancos Sylvia Plath, William Blake e D.H. Lawrence. Surtos esquizoides levam a mulher-menina a procurar no passado colonial respostas para um futuro que não encontra na vida "real". Sente-se rejeitada pelo pai que a interna aos sete anos, órfã de mãe suicida, em um convento católico na Índia, de onde emerge confusa e desenraizada.

O título do romance é o mesmo da vilanela de Sylvia Plath (1932-1963), que constitui a epígrafe do livro.

"Mad Girl's Love Song"

I shut my eyes and all the world drops dead;
I lift my lids and all is born again.
(I think I made you up inside my head.)
The stars go waltzing out in blue and red,
And arbitrary blackness gallops in;
I shut my eyes and all the world drops dead.
I dreamed that you bewitched me into bed
And sang me moon-struck, kissed me quite insane.
(I think I made you up inside my head.)
God topples from the sky, hell's fires fade:
Exit seraphim and Satan's men:
I shut my eyes and all the world drops dead.
I fancied you'd return the way you said,
But I grow old and I forget your name,
(I think I made you up inside my head.)
I should have loved a thunderbird instead;
At least when spring comes they roar back again.
I shut my eyes and all the world drops dead.
(I think I made you up inside my head.)

"Canção de amor de uma jovem louca"

Cerro os olhos e cai morto o mundo inteiro
Ergo as pálpebras e tudo volta a renascer
(Acho que te criei no interior da minha mente.)
Saem valsando as estrelas, vermelhas e azuis,
Entra a galope a arbitrária escuridão;
Cerro os olhos e cai morto o mundo inteiro.
Enfeitiçaste-me, em sonhos, para a cama,
Cantaste-me para a loucura; beijaste-me para a insanidade
(Acho que te criei no interior de minha mente)
Tomba Deus das alturas; abranda-se o fogo do inferno:
Retiram-se os serafins e os homens de Satã:
Cerro os olhos e cai morto o mundo inteiro.
Imaginei que voltarias como prometeste
Envelheço, porém, e esqueço-me do teu nome
(Acho que te criei no interior de minha mente.)
Deveria, em teu lugar, ter amado um falcão
Pelo menos, com a primavera, retornam com estrondo
Cerro os olhos e cai morto o mundo inteiro:
(Acho que te criei no interior de minha mente.)*

* PLATH, 1971, p. 255.

O tom confessional do poema, escrito por Plath aos vinte anos, antes da primeira tentativa de suicídio em 1953, oscila entre o sofrimento insano e a revolta. O qualificativo "*mad*" como "mentalmente instável", mas também "enraivecida", marca o caráter profundamente pessoal da criação da poeta, dos poemas da juventude à maturidade, tragicamente interrompida pela morte autoinfligida em 1963.

Para quem espera ouvir a canção de amor de uma jovem loucamente apaixonada, ou mesmo de uma jovem louca apaixonada, a primeira linha do poema "*I shut my eyes and all the world drops dead*" soaria incongruente, caso não conhecesse a trágica história de vida de Plath. É inevitável associar o desejo de escuridão e de isolamento, expresso pela voz lírica, aos percalços da vida da poeta: o trauma produzido pela morte prematura do pai, que lançou uma sombra sobre sua vida futura e sobre a relação com outros homens, e problemas de saúde mental. Em vez de uma jubilosa canção de amor correspondido, o poema traduz uma cruel sensação de abandono, o mesmo tema da história ficcional de Sylvia Plath, narrada no romance.

A narrativa da interrelação da protagonista e narradora, a jovem indiana Parineeta, com Sylvia Plath, transformada em personagem de sua própria história, inicia-se com a pergunta da poeta "Afinal o que é o amor?", na noite trágica de sua morte. Parineeta não lhe responde "e ela então entrou no luar e morreu. Quem a matou? Quem matou minha mãe?" À pergunta angustiada da

Sylvia-personagem mescla-se o múltiplo questionamento da jovem paranoica, resumido no desejo de saber: "Como é que tudo começou?" Ao que ela mesma responde: "Você pode ler as respostas neste caderno", assumindo, assim, a autoria do romance.[1]

Delineiam-se, desse modo, desde as primeiras páginas, os grandes temas do romance, sintetizados no poema-epígrafe: o sentimento de perda do ser amado e a espera interminável por sua volta; a fantasia de um amor perfeito – "*I think I made you up inside my head*" – a loucura e a obsessão com a morte.

A narrativa em primeira pessoa por uma personagem desequilibrada causa estranheza, mas reflete, segundo Nair, a esquizofrenia coletiva da condição pós-colonial.[2] A análise da condição esquizofrênica do sujeito pós-colonial é o destino-fim de nosso estudo, cujo trajeto é marcado por *stepping stones* retiradas da narrativa de Pariel (Pari+Ariel): a história dos últimos momentos de Sylvia Plath, na noite mais fria de Londres em 129 anos e as memórias traumáticas da narradora. Seguem-se os voos do Anjo de asas de vidro que invade, como entidade inspiradora, a vida de Blake e Lawrence.

O contraponto entre as histórias de vida ficcionais de Sylvia e Parineeta revela um traço comum: a submissão das personagens à tirania concreta de um poder dominador, na figura do pai ou do amante, bem como à tirania

1 NAIR, 2013, p. 3. (Todas as traduções são minhas).

2 NAIR, 2013, p. 417.

psicológica dos próprios sentimentos. A submissão inevitável a um poder maior, estranho à sua própria natureza, aproxima as personagens da condição servil do sujeito pós-colonial. O caminho do sujeito espoliado de seus pontos de referência – pátria, família, língua, tradições e modo de vida - segue uma única direção: a loucura alienante, intercalada com rasgos de revolta, descrita no poema. Tirania e submissão física, psicológica, política ou cultural de narradora e personagens assombram igualmente os relatos do relacionamento fictícios com William Blaker e D.H. Lawrence.

Em *Lying on the Postcolonial Couch*, Nair expressa sua visão de pós-colonialidade como sintoma traumático que poderá desaparecer, apenas, com o retorno às memórias do trauma da colonização, profundamente enterradas na psiquê do sujeito pós-colonial, o que se deve fazer antes que o fenômeno sucumba à indiferença da amnésia crescente do novo milênio. Como todo fenômeno histórico, a pós-colonialidade será inevitavelmente consignada à memória, a seguir a instituições e, finalmente, relegada ao esquecimento. [3]

Concorda-se, hoje, que o pós-colonial é uma região de sombras, indicativa de uma mentalidade, de uma condição psicológica herdada, onde a indefinição de "pós-colonialismo", "pós-colonialidade", se faz mais evidente. Porém, vários países descolonizados em todo o mundo, oficialmente comprometidos com a celebração de soli-

3 NAIR, 2002, p. xi-xii.

dariedades, ignoram a história uns dos outros. Trata-se de um contexto sub ou semiconsciente de ignorância que cerca o conceito de letramento, em que o sujeito pós-colonial adota uma postura clássica de abnegação em face da ignorância muito real das atitudes culturais, tanto no próprio país como no estrangeiro.[4]

MEMÓRIAS TRAUMÁTICAS: "O RETORNO DE ARIEL"

"Como é que tudo começou?" É a primeira pergunta dirigida pelos médicos a Parineeta, a jovem esquizofrênica, que encontra na leitura dos três poetas um refúgio do mundo da realidade confusa e alarmante, tanto da Índia como da Londres do século XX. Na trama complexa, que entrelaça fábulas pós-coloniais e intertextualidades, Sylvia, William e David são entidades absorventes, que relegam a plano decididamente inferior os grupos de personagens secundários, indianos ou londrinos, meros catalisadores das ações e das reações da narradora.

A narrativa fluente e concatenada que Nair atribui à narradora leva-nos sem tropeços, num encantamento ininterrupto, de Sylvia Plath, nos anos sessenta do século XX, para William Blake, no século XVIII e, finalmente, até D.H. Lawrence, nas décadas iniciais do século que findou. A interpolação de referências a Plath é recorrente até o final da narrativa, o que lhe confere organicidade. A pergunta de Sylvia *"What's anyway?"* ("Afinal, o que é o amor?"), que inicia o romance, permanece inconclusa

4 NAIR, 2002, p. 155.

até a pergunta final, eco perfeito das palavras que desencadearam os voos fantásticos da narradora, como Anjo Auxiliar de seus ídolos: "*Tell me, Afi, sweetheart, what's love anyway?*", numa estrutura circular.

"Como é que tudo começou?" É sugestão de Dr. M., o médico indiano, que Pagli Pari, a louca, como era chamada, escrevesse do começo ao fim a história de como criou asas e começou a ouvir vozes e tudo o mais. "Devo contar a vocês a história de minha loucura. Sem faltar nada", diz ela.[5] É nesse momento que a autora revela a origem do caderno de Pari. Esta, que já propusera ao leitor perguntas provocantes, promete fornecer-lhe todas as respostas desde que fique com ela, pois sua história é também "sobre coisas reais." Ela está quase no final, e o importante é terminar antes que Irmã Maria venha às 9h30. Somos colocados, assim, no presente da narrativa, ponto de origem dos voos em asas de anjo:

> Temos apenas três horas, acho. É de manhã cedo 5h30 ou coisa assim e ainda estou cumprindo a penitência imposta pelas irmãs. Estou vigiando o corpo mutilado de Afi. *Afi está nesse estado por minha causa*. Sou a única responsável e nada posso fazer a não ser sentar e vigiar, talvez por Toda a Eternidade. As freiras (Sylvia dizia que eram 'mestras refinadas em castigar') sabem disso. Este é o meu castigo. E aqui está o frio céu de dezembro de Sylvia, infiltrando-se sem parar no quarto de Afi, como se fosse o Destino.[6]

5 NAIR, 2013, p. 67.
6 NAIR, 2013, p. 67.

É necessário colocar os eventos em ordem cronológica para deduzir o arcabouço realista do romance: a amizade de infância com Afi e Mona no convento; a partida de Parineeta para o hospital em Londres e seu retorno para Tempke, quando consegue fazer crer aos médicos que estava curada; o relacionamento com Afi, órfão de pele escura, criado pelas irmãs que o destinavam ao sacerdócio, mas que ocupara no convento a posição de empregado. O envolvimento com um jovem de casta inferior, a quem Pari acusa de a ter desrespeitado, provoca a ira paterna. Afi é espancado quase até a morte.

O romance está estruturado em três partes, intituladas "Sylvia", "William" e "David", conectadas por um intervalo para meditação sobre anjos, mas o cenário pode mudar, desconexo, ao sabor dos voos...

SYLVIA	WILLIAM	INTERVALO	DAVID	EPÍLOGO **Último encontro de Anjos**
O retorno de Ariel	Queda do mercúrio	Primeira Meditação sobre Anjos	Amada	O retorno de Ariel
Na biblioteca	Cheapside, London, 1793	Segundo Encontro com Anjos	A Madonna de Dorngord	*Sylvia não afogou o mundo no luar*. Como poderia?
Asas de Vidro	Engraving	Terceiro Enigma de Anjos	Piano	*Eu não matei Sylvia.* Como poderia eu?
Quem matou Cock Robin?	Beleza Americana		Batty	Não há respostas, apenas dúvidas
Dias no convento	Tigre de Tipu		Racismo, 1822	As dúvidas estão escritas a seguir
Lições de Ingles	Universo Fora de Controle		Não eu, mas o Vento!	
Canções de roda das enfermeiras	O truque do chapéu		A cobra	
Court Green, Devon 1962	A profecia de Voltaire		Compromisso em Etna	
	Sai o Serafim			

A autoapresentação da narradora, em "O retorno de Ariel", é uma das inúmeras passagens poéticas do romance, reproduzida abaixo no original, que ilustram a riqueza criativa de Rukmini Bhaya Nair. "Eu, escrevendo estas coisas, sou um Anjo – bem como nos livros na biblioteca das freiras", diz a jovem narradora:

> I am the Lioness of God, Prospero's spirit. Madwoman of Tempke trailing my sari of diaphanous blue across the waltzing stars of Gaia, holy descendent of Summa! The only witness to Sylvia's it-so-nearly-didn't-happen death. The only one. *I have a self to recover, a queen*, she'd written, *with her lion-red body, her wings of glass*. I am that glassy self – Sylvia's 'truth mirror', her angel. I am Ariel, very cold, very bad.[7]

Parineeta assume o papel indicado pelo nome que adota, Pariel, a defensora do criador, nesse caso, da criadora da divina música dos versos. Mais do que isso, ela é a Louca de Tempke, o que a identifica com Plath, cujo desequilíbrio emocional a levou à morte, na terceira tentativa de suicídio. Azul é a cor do sári diáfano que Pariel arrasta por entre as estrelas e a exemplo do eu lírico do poema "Stings", "*I have a self to recover, a queen, with her lion-red body, her wings of glass*", ela tem asas de vidro, como uma abelha-rainha.

7 "Sou a Leoa de Deus, o espírito de Próspero, a Louca de Tempke arrastando meu sári de azul diáfano por entre as estrelas dançantes de Gaia, descendente sagrada de Summa! A única testemunha da morte que-quase-não-aconteceu de Sylvia. A única. *Tenho um eu a recuperar, uma rainha*, escrevera ela, *com seu corpo de vermelho leonino, suas asas de vidro*. Eu sou aquele ser de vidro, o espelho da verdade de Sylvia. Seu anjo. Sou Ariel, muito fria, muito má. (NAIR, 2013, p. 8, grifo da autora).

Sylvia é a entidade-guia, que reaparece fortuitamente nas histórias das outras personagens. Lá está ela, no quarto de hospital da narradora, em Londres, no início da história de William, datilografando absorta, notas para uma entrevista na BBC. Pari lê, por cima do ombro de Sylvia, as palavras que saltam da velha máquina de escrever: "Este poema – 'Death&co,' – é sobre a natureza dupla ou esquizofrênica da morte – a frieza marmórea da máscara mortuária de Blake, por exemplo". A lembrança dos olhos inesquecíveis de Blake, cerrados na máscara mortuária, traz a Pari a imagem de si mesma que vira refletida neles, sem mais importância que a de um gatinho ou um cordeiro. O fato de ter sido ele um excêntrico do século XVIII, vivendo à beira da miséria e da loucura, cujos versos ela própria, um ser sobrenatural, um anjo, era capaz de recitar de trás para frente, mesmo os ainda não escritos, não amenizam o choque de saber-se insignificante. "Sylvia sabia a respeito de William!" – conclui, surpresa. "Mais do que isso. Sylvia estava me empurrando na direção de William, William que assombrava seus poemas, de quem nunca pôde fugir, como eu mesma nunca poderia fugir dela."[8]

A obsessão da narradora pelo amor, pela loucura e pela morte ecoará mais adiante na "Primeira Meditação sobre Anjos" que separa as duas primeiras partes, Sylvia e William, da última intervenção protetora do Anjo de Asas de Vidro na vida de um poeta inglês, David: "Qual é a diferença entre amor e loucura, Afi querido, *diga-me, diga-me,*

8 NAIR, 2013, p. 103.

diga-me. Você parece tão morto. TÃO MORTO, não aguento mais. Estou mais louca do que Sylvia"[9] Nem mesmo a poesia traz-lhe alívio. É baboseira, como dizia Mona, sua colega no convento; e cita um aforismo de Blake: "*Do what you will, this life's a fiction / And is made up of contradiction.*"[10]

Contradição é a palavra-chave de que se apodera para prosseguir, diz Pari, como contraditória é a presença de Sylvia na história de William, quando lhe havia assegurado que nunca viria ali. Bhaya Nair utiliza-se de novo aforismo para conectar as duas histórias de vida: *Inspiration never lasts and love is the rose within a circlet of worms.* "'A inspiração nunca dura' é um aforismo de Blake", diz a narradora, Parineeta, e completa "o amor, como a rosa cercada de vermes, é a história da vida de Sylvia"[11] e, para narrá-la, utiliza-se de poemas de Plath.

SYLVIA PLATH	RUKMINI BHAYA NAIR
"The snake charmer" *He pipes a world of snakes,* *Of sways and coilings,* *from the snake-rooted bottom* *Of his mind.***	*"His mind? It was my mind, the snake-rooted bottom of my mind into which she'd stared, from where she raked up her Indian snakes, her eastern demons. The text of my dreams; and now nothing but snakes as out of Eden's navel."* ***

9 NAIR, 2013, p. 221.

10 NAIR, 2013, p. 221.

11 NAIR, 2013, p. 221.

** "O encantador de serpentes". Sua flauta ergue um mundo de cobras/ enrolando-se rastejantes/Do fundo de sua mente enraizada nas cobras. (PLATH citado por NAIR, 2013).

*** "Sua mente? Era a minha mente, do fundo da minha mente enraizada nas cobras, de onde ela havia arrancado suas serpentes indianas, seus demônios orientais. O texto dos meus sonhos, e agora nada além de cobras a deslizar do umbigo do Éden". (NAIR, 2013, p. 81).

Fora ela, Pari, quem ensinara Sylvia a respeito de cobras, pois Tempke, na Índia, era um paraíso de serpentes. "Será que Sylvia teria escrito seus versos sobre os encantadores de serpentes sem mim? De jeito nenhum [...]."[12] Esta é a tônica na construção das três partes do romance, que reconstitui as fantasias da *Mad Girl*: fora ela a inspiradora de poemas tanto de Sylvia Plath, como de William Blake e de D.H. Lawrence.

COURT GREEN, DEVON, 1962

"O que segue é a crônica das coisas que contei para Sylvia nas horas tumultuosas que precederam sua morte, e não poderia ter desejado ouvinte melhor". Para registrar em seu caderno o testemunho imaginário dado por Sylvia, a narradora, Pariel, utiliza-se do discurso indireto livre: "Somos voyeurs. Você e eu", anunciou. "É nossa versão do amor. Fazemos amor pelo buraco da fechadura" [...] "Somos compulsivas acumuladoras, as pegas malignas da humanidade, Ariel. Simplesmente não conseguimos pôr fora um sentimento."[13]

A narradora esquizofrênica ouve nos poemas de Sylvia aquilo que deseja: "Sylvia me fez lembrar que há muitas espécies de loucura, nenhuma delas 'um chá das cinco'. *Arranje lugar para as coisas que ama, antes que as imagens fujam e abortem, vá em frente*, Pariel!" "Okay, recebi a mensagem", diz.[14]

12 NAIR, 2013, p. 81.
13 NAIR, 2013, p. 107.
14 NAIR, 2013, p. 109.

Pariel é incapaz de impedir a morte de Sylvia ou de responder à pergunta da poeta: "Afinal, o que é o amor?" Continuam, também, sem resposta suas próprias indagações: "Quem matou minha mãe?" "Por que usava um horrível chapéu inglês de pelo de castor quando morreu?" "Por que meu pai me odiava?"[15]. Conclui, no entanto, que Sylvia a estava dirigindo para William, que é o novo elo na corrente, e com quem espera encontrar respostas para a sua busca, interrompida, às vezes, por reflexões claramente expressas pela voz autoral:

> William and David and Sylvia were the purest of the pure: they were high Archangels in the pantheon of modern English Literature. They were white-skinned. They were Christians, they went to church, but when it came down to it, there was this lurking, gizzard thing below the surface that they were all obsessed with – sex, which is love's shadow Masters of sex and spirituality.[16]

A obsessão com o sexo temperada pela espiritualidade é traço uniformizador dos poetas. Mas, o que os coloca como altos Arcanjos no panteão da moderna literatura inglesa é sua condição de brancos e cristãos. Parineeta, que não é branca, cristã ou inglesa, tem perfeita consciência de que nunca poderá igualar-se a seus ídolos. Sua voz

15 NAIR, 2013, p. 107.

16 "William e David e Sylvia eram os mais puros dos puros: eram altos Arcanjos no panteão da moderna Literatura Inglesa. Eram brancos. Eram cristãos, iam à igreja, mas, no final das contas, havia à espreita, abaixo da superfície, esta coisa, como a moela das aves, que os obcecava – sexo, o que vem a ser a sombra do amor. Mestres do sexo e da espiritualidade." (NAIR, 2013, p. 104).

aponta, nas três partes da narrativa, para situações que resultam do racismo e da inferiorização do sujeito colonizado, quer no desequilíbrio próprio da condição pós-colonial, quer em julgamentos emitidos pelos protagonistas.

A transição para "Cheapside London, 1723", o primeiro capítulo da segunda parte, é anunciada no arquivo médico intercalado, em que se registra a influência de uma voz, "a quem a paciente chama de 'William'". Por vezes conversa com o médico como se "'William' e seu mundo fossem visíveis e tangíveis".[17]

CHEAPSIDE, LONDON, 1793

Nair utiliza-se de informações biográficas para construir a relação Pari-Blake. Enquanto outros poetas escreviam para serem complementados pela música, Blake inventou uma forma de completar seus poemas visualmente. Dominando a arte da gravação, após anos como aprendiz de mestres gravadores em Londres, Blake gravava seus textos, em vez de imprimi-los. A cada poema correspondia um desenho gravado que exibia o tema em termos visuais. Usando as artes da poesia e do desenho, seu desejo era construir uma mitologia própria para retratar simbolicamente as forças opostas sempre em conflito na alma do homem: inocência e experiência, energia e controle, crueldade e humildade. Profundamente místico, Blake atribuía a revelação do processo especial de *engraving* a uma visão do irmão Robert, que morrera pouco tempo antes.

17 NAIR, 2013, p. 110.

Na história narrada por Pari, fora ela quem havia ensinado a Blake o procedimento correto de todo o processo: "Quinze anos depois que eu, Pari, lhe havia transmitido, no lusco fusco do estúdio em Broad Street, a técnica de gravação que permaneceria para sempre unicamente sua, William atravessou um pedaço do inferno".[18] As palavras enfáticas referem-se ao fracasso artístico e financeiro de uma exposição de seus trabalhos, em 1809, quando Blake se tornou um recluso, "como uma tartaruga gigante de Galápagos", zomba Pari. "Durante oito anos não falou com ninguém, com exceção de Catherine e de suas Aparições – John Milton e Eduardo Primeiro, rei igualitário da Inglaterra."[19] As idiossincrasias do poeta genial e pensador profético são observadas por Pari que passa a ser sua musa inspiradora e mantém com ele relação carnal apaixonada. "Esta parte da história é sobre o Amor Paixão, branco como o Taj – meu e de William."[20] O sonho de William, diz, era atravessar de mãos dadas com ela, sua musa, um "Continente Americano" inexplorado, a concretização de seus anseios de liberdade, compatíveis com sua maneira de pensar. A visão utópica de uma terra livre que se torna realidade, no entanto, é posta em xeque na sequência da narrativa. Parineeta, que vem do futuro, sabe que houve simplesmente um deslocamento de poderes e riquezas de que o povo não se beneficiou.

18 NAIR, 2013, p. 130.
19 NAIR, 2013, p. 130.
20 NAIR, 2013, p. 142.

Para conjugar em uma mesma narrativa poetas célebres distantes no tempo, Rukmini Bhaya Nair empresta a seu texto um caráter híbrido tanto de fantasia literária quanto de relatos das alucinações de uma personagem esquizofrênica. À semelhança de sua criadora, Pari, Parineeta, Pariel nutriu-se de uma dieta de literatura inglesa, a ponto de introduzir-se na história de vida dos poetas a que teve acesso na biblioteca limitada do convento. Trata-se não de uma presença passiva, mas de interferência no processo criativo dos poetas, especialmente de Blake e Lawrence: a jovenzinha de pele escura, originária de um continente remoto, é, na realidade interna do texto, a verdadeira fonte de inspiração de algumas de suas grandes obras. É a resposta do sujeito pós-colonial ao apagamento de sua própria cultura social, espiritual e artística.

AMADO

Para escrever sobre D.H. Lawrence, Pari inicia seu último caderno em Taormina, ao cair da tarde, no final da Primeira Guerra. "William se foi! Eu canto para David." "David (*amado*, em hebraico) eternamente envolvido em conflito, eternamente apaixonado, seu primeiro nome é o que lhe assenta melhor."[21]

Por que David? Pode ter sido simples audácia que o colocou junto à Sylvia e William. "Ou talvez foi simples chance que o ligou a mim. A verdade é que não tive escolha". Fosse "Chance ou Destino, tive de seguir o caminho

21 NAIR, 2013, p. 255.

da poesia de David como fizera com William, para encontrar resposta à pergunta de Sylvia" (*What's love anyway*?)[22]

Pari observa David cuidadosamente antes de entrar na vida dele, mas reconhece pontos comuns com Blake: não temem a morte; repeitam os animais; pressentem a presença de anjos. Mesmo assim, David era tão diferente de William que Pari não sabia como se dirigir a ele. Antes de pedir conselho a Summa, sua entidade protetora, decide apenas observar David, disfarçada em morcego "pendurada de cabeça para baixo, no estilo clássico da Transilvânia, espiando detrás das cortinas de brocado azul roídas de traça do quarto florentino de teto alto de David". A posição absurda (embora natural para um morcego) e o trocadilho de "batty", agir como morcego, por "batty", agir como maluca, acentua o tom jocoso do texto. O acesso de fúria de David, quando percebe sua privacidade invadida pelo morcego repelente, é tão violento que se torna cômico. Mais tarde, Lawrence registraria a desventura no poema "Man and Bat":

> A disgusting bat
> At mid-morning!
> Out! Go out!

Repete-se, na parte dedicada a David Herbert Lawrence, o mecanismo das divisões anteriores: Nair serve-se de poemas líricos ou descritivos dos poetas-personagens para criar uma série de episódios narrados por Pari, da sua própria perspectiva de observadora nos

22 NAIR, 2013, p. 256.

capítulos sobre Sylvia e David, ou de narradora participante da trama, no capítulo sobre William. Os esforços de Lawrence para expulsar o morcego não logram resultado:

> But he will not.
> Round and round and round
> In an impure haste,
> Fumbling, a beast in air,
> And stumbling, lunging and touching the walls, the bell-wires
> About my room!

Parineeta, uma figura flácida em um canto do quarto, dá-se conta da repulsa de David diante do seu corpo negro e palpitante de morcego. Mais do que isso, percebe o racismo incipiente de David, seu horror das raças escuras, que viria à tona anos mais tarde, em uma visita ao longínquo Ceilão: "Não gosto desse povo negro, dos bilhões fervilhantes, dos horrorosos templozinhos de Buda, como chiqueiros enfeitados, nem de nada" – escreve ele em carta a uma amiga.[23]

A narradora procura justificá-lo. Lawrence teria os efeitos de um sentimento de alienação tão profundo que "sufocou sua alma de poeta e transformou-o num nazista em apenas um instante."[24]

Para enfatizar o alcance da rejeição do "outro" de que são capazes os seres humanos, o escritor indiano Amartya Sen cita Oscar Wilde: "A maioria das pessoas são outras pessoas." Aparentemente paradoxal, mas cuja explicação

23 LAWRENCE citado por NAIR, 2013, p. 301.
24 NAIR, 2013, p. 302.

evidencia notável poder de convicção: "Seus pensamentos são as opiniões de outras pessoas, suas vidas uma imitação, suas paixões uma citação".[25] Em consequência, formam-se grupos de pessoas que se unem em torno de crenças comuns, políticas ou religiosas, que se identificam entre si e rejeitam quem delas não partilha.

O sentimento de alienação é mais agudo quando a diferença está na cor da pele. Parineeta observa que a Inglaterra pode dizer-se multicultural, mas as pessoas de múltiplas cores, a exemplo da tia responsável por ela em Londres, não tinham certeza de serem britânicos, embora o *fossem*. "Por lei! Como proclamava com orgulho meu professor em Homerton, mas apenas por lei – *e não em suas cabeças*."[26]

Experiência semelhante viveu a própria autora, não por diferenças de cor, mas de língua e de cultura. Quando seus pais se casaram, a mãe, nascida em Goa, e o pai, cidadão de Bengala, comunicavam-se em inglês. A mãe logo aprendeu a língua de Bengala - bangla - "confrontada com o imperialismo linguístico ali existente, quase tão agressivo quanto o imperialismo britânico."[27] Nair também aprendeu a língua bangla, mas nunca de maneira formal. Em virtude dos múltiplos deslocamentos da família pelo país, quando chegou a Calcutá nos anos setenta, era uma "aleijada" linguística. Especializada na ciência

25 SEN, 2015. Amartya Sen, escritor e economista indiano, agraciado com o Nobel de Economia em 1998.
26 NAIR, 2013, p. 366, grifo da autora.
27 NAIR, 2001.

linguística e dominando conhecimento literário bilíngue, faltavam-lhe raízes na cultura bengali. Tentou mergulhar fundo nessa cultura, mas sem êxito. Não só lhe era impossível recuperar décadas de desenraizamento híbrido, mas apaixonara-se pelo inglês, a língua proibida.

DA CONDIÇÃO DO SUJEITO PÓS-COLONIAL

Rukmini Bhaya Nair afirma sobre a experiência de escrever *Mad Girl's Love Song* em inglês, uma língua que não é sua língua materna, sobre países e climas desconhecidos:

> Ser criada na Índia, com uma dieta de literatura inglesa, até mesmo nos dias de hoje foi de enlouquecer. Afinal de contas tínhamos absorvido nosso maravilhoso comando da língua inglesa através de 'falantes não-nativos' e aprendido a escrever em inglês na base de leituras sobre países e climas que nunca havíamos conhecido em primeira mão.[28]

Dessa maneira, a autora, ela própria um sujeito pós-colonial, justifica o motivo que a levou a atribuir a responsabilidade da narrativa em primeira pessoa a uma personagem esquizofrênica. Seja por meio da violência das armas ou pelo domínio das mentalidades, o mecanismo imperialista é autoritário e impositivo, provocando a alienação mental do colonizado. "A tirania colonial não é assunto de riso", diz Pariel a William Blake, quando este faz um comentário jocoso a respeito do Tigre de Tipu, escultura famosa na época, que representa um tigre

28 NAIR, 2013, p. 417.

prestes a estraçalhar um homem branco, caído no solo.[29] Na realidade factual do século XVIII, como observa Pariel, as posições se invertem: é nas coleções de animais exóticos na Inglaterra que se encontram enjaulados, por vezes, espécimes magníficos dos grandes gatos ou exemplares doentes e dignos de pena.

A mudança de *habitat* pode ser nociva tanto para os animais quanto para o homem. Mesmo quando bem sucedido, como é o caso dos escritores pós-coloniais agraciados com o Nobel de Literatura nas últimas décadas, o processo de desenraizamento deixa marcas indeléveis. Repetindo as razões de Nair, viver em sua própria terra, nutrida por ideias e conceitos estranhos, expressos em uma língua que não lhe pertence, mesmo em dias de hoje, foi de enlouquecer.

À semelhança de sua criadora, Pari, Parineeta, Pariel nutriu-se de uma "dieta de literatura inglesa", a ponto de introduzir-se na história de vida dos poetas a que teve acesso na biblioteca limitada do convento. Trata-se não de uma presença passiva, mas de interferência no processo criativo dos poetas, especialmente de Blake e Lawrence: a jovenzinha de pele escura, originária de um continente remoto, foi, na realidade interna do texto, a verdadeira fonte de inspiração de algumas de suas grandes obras. É a resposta do sujeito pós-colonial ao apagamento de sua própria cultura social, espiritual e artística.

29 NAIR, 2013, p. 163.

Como sugerido por Rukmini Bhaya Nair, a pós-colonialidade é uma metáfora poderosa para o subconsciente. O emprego do hífen caracteriza apropriadamente o espaço pós-colonial: indefinido, subterrâneo, um interespaço:

> Em lugar nenhum essa não-presença de definição é mais aparente, talvez, do que no modo como vários países descolonizados em todo o globo, oficialmente comprometidos com uma colaboração de solidariedades, ignoram ainda as respectivas histórias. São transações de indiferença que se manifestam de modos inesperados. [30]

Na Índia livre de sua infância, ela aprendeu sobre os dolmens de Stonehenge, enquanto o sudeste da Ásia era um espaço em branco nos atlas escolares. É um contexto de ignorância sub ou semiconsciente que permeia o ensino e leva, ainda hoje, o sujeito pós-colonial a adotar uma postura de autoabnegação e inferioridade. No entanto, argumenta, os países pós-coloniais têm memórias comuns de opressão e um fluxo contínuo de tradução entre culturas deve existir. Na ausência de paradigmas bem estabelecidos de história, de literariedade, disponíveis para o pós-colonial, este ocupa um espaço discursivo livre sem precedência, em que é chamado a desenhar seu próprio passado e escrever seu futuro.

A POESIA E A LITERATURA COMO EROS

Acima de tudo poeta, Nair afirma, em *Poetry in a time of terror*, sua visão intuitiva da literatura como Eros:

30 NAIR, 2002, p. 155.

> É mediante o exercício de nossas capacidades literárias, em termos gerais, que vimos a 'amar' os outros entrando em sua cabeça ou deixando que entrem na nossa. Esses outros podem incluir nossos eus reprimidos, antigos senhores coloniais, estados vizinhos em desavença conosco, homens-bombas, políticos desonestos e tagarelas maçantes – na realidade, qualquer pessoa.[31]

Mais efetiva que a linguagem literária é a linguagem da poesia, exata, precisa e verdadeira no melhor sentido da palavra, o veículo ideal para expressar emoção ou experiência autêntica.[32] Em *Omeros*, a epopeia dos heróis negros caribenhos, Derek Walcott, Prêmio Nobel de 1992, consciente de sua condição de sujeito pós-colonial, descreve a história com todo o entusiasmo do homem negro que domina completamente o idioma intelectual de seus antigos opressores brancos. "Descobri que Walcott era a corporificação do escritor como pesquisador, tão interessado na atividade acadêmica de apresentar a história como na representação do sentimento."[33]

Durante o longo processo da tomada pelo Ocidente do conhecimento de outras partes do mundo, a divindade egípcia Niet, protetora da guerra, do artesanato e da sabedoria, foi lentamente "branqueada" dando origem à deusa grega Atena. Esse caso, argumenta Nair, simboliza a amnésia geral do ocidente sobre o fato de

31 NAIR, 2009, p. xiv-xv.
32 NAIR, 2009, p. xvii.
33 NAIR, 2002, p. 162.

que foi a África do Norte, negra, a fonte de grande parte da civilização clássica grega. Walcott realiza movimento contrário: sua Helena de Troia é negra, ato de apropriação literária que faz da personagem não apenas o epítome da beleza devastadora de mentes e corações, mas o símbolo da fortaleza e da determinação dos indivíduos periféricos concentradas na mulher negra pós-colonizada. Ao valorizar o ébano, Walcott não desvaloriza o mármore, ambos intimamente ligados na história da civilização. Para Nair, *Omeros* é uma saudação explicita a Homero, que motivou algumas das formas mais antigas da escrita histórica, e conclui: "Faz-se necessário um novo Homero na era pós-colonial, quando a história está sendo reescrita do zero em várias nações na Ásia e na ÁFRICA."[34]

34 NAIR, 2002, p. 175.

REFERÊNCIAS

AIRD, Eileen. *Sylvia Plath*. Her life and Work. New York: Harper and Row, 1973.

KIMMELMAN, Burt. *Companion to 20th-Century American Poetry*. New York: Checkmark Books, 2005.

NAIR, Rukmini Bhaya. The Testament of the Tenth Muse: a Perspective on Feminine Sensibility and Sexuality Among Indian Women Poets in English. In: SACADANANDAN (Org.). *Indian Poetry*: Modernism and After: A Seminar. 2001. Edição Kindle.

NAIR, Rukmini Bhaya. *Lying on the Postcolonial Couch*. The Idea of Indifference. Minneapolis: Un. Of Minnesota Press, 2002.

NAIR, Rukmini Bhaya. *Poetry in a Time of Terror*. Essays in the Postcolonial Preternatural. New Delhi: Oxford Un. Press, 2009.

NAIR, Rukmini Bhaya. *Mad Girl's Love Song*. Noida, Uttar Pradesh: Harper Collins, 2013.

PLATH, Sylvia. *A redoma de cristal*. Trad. Maria Luíza Nogueira. Rio de Janeiro: Artenova, 1971.

SEN, Amartya. *Identidade e violência*: a ilusão do destino. Trad. Jose Antonio Arantes. São Paulo: Iluminuras/Itaú Cultural, 2015. Edição Kindle.

TRÊS METROS POR DOIS: ESPAÇO, EXÍLIO E POESIA EM *POEMAS DE PUNTA DEL ESTE*, DE RAFAEL ALBERTI

Mayra Moreyra Carvalho

NOTAS SOBRE ESPAÇO NA POESIA DE RAFAEL ALBERTI

A primeira seção deste ensaio apresenta brevemente algumas considerações sobre o espaço na obra de Rafael Alberti (1902-1999). Escusamo-nos pelo andamento, por vezes, excessivamente descritivo que certas passagens possam ter, mas esperamos demonstrar sua necessidade para a análise que desenvolveremos, na medida em que essas notas oferecerão contrapontos para que reflitamos com mais propriedade sobre a rara aparição de um espaço fechado na poesia albertiana, problema a que nos deteremos com mais atenção.

No terceiro livro da autobiografia *La arboleda perdida*, Alberti confessa, ao recordar seu companheiro José Herrera Petere,[1] que ambos eram jovens apaixonados "hasta la obsesión, de la geografia", e, em seguida, acrescenta que ele, Alberti, entusiasmava-se com os "nombres esparcidos

1 José Emilio Herrera Aguilera (1909-1977) foi escritor e poeta. Atuou junto a Rafael Alberti e sua esposa María Teresa León na Alianza de Intelectuales Antifascistas durante a Guerra Civil Espanhola.

sobre los mapas coloreados".[2] Essas recordações motivam a citação de "Geografía política", poema de sua obra *De un momento a otro* (1937).

No entanto, a obsessão pelo elemento geográfico já pode ser observada desde as composições de *Marinero en tierra* (1925), sua obra de estreia, em que se enlaçam o espaço físico efetivamente conhecido por uma criança que nele havia vivido e a imaginação criativa do poeta. No poema "Geografía física", o saber geográfico não é sinônimo de conhecimento acadêmico ou científico, mas se iguala a um saber imaginativo sobre o espaço que nasce e se nutre de uma vivência. Por essa razão, justifica-se, no transcurso do poema, que uma menina seja capaz de avisar ao timoneiro sobre um obstáculo que está à entrada do porto: "Nadie sabe Geografía,/mejor que la hermana mía".[3] Seus olhos infantis veem uma ave azul onde outros veriam nada mais que um canal entre duas baías e, por isso, se convertem em "faróis do ar" ou "doce vigia", capazes de desvendar os perigos do mar.

De forma semelhante, em outros poemas de *Marinero en tierra*, a compreensão do espaço geográfico e os deslocamentos através dele implicam, necessariamente, um exercício imaginativo, como se o poeta nunca se esquecesse da etimologia da operação que preside sua primeira poesia: a metáfora ou, em outras palavras, a translação, o ato de transportar. Ademais, convém sublinhar a recor-

2 ALBERTI, 2009, p. 356.
3 ALBERTI, 2003a, p. 129.

rência do motivo da viagem em seu sentido mais amplo em *Marinero en tierra*, no qual se percorre desde o mar até a lua; desde jardins terrestres a plantações submarinas; Polônia, Alemanha, Havana, as Antilhas, as Ilhas Canárias, o Mar de Bengala ou o Mar Negro; de trem, de barco ou de navio, ao ritmo das canções medievais lavradas com mãos vanguardistas.

Esse sentimento geográfico de Alberti se anuncia igualmente no título de muitas de suas obras, como *Vida bilingüe de un refugiado español en Francia* (1942) ou *Roma, peligro para caminantes* (1968); que revelam e desenham, no ato primordial de nomear, o itinerário de uma poética do deslocamento. A propósito, como observa Brian Morris:

> [...] estos títulos son hitos de su odisea por el mundo. Las preposiciones que encontramos en otros títulos demuestran su necesidad de situarse, mental si geográficamente, definiéndose como *Marinero en tierra*, *El poeta en la calle*, o colocándose *Sobre los ángeles* y *Entre el clavel y la espada*.[4]

No que tange à relação que Alberti estabelece com o ambiente, tanto ao longo de toda sua produção poética quanto na prosa autobiográfica, é importante destacar que o poeta não costuma apresentar uma dicotomia entre exterior e interior, ou seja, os espaços externos, como os bosques e o mar, não se opõem aos internos de uma casa, por exemplo. Com efeito, embora tenha nomeado algumas de suas residências com títulos de suas obras, a aparição do espaço "casa" é rara em

4 MORRIS, 2008, p. 19.

Alberti. Quando jovem, em Madri, seu maior gosto era andar pelas ruas, como recorda em *La arboleda perdida*: "El andar fuera de casa me obsesionaba"; e "La calle era mi escuela".[5] Já quando relata a construção de sua casa em Buenos Aires, nos anos do exílio argentino, não a descreve como "íntimo recinto",[6] mas o epíteto designa o bosque onde ela está instalada.

Por outro lado, observa-se que o interior do sujeito tampouco estabelece uma fronteira definitiva com o que existe fora dele. Em *Marinero en tierra*, notamos que, embora os cenários sejam predominantemente figurações do externo, não se deixa de expor o mais íntimo do sujeito lírico. Os sentimentos que o habitam – a liberdade, as lembranças infantis, a alegria da criação recém-descoberta – são exibidos em espaços abertos, aos quais o sujeito aspira e convoca os outros personagens do livro: "¡A la mar!", "¡al monte!", "¡al almendro!", "¡a la estrella!", enuncia impetuosamente no poema "El niño malo".

Alguns anos mais tarde, com *Sobre los ángeles* (1929), *Yo era un tonto y lo que he visto me ha hecho dos tontos* (1934) e *Sermones y moradas* (1934), Alberti enfrentará uma crise que, embora tenha um caráter pessoal, não deixa de guardar relações com a experiência de um tempo histórico convulso e com a consciência do poeta sobre seu próprio fazer artístico. Também nesse momento, a questão espacial está presente, uma vez que a crise exige do escritor

5 ALBERTI, 2009, p. 108-109.
6 ALBERTI, 2009, p. 268.

uma incursão por sua interioridade: "En frío, voy a revelaros lo que es un sótano por dentro" anuncia a primeira linha do "Sermón de las cuatro verdades".[7]

O interior do sujeito será igualmente figurado em termos espaciais em *Retornos de lo vivo lejano* (1952), em que Alberti se apresenta como um "visitante de suas próprias alcovas".[8] Nessa obra, o exercício memorialista ao qual se dedica requer um deslocamento pelo tempo e pelo espaço que se plasma linguisticamente na abundância de verbos de movimento: *venir, traer, volver, alejarse, llegar, regresar, viajar*, além do frequente desdobramento do eu.

Ademais, é muito significativo saber que Rafael Alberti, que se autodescreve como "un poeta de aire libre",[9] tenda a figurar sua experiência íntima mais dolorosa, o exílio, como desorientação espaço-temporal. No poema "Hemisferio austral", de *Pleamar* (1944), por exemplo, o mundo se apresenta às avessas:

Aquí, amarillos
astros de otoño a punto de caerse;
y por allí, caída, y bien caída
de los verdes castillos
del naranjal, la fiel, redonda dama,

7 ALBERTI, 2003b-, p. 617.
8 Tanto neste verso de "Retornos de un día de retornos", como no primeiro texto de *Sermones y moradas* que citamos anteriormente, deve-se identificar na representação da interioridade como um espaço que se percorre o eco da poesia de Antonio Machado que, por sua vez, bebe, em suas Soledades y galerías, do imaginário do simbolismo francês. Tal como Machado, Alberti frequentemente figura o exercício da memória como uma viagem interior que se confunde ou se assemelha a um sonho.
9 ALBERTI, 2009, p. 590.

que antes de adolecerse
de sí misma, se entrega, pura, en llama.

Nuevo, incógnito horario.
Trueque de meses, cambio de estaciones.
Sé las lulas, los vientos, sé la grama;
Sin vacilar, los toros boreales;
de memoria, el herbario
de las constelaciones
mías, tan sólo mías,
natales.[10]

Observa-se que tudo aquilo que permite que o sujeito se localize se inverteu: o céu é um desconhecido, mudaram os meses e as estações do ano. A inversão geográfica não só confirma uma posição no mapa, mas excede o dado concreto ao alcançar a constituição mesma do sujeito, pois seus saberes, que se construíram ao longo dos anos vividos em um determinado lugar – e que, portanto, têm a densidade da experiência – agora carecem de valor, passaram de signos de pertencimento à evidência do deslocamento forçado. Desse modo, o drama do exílio se encena como drama espaço-temporal.

Esse breve percurso pela obra de Alberti permite-nos afirmar que, para ele, o espaço íntimo não corresponde necessariamente a um espaço fechado. Na esteira das reflexões de Gaston Bachelard, é apropriado dizer que se trata de uma poesia em que os limites geográficos e da

10 ALBERTI, 2006, p. 13.

realidade concreta não são barreiras, mas que são vividos dialeticamente, pois se transfiguram pela imaginação. Esse tratamento da questão espacial não pode ser considerado desde o ponto de vista restrito do geometrismo, de modo que é preciso superá-lo como sugere Bachelard:

> É necessário estarmos livres em relação a toda intuição definitiva – e o geometrismo registra intuições definitivas – se quisermos seguir, [...], as audácias dos poetas que nos chamam às sutilezas da experiência da intimidade, às "escapadas" da imaginação.[11]

Com efeito, entendemos que o tratamento do espaço em Alberti exige essa liberdade na consideração dos limites geométricos e esse refinamento "da experiência da intimidade" propostos por Bachelard, elementos que orientarão a leitura que passamos a apresentar.

LA GALLARDA E *POEMAS DE PUNTA DEL ESTE*

É precisamente pelo que comentamos até aqui sobre o modo como Rafael Alberti transfigura esteticamente sua relação com o espaço que a aparição de seu quarto de trabalho na casa que ele batizou de "La Gallarda" chama a atenção. O que pode significar, naquele momento, essa rara presença de um espaço fechado na poesia desse escritor?

11 BACHELARD, 1984, p. 337-338.

O nome da casa vem do título da obra de teatro[12] que o poeta escreveu entre 1944 e 1945. A residência foi projetada para os Alberti – Rafael, Maria Teresa León e Aitana – em 1945, pelo arquiteto catalão Antonio Bonet Castellana, também ele um exilado republicano. Bonet havia trabalhado com Le Corbusier em Paris e colaborado com Josep Lluis Sert e Luis Lacasa no projeto do Pabellón Español para a Exposição Internacional de 1937.

Segundo comentários do próprio Bonet compilados por Jorge Nudelman[13] em seu artigo sobre La Gallarda, o projeto arquitetônico da casa destaca a disposição dos espaços domésticos em função dos externos, a ampla área do jardim e a modéstia da construção. De sua parte, Alberti sempre a recorda com ternura: "la preciosa casa de Aitana entre los bosques de pinos marineros, las acacias de cresterías doradas y la voz próxima del mar".[14] Na reprodução da planta a seguir,[15] observam-se suas

12 *La Gallarda* encena, a partir do motivo sugerido por uma cantiga andaluza, o amor de uma mulher por um touro, além das disputas entre dois vaqueiros que tentam conquistar seu amor. A obra foi composta para que o papel principal fosse interpretado por Margarita Xirgu, atriz espanhola também exilada no Uruguai naquele momento. No entanto, Xirgu não aceitou o papel porque já não se sentia suficientemente vigorosa para representá-lo. A obra só estreará quarenta e sete anos depois pelas mãos de Olga Moliterno. A produtora teatral havia conhecido *La Gallarda* no exílio quando Alberti fez sua leitura em Buenos Aires. A primeira montagem, na qual atuaram Montserrat Caballé, Antonio Canales e Ana Belén, entre outros, estreou em abril de 1992 na Expo de Sevilha, como relatam Rosa María Echeverría e a própria Olga Moliterno em reportagens da época citadas na bibliografia.

13 NUDELMAN, 2010, p. 273-275.

14 ALBERTI, 2009, p. 101.

15 47 AL FONDO, 2000, p. 51.

características e, ao fundo do terreno, à esquerda, o quarto de trabalho do poeta:

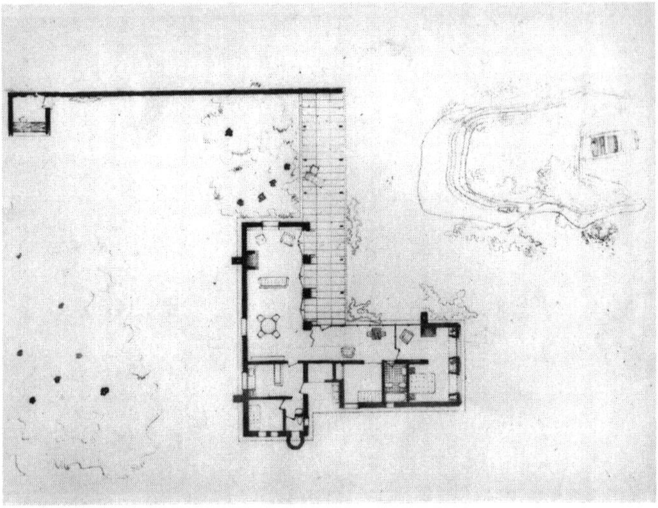

Figura 1. Planta de "La Gallarda". Imagen reproduzida em "'La Gallarda", un doble homenaje. La casa que Antonio Bonet proyectó para Rafael Alberti".

Em *Poemas de Punta del Este*, Rafael Alberti menciona o quarto onde escrevia e pintava, o qual identifica como seu próprio coração ampliado. Nessa descrição, ressoa o título que o poeta elege para o texto de Charles Baudelaire que estava traduzindo naqueles anos: *Mi corazón al desnudo* (1943). Com efeito, veremos que Baudelaire, presente desde a primeira poesia albertiana, é uma importante referência nesse momento.

Alberti compõe *Poemas de Punta del Este* entre 1946 e 1956, durante suas estadas no litoral uruguaio.[16] No entanto, a primeira publicação em forma de livro só acontecerá em 1961, para suas *Obras completas* editadas pela Editorial Losada em Buenos Aires. Antes dessa data, parte da obra havia aparecido no suplemento literário do periódico *El Tiempo*, de Bogotá, em 1952, e na revista da Universidad Nacional de Colombia, em 1953. Além disso, uma seleção dos poemas foi publicada na *Revista Nacional de Cultura* da Venezuela em 1960.

Pode-se caracterizar *Poemas de Punta del Este* como uma obra híbrida, uma vez que está constituída de poemas, textos em prosa e uma série de versos que comporiam o roteiro de um filme, formas que se mesclam no decorrer da obra.

16 Sobre os períodos de Rafael Alberti e María Teresa León no Uruguay, recomenda-se a importante pesquisa de Pablo Rocca e María de los Ángeles González, os quais reconstruíram a presença do poeta no país, por intermédio de cartas, testemunhos e textos críticos. Cf. ROCCA; GONZÁLEZ, 2002.

A aparição de um espaço fechado, o quarto destinado ao trabalho do poeta, praticamente inédita e única na poesia de Alberti, se dá nos dois conjuntos intitulados "Diario de un día", nas seguintes passagens:

> Mi cuarto de trabajo de La Gallarda es chico y separado de la casa, en una esquina del jardín del fondo. Celda clara de cal, el techo azul, ventanal alargado, abierto a las acacias y los pinos. Tres metros por dos son casi ya un palacio para mi necesario recogimiento, mi trabajo constante.[17]

> Este cuartito mío de La Gallarda es realmente mi propio corazón agrandado. Si algún día, cuando ya no esté yo, le preguntaseis, entrando en él y cerrando la puerta, os diría, latido por latido, todas mis agonías de estos años desgajado de España, mis oscuros y luminosos amaneceres de lucha trabajando por mejorar mi poesía, no repetirme, llegar a ser meridiano, pero sin concesiones, no perder el compás del pulso de mi época... Los tres metros por dos esta celdilla mía de La Gallarda guarda mi corazón, mi cabeza y mis manos. Nunca los profanéis.[18]

Os dois "Diario de un día" compõem-se de vinte e cinco e vinte e dois fragmentos cada um. Essa estética fragmentária remete à organização de *Mon coeur mis à nu*, a obra de Baudelaire que Alberti traduz, cuja aparência de notas dispersas e o tom inconformado podem ter

17 ALBERTI, 2006, p. 282-283.
18 ALBERTI, 2006, p. 285.

"fecundado seu espírito", para usar as palavras de Paul Valéry quando comenta a poderosa ressonância de Baudelaire sobre outros poetas.[19] De fato, Alberti admira a "sinceridade" e a "valentia" do texto e confessa que foi a "desconformidade" do manuscrito baudelairiano "com o que o rodeia" o que o seduziu.[20] Convém recordar que, embora o poeta francês não tenha concluído *Mon coeur mis à nu*, a crítica o interpretava até aquele momento como um diário íntimo.[21] Alberti inclusive o descreve dessa maneira no seu prólogo à obra, mas não deixa de notar o caráter de esboço do texto.

Em cada um dos conjuntos de fragmentos que compõem o "Diario" de Alberti, encontra-se o relato de um dia na vida do poeta. Predominam os verbos no presente do indicativo ou as formas no gerúndio, de modo que se tem a impressão de que as ações estão ocorrendo no momento da escritura. Em geral, os fragmentos são breves, as frases, curtas, e se nota que há um esforço para precisar a hora e o lugar, o que confere à prosa, em alguns momen-

19 VALÉRY, 2009, p. 21.

20 ALBERTI, 2000, P. 295-297.

21 Como adverte Thiago de Mattos Oliveira, em seu estudo sobre as traduções ao português de *Mon coeur mis a nu*, a obra não é um diário, mas deve ser entendida como um projeto literário de Baudelaire para um livro futuro. Eugène Crépet foi o editor responsável por compilar os manuscritos de Baudelaire sob o título de *Journaux intimes*. A categorização de diário buscava agradar o mercado editorial e oferecer uma aparente lógica ao texto não terminado. Acerca da forma peculiar do texto, Oliveira observa que "[...] a incompletude, a fragmentação, o manuscrito fazem parte da obra, são significativos. Estamos, é fato, no plano do inacabamento, uma obra em vias de se fazer, mas essa escritura em vias já é escritura, já é texto". OLIVEIRA, 2015, p. 94.

tos, um tom informativo e a aparência de um quase relatório. Ainda assim, a cada passo, irrompe a veia lírica do poeta, como se Alberti pusesse em prática a normativa de Charles Baudelaire: "Sé siempre poeta, incluso en prosa".[22] O primeiro "Diario", por exemplo, inicia-se da seguinte maneira:

> En Cantegril. Aún con las estrellas, bajas, dominadoras, sobre la superficie de los pinos. Voz confusa del mar entre las ramas. Otoño. Ya el sol no sale hasta las seis y media. Son exactamente las cinco menos diez de la mañana.[23]

Em seguida, os diários acompanharão a manhã, o meio-dia, o entardecer e a noite do poeta, quando deixa o quarto e volta para casa.

O primeiro aspecto que se desprende da estrutura desses diários é o fato de que se detêm em eventos absolutamente triviais da vida de um homem. Assim, surgem os filhotes de uma gata –" los cuatro hijos de Sonia" – que seguem Alberti até o quarto de trabalho, o canto de um galo, ou os pés do poeta sobre a grama pela manhã. Por um lado, isso se justifica, uma vez que o diário como gênero prevê, como explica Nora Catelli, "el registro de las actividades e impresiones de un sujeto frente a sí mismo",[24] de modo que compete unicamente ao sujeito selecionar o que lhe parece mais significativo. Por outro lado, esses acontecimentos tão simples não constituem

22 ALBERTI, 2000, p. 297.
23 ALBERTI, 2006, p. 274.
24 CATELLI, 2007, P. 45.

uma prosa fluida que relata um dia depois do outro, ou seja, os dias não transcorrem progressivamente, como se esperaria encontrar nesse gênero, o qual, segundo Catelli, tem como "única exigencia formal [...] la secuencia cronológica de escritura: el hilo de los días".[25] Na verdade, o diário de um dia de Alberti rompe com essa expectativa de continuidade e oferece um relato hora a hora de um dia qualquer, daí os cerca de vinte e quatro fragmentos de cada conjunto.

Ademais, embora haja referências precisas à hora e ao lugar, não as há com relação às datas, como seria comum em um diário. Recordamos as palavras de Anna Caballé, que sublinha a importância da data nesse tipo de texto, "porque cristaliza un estado de ánimo ubicado en el tiempo, nos proporciona un trozo de vida aislado del resto y envuelto en una intencionalidad".[26] Essa observação permite afirmar que a ausência de datação nos "Diario de un día" tem um papel fundamental: a decisão de prescindir dessa característica definidora do gênero também localiza o estado de ânimo desse sujeito no tempo e, portanto, trata-se de uma eleição carregada de intencionalidade. Mas como podemos interpretá-la?

As *Reflexões sobre o exílio*, de Edward Said, oferecem-nos uma perspectiva de análise. O crítico pondera que "[...] a vida do exilado anda segundo um calendário diferente e é menos sazonal e estabelecida do que a vida

25 CATELLI, 2007, p. 109.
26 CABALÉ, 2015, p. 7.

em casa. O exílio é a vida levada fora da ordem habitual. É nômade, descentrada, contrapontística [...]."[27] Na esteira dessa reflexão, compreende-se que a ausência de datas, ressaltada pela aparente redundância do título – o diário de um dia –, converte-se em uma maneira de plasmar a impossibilidade de fluência nas distintas dimensões da vida de um sujeito desterrado. Dessa maneira, Alberti transforma o que seria uma incongruência em qualquer diário em um recurso formal que lhe possibilita representar a desordem da vida no exílio, uma situação na qual, embora o cotidiano conserve sua aparência prosaica, vive-se em caráter provisional e incerto.[28] O diário de um dia é, enfim, o diário possível do exilado.

No âmbito da linguagem, a organização fragmentária parece encenar a dificuldade que o poeta encontra para dar forma e expressão à sua condição de desterrado, que impede que ele cante de maneira fluida como lograra em sua obra primeira. Na composição inicial de *Poemas de Punta del Este*, "Cantegril", já se desencadeia esse problema. A partir do nome do bairro, cuja sonoridade encanta o poeta, ele desmembra o imperativo "cante": "Cantegril, Cantegril,/cante tu grillo para mí". A repetição

27 SAID, 2001, p. 60.

28 A incerteza do sujeito exilado se revela na profusão de perguntas que surgem ao longo dos dois "Diario de un día". Com a escusa de que se preocupa com o futuro das crias de sua gata, Sonia, o sujeito se interroga e deixa ver assim o que verdadeiramente o angustia: "Todavía ninguno tiene nombre. ¿Llegaran a tenerlo?" e, em seguida: "Son doce gatos los que ya pueblan La Gallarda. ¿Qué va a ser de nosotros en un futuro cercanísimo?"ALBERTI, 2006, p. 274, 276.

do verbo no início de cada estrofe adensa o sentido de petição e solicitude próprios do modo verbal, o que acaba por sugerir que o poeta se encontra entre a ânsia e a dificuldade do canto na medida em que dirige seu pedido a todo tipo de seres. O poema se assenta, então, sobre esse paradoxo: formalmente, é uma canção, mas permanece latente nas palavras, principalmente no pedido que o abre e o encerra – "cante tu grillo para mí" – a nota tensa que habitará todo o livro.

A propósito dessa questão, ao longo de toda a obra *Poemas de Punta del Este* será recuperado e problematizado o universo de *Marinero en tierra* – o mar, os bosques, as canções populares. Por um lado, a condição geográfica de Punta del Este, que evoca diretamente para o poeta sua cidade natal, El Puerto de Santa María, motiva a relação entre os espaços dos dois livros. No entanto, a isso se congrega o efeito do exílio como condição. Segundo Said, para o exilado, a memória dos hábitos e das atividades do novo ambiente incide sobre a memória dessas mesmas realidades no ambiente natal. No caso do poeta, agrega-se a memória de sua própria poesia, a qual ele passa a olhar em perspectiva como se entrevê em três fragmentos do primeiro "Diario de un día":

> Allí ya comenzó la primavera. Yo pienso en las prisiones. Juan Panadero, ante este solo pensamiento, se hubiera desatado en una dura ristra de coplas.
>
> [...]

> Al son del agua y el aire guadarrameños escribí mis primeras canciones.
> Hoy el mar y los pinos uruguayos me consuelan. Y las canciones que me suben ya en mitad de la vida, se hacen más hondas y ligeras arrulladas por ellos.[29]

Essa compreensão das relações entre *Poemas de Punta del Este* e a poesia primeira de Alberti é especialmente importante se consideramos que parte da crítica costuma localizar a sua obra em um período que seria de "recuperación del lirismo pleno",[30] ou como o livro em que o poeta recobraria "las cosas más importantes que había perdido con el exilio".[31] Tais perspectivas deixam de apontar as tensões da obra e a aproximam de maneira um tanto descuidada, desde nosso ponto de vista, da vida do poeta. Ademais, também se chegou a caracterizar *Poemas de Punta del Este* como "un paréntesis, una excepción"[32] na poesia de Alberti. Essa interpretação ignora as evidentes coincidências de motivos e preocupações entre os livros escritos no exílio rio-platense, assim como a peculiaridade formal dessa obra dentro do conjunto, a qual pode oferecer importantes chaves para pensar o grau de consciência que Alberti nutria sobre sua criação e seus diferentes intentos de plasmar poeticamente as questões que o ocupavam como sujeito.

29 ALBERTI, 2006, p. 275.
30 COLINAS, 2004.
31 ROSSI, 2004, P. 382.
32 GRILLO, 2004, p. 427.

Dessa maneira, embora não deixemos de comungar da opinião de Gregorio Torres Nebrera, que entende que, em *Poemas de Punta del Este*, Alberti encarna a face "clavel"[33] de sua poesia, portanto mais lírica. Torres Nebrera se vale do título da obra de 1941, *Entre el clavel y la espada*, por isso, inclinamo-nos a afirmar que, na obra uruguaia, não deixa de se insinuar o brilho da espada.

NO QUARTO: POESIA-TRABALHO

Outro aspecto que se encontra nesses diários e que se relaciona de forma especial com a aparição do quarto de trabalho do poeta é a interrupção do relato do dia para introduzir reflexões sobre o processo de criação artística. Esses momentos metapoéticos, que já despertariam interesse por sua própria natureza, tornam-se ainda mais significativos quando cotejados aos outros livros que o poeta estava escrevendo naquele momento.

Por exemplo, em um dos fragmentos, Alberti confessa ter descoberto certas possibilidades estéticas nos versos alexandrinos, os quais odiava até então. Ora, será justamente no pendor reflexivo, sério e solene dos versos alexandrinos que serão compostos a maioria dos "retornos", uma forma poética criada por Rafael Alberti em que ele se devota ao exercício da memória e que resulta nos quarenta e cinco poemas do livro *Retornos de lo vivo lejano*. Torres Nebrera aponta, ainda, que "os breves fragmentos em prosa poética" de *Poemas de Punta del Este* anunciam

33 TORRES NEBRERA, 1999, p. 31.

muitos dos motivos, recordações e problemas que estarão nos poemas de *Retornos*.[34]

Nessas passagens metapoéticas, descobrimos um escritor extremamente dedicado ao trabalho: levanta-se todos os dias às cinco da manhã e se remorde por cada momento sem poder escrever ou pintar: "Trabajar. Producir. ¡Qué remordimiento el minuto perdido".[35] Nos "Diario de un día", há momentos em que o fazer artístico se apresenta não só como uma necessidade, mas como a razão mesma da vida do poeta. Trabalhar significa ganhar horas de vida: "Siempre me suelo levantar, y sobre todo aquí en los pinos del Este, antes del alba. Así, a las diez, cuando ya he ganado, trabajando, cinco horas de vida, muchos siguen durmiendo y otros la comienzan".[36]

A concepção de trabalho como sobrevivência que se desprende desse fragmento, e que se repete em outras passagens do diário, é diametralmente oposta à ideia mais imediata e utilitária dessa atividade no mundo do capital. Para o poeta, escrever, trabalhar e (sobre)viver são sinônimos, mas esse papel essencial que o trabalho representa em sua vida não guarda relação alguma com o ganho material. Ao contrário, Alberti subverte a lógica capitalista-burguesa de trabalho, dentro da qual este se oporia à poesia, e repõe seu sentido mais amplo: trabalhar é fazer poesia, e vice-versa, numa postura que reata duas pontas que o curso da história contrapôs.

34 TORRES NEBRERA, 1999, p. 32.
35 ALBERTI, 2006, p. 283.
36 ALBERTI, 2006, p. 281.

Nesse sentido, não nos parece equivocado aproximar tal concepção da figura do poeta cívico que se constrói ao longo dos versos e dos textos em prosa de Antonio Machado.[37] Recordamos uma homenagem de Alberti ao poeta, escrita em 1969, em Roma, na qual se sinaliza, com evidente admiração, o compromisso ético e estético de Machado: "Ah, don Antonio, [...], creyente iluso de la paz, esperanzado en una poesía que expresase no el sentimiento solitario sino el apasionado y común de todas las almas!".[38]

Como analisa Carrillo Burgos em seu criterioso estudo *Pensar poético y eutopía cívica en Antonio Machado*,[39] essa imagem do homem que congrega a reflexão íntima, meditativa e cívica se elabora ao longo de toda a obra do poeta sevilhano e culmina com a publicação de *Juan de Mairena* em 1936. Com efeito, já no célebre poema "Retrato", de *Campos de Castilla* (1907-1917), encontra-se o *ethos* do homem bom, sincero e justo, que se sustenta com o produto de seu trabalho, ou seja, com suas palavras:

37 Antonio Machado é uma referência indiscutível para o Alberti homem e poeta. Os nomes dos dois escritores andaluzes estão unidos desde o Prêmio Nacional de Literatura concedido a *Marinero en tierra* em 1924, do qual Machado foi um dos jurados. Alberti lhe dedicará o primeiro conjunto de poemas seus publicado no exílio argentino, "De los álamos y los sauces" (1940), ademais de outros inúmeros versos e capítulos de *La arboleda perdida, em que declara: "¡Cuántas veces ha de sonar y resonar aún el nombre de Antonio Machado entre las hojas de esta Arboleda perdida!* Su imagen lenta y como caída de una luna de terrores umbríos no podrá olvidárseme nunca, y siempre la he de recordar en los diversos lugares en donde la vi." ALBERTI, 2009, p. 322.

38 ALBERTI, 2000, p. 403.

39 CARRILLO BURGOS, 2008, p. 8-15.

Y al cabo, nada os debo; debéisme cuanto he escrito.
A mi trabajo acudo, con mi dinero pago
el traje que me cubre y la mansión que habito,
el pan que me alimenta y el lecho en donde yago.[40]

À semelhança de Antonio Machado, Rafael Alberti não entende o universo do trabalho e o da poesia como excludentes. Não por acaso, ao longo dos diários se aparentam os ofícios do poeta e do galo, pois ambos são madrugadores e estão encarregados de anunciar a chegada de algo novo e luminoso. É exatamente isso que Alberti busca em seu trabalho constante com a palavra poética e que se nota de maneira bastante contundente em um dos fragmentos mais conhecidos de *Poemas de Punta del Este*: "No lucho ni por la claridad ni por la oscuridad, sino por el logro que cada poema exige".[41] Convém destacar a insistência no uso da palavra "lucha" (tão frequente no texto quanto "trabajo"), a qual conjuga necessariamente as dimensões estética e ética – "[...] amaneceres de lucha trabajando por mejorar mi poesía, no repetirme, llegar a ser meridiano, pero sin concesiones, no perder el compás del pulso de mi época...",[42] para citar o segundo "Diario de un día".

A esse duplo comprometimento do poeta soma-se a natureza dual de sua própria poesia, que é apresentada como um arabesco barroco ou um traje de toureiro: cada linha da trama poética é clara, embora difícil; luminosa

40 MACHADO, 2012, p. 113.
41 ALBERTI, 2006, p. 285.
42 ALBERTI, 2006, p. 285.

e, no entanto, obscura à primeira vista. Essa configuração complexa de sua poesia se irmana ao caráter do homem, nascidos ambos da origem andaluz: "siempre oscilando entre la araña – la maraña – más endiablada y el chorro claro de la fuente".[43]

A aparição do quarto de trabalho de La Gallarda coincide com esses momentos metapoéticos do texto, ou para dizê-lo de outro modo, Alberti insere esse espaço fechado do quarto quando fala de seu trabalho. Parece ser precisamente essa a razão que justifica a presença do quarto em "Diario de un día". O pequeno cômodo separado da casa denota, por um lado, a solidão do sujeito – com efeito, um aspecto enfatizado nesses diários – que se constitui como uma etapa necessária para que sejam renovadas suas "ansias de contacto" com o "mundo de los hombres".[44] Entretanto, a mesma solidão permite que o sujeito se entregue às tramas da criação poética. O próprio quarto replica a natureza dúbia da poesia: é pequeno, mas amplo; fechado, mas com possibilidades de abertura a outros mundos – dos quais, a propósito, o poeta teme um dia não querer voltar:

> ¡Qué medio misterioso de ausentarle, de hacerle viajero feliz de un mundo deslumbrante, del que cuando se regresa se está soñando ya con encontrárselo de nuevo! Mañana, antes aún de que amanezca, me volveré a embarcar, cada vez con más ansia, hacia ese país de los colores, de donde no será difícil que algún día no retorne.[45]

43 ALBERTI, 2006, p. 282.

44 ALBERTI, 2006, p. 284.

45 ALBERTI, 2006, p. 278.

Portanto, Alberti permite a aparição desse espaço da intimidade, porque é nele que se realiza aquilo que existe de verdadeiramente íntimo em sua vida, que é o seu processo de criação artística.

Por essa razão, no último fragmento do diário, declara que o quarto guarda seu coração, sua cabeça e suas mãos, partes do corpo que devem ser entendidas na sua relação com o processo criativo do poeta. Assim, o quarto de La Gallarda guarda o esforço racional do homem que cria; os seus sentimentos – dor, angústia e incerteza da condição do exilado; mas também a ternura diante do lirismo infantil de sua filha Aitana –, e a dimensão do poeta como artífice da palavra. Mas a tudo isso só temos acesso pela poesia, ela é a realidade concreta que conserva as tensões e a densidade da experiência deste sujeito.

Nesse sentido, a aparição do quarto de La Gallarda não pode ser lida sem que se considere a forma peculiar de diário na qual o cômodo se apresenta em *Poemas de Punta del Este*. O pequeno quarto e os fragmentos que registram minutos ou horas da vida de Alberti se articulam como representação da condição de um poeta que se encontra exilado, pois dizem do afastamento forçado e da interrupção do fluir da vida e do discurso. Conjugam-se, portanto, uma sensibilidade tocada pelo espaço em que se encontra, a reflexão sobre o exílio como intromissão da grande História na vida íntima do sujeito e a necessária resposta da poesia, como construção de linguagem para sempre interrogada e interrogante.

47 AL FONDO, Revista de la Facultad de Arquitectura y Urbanismo de la Universidad Nacional de La Plata. "La Gallarda": un doble homenaje. La casa que Antonio Bonet proyectó para Rafael Alberti. La Plata, año 4, n. 5, p. 50-51, 2000. Disponível em: <http://hdl.handle.net/10915/46873>. Acesso em: 20 jun. 2016.

ALBERTI, Rafael. Baudelaire. Diarios íntimos [Prólogo] e [Homenaje a Antonio Machado]. In: ______. *Prosas encontradas*. Barcelona: Seix Barral, 2000. p. 295-297, 403.

ALBERTI, Rafael. *Poesía* I. Ed. Jaime Siles, Barcelona: Seix Barral, 2003a.

ALBERTI, Rafael. *Poesía* II. Ed. Robert Marrast, Barcelona: Seix Barral, 2003b.

ALBERTI, Rafael. *Poesía III*. Ed. Jaime Siles, Barcelona: Seix Barral, 2006.

ALBERTI, Rafael. *Prosa* II. *Memorias. La arboleda perdida*, Ed. Robert Marrast, Barcelona: Seix Barral, 2009.

BACHELARD, Gaston. *A filosofia do não. O novo espírito científico. A poética do espaço*. Trad. Antônio da Costa Leal e Lídia do Valle Santos Leal. São Paulo: Abril, 1984.

CABALÉ, Anna. El arte epistolar. *Mercurio*, n. 174, p. 6-7, oct. 2015.

CARRILLO BURGOS, Antonio Jesús. *Pensar poético y eutopía cívica en Antonio Machado*. Almería: Universidad de Almería, 2008.

CATELLI, Nora. *En la era de la intimidad*: seguido de El espacio autobiográfico. Rosario: Beatriz Viterbo, 2007.

COLINAS, Antonio. La etapa argentina: recuperación del lirismo pleno. In: SANTONJA, Gonzalo (Coord.). *El color de la poesía* (*Rafael Alberti en su siglo*). Tomo I. Madrid: Sociedad Estatal de Conmemoraciones Culturales, 2004. p. 387-391.

ECHEVERRÍA, Rosa María. El estreno de "La Gallarda". ABC. Madri, p. 38-39, 17 abr. 1992. Disponível em: <http://hemeroteca.abc.es/nav/Navigate.exe/hemeroteca/madrid/cultural/1992/04/17/038.html>. Acesso em: 16 jun. 2016.

GRILLO, Rosa María. Los pinares perdidos del Uruguay. In: SANTONJA, Gonzalo (Coord.). *El color de la poesía* (*Rafael Alberti en su siglo*). Tomo I. Madrid: Sociedad Estatal de Conmemoraciones Culturales, 2004. p. 413-429.

MACHADO, Antonio. *Poesía*. Buenos Aires: Losada, 2012.

MOLITERNO, Olga. Desde aquel 11 de septiembre de 1947. ABC. Madri, 17 abr. 1992. p. 39. Disponível em: <http://hemeroteca.abc.es/nav/Navigate.exe/hemeroteca/madrid/cultural/1992/04/17/038.html>. Acesso em: 16 jun. 2016.

MORRIS, Brian. C. Alberti en la generación del 27. In: ______. *Cantaron los ruiseñores*. Ensayos sobre la poesía de Rafael Alberti. Málaga: Centro Cultural Generación del 27, 2008. p. 17-42.

NUDELMAN, Jorge. La casa exiliada. Antonio Bonet y Rafael Alberti en Punta del Este. *Actas del congreso internacional Viajes en la transición de la arquitectura española hacia la modernidad*, 2010, p. 260-278. Disponível em: <http://www.unav.edu/documents/29070/6431631/actas-07.pdf>. Acesso em: 16 jun. 2016.

OLIVEIRA, Thiago Mattos de. *(Re)traduções brasileiras de Mon coeur mis à nu, de Charles Baudelaire*. 2015. 116 f. Dissertação (Mestrado em Língua e Literatura Francesa) - Faculdade de Filosofia, Letras e Ciências Humanas, Universidade de São Paulo, São Paulo. Disponível em: <http://www.teses.usp.br/teses/disponiveis/8/8146/tde-09102015-141954/>. Acesso em: 19 jun. 2016.

ROCCA, Pablo; González, María de los Ángeles. *Rafael Alberti en Uruguay. Correspondencia, testimonios, crítica*. Madrid: Sociedad Estatal de Conmemoraciones Culturales, 2002.

ROSSI, Cristina P. Punta del Este y El Puerto de Santa María. In: SANTONJA, Gonzalo (Coord.). *El color de la poesía (Rafael Alberti en su siglo)*. Tomo I. Madrid: Sociedad Estatal de Conmemoraciones Culturales, 2004. p. 379-385.

SAID, Edward W. *Reflexões sobre o exílio e outros ensaios*. Trad. Pedro Maia Soares. São Paulo: Companhia das Letras, 2001.

TORRES NEBRERA, Gregorio. Introducción. In: ALBERTI, Rafael. *Retornos de lo vivo lejano – Ora Marítima*. Madrid: Catedra, 1999. p. 11-106.

VALÉRY, Paul. Situação de Baudelaire. In: ______. *Variedades*. Trad. Maiza Martins de Siqueira São Paulo: Iluminuras, 1999. p. 21-31.

INFLEXÕES IRLANDESAS EM PEÇAS DE HENRIK IBSEN

Munira H. Mutran

Em sua caminhada matinal pelas ruas de Dublin, Stephen Dedalus, protagonista de *A Portrait of the Artist as a Young Man*, de James Joyce, pensa na importância de escritores como Hauptmann, Guido Cavalcanti e Newman em sua formação como artista. Ele reflete que nesse processo "o espírito de Ibsen penetrara seu ser, como um vento forte, um espírito indócil e de nova beleza".[1] Esse trecho confirma o grande interesse e a admiração de Joyce pelo autor norueguês. Tais sentimentos exprimem-se em alguns de seus ensaios críticos como em "Ibsen's New Drama" (1900). Ao afirmar que *A Doll's House* (1879) "marcou uma época na história do teatro e influenciou várias gerações de dramaturgos europeus",[2] o jovem Joyce constata que Ibsen, ao descrever a vida moderna, mostra "a crise da alma de homens e mulheres".[3] Numa peça "de gato e rato", como Joyce vê o texto de Ibsen, no curto

1 JOYCE, 1992, p. 190. (Todas as traduções são minhas).

2 JOYCE, 1972, p. 48.

3 JOYCE, 1972, p. 50.

espaço de dois dias, as vidas "dessas almas indecisas" são "reviradas pelo avesso".[4]

Na carta que escreveu ao dramaturgo norueguês em março de 1901, Joyce afirma que fora inspirado pelas batalhas de Ibsen, "não as óbvias, materiais, mas aquelas pelejadas e vencidas em sua mente". Ao mesmo tempo, o autor dera-lhe ânimo com sua "obstinada determinação de arrancar da vida seus segredos, com absoluta indiferença pelos cânones conhecidos da arte".[5] Na época em que a carta foi escrita, a grande figura da dramaturgia internacional era, de fato, Ibsen, que "explorava sinceramente e com intenso realismo as molas do comportamento dos seres humanos".[6] Numa tentativa de seguir os passos de seu mestre, Joyce escreveu sua única peça, *Exiles* (1918). Muito diferente dos contos de *Dubliners* (1914) e dos romances *A Portrait of the Artist as a Young Man* (1916) e *Ulysses* (1922), que contêm técnicas inovadoras. *Exiles* é escrita na tradição realista do teatro finissecular, mas, como na obra de Ibsen, ali se mesclam alguns elementos simbólicos como a pedra que Robert acaricia, as rosas demasiadamente exuberantes ou a chuva. Simultaneamente ao uso do elemento simbólico, a ilusão da realidade aparece nas descrições minuciosas do cenário e das personagens: os móveis, as cortinas e tapetes, a chave escondida no vaso, os diferentes ruídos e a iluminação, o vestido cor de lavanda de Bertha – todo o

4 JOYCE, 1972, p. 50.
5 GILBERT, 1957, p. 52.
6 GROSSE, 1975, p. 11.

conjunto cria uma atmosfera "real" como contexto para o tenso diálogo entre as quatro personagens principais.

Talvez devido à escolha da estética realista, *Exiles* é relativamente pouco discutida no conjunto da obra de Joyce. Se, no entanto, a peça de 1918 não apresenta inovações formais como nos contos e nos romances, revela temática novíssima para a época: Bertha ousou fugir com Richard para Roma e com ele teve um filho, escandalizando a família e os amigos. Richard tem ideias polêmicas sobre o casamento, a mulher e a sexualidade. Deixa claro, por exemplo, que Bertha é livre para aceitar atenções e carinhos de Robert, seu melhor amigo, mas exige que ela lhe conte tudo. Propõe liberdade total, "mas ele precisa saber que eu sei", diz ele. De acordo com John Gross, Robert é um personagem com uma única obsessão: "ele deseja ardentemente que sua mulher seja infiel, um pouco por motivos masoquistas e, ainda mais, para que ele possa desfrutar de superioridade moral sobre ela".[7] Em Exiles, o arquimoderno escritor de *Ulysses* absorveu as ideias de Ibsen sobre a complexidade das relações humanas, dentro e fora do casamento, e as transpôs para seu tempo.

Antes de Joyce, na década de 1890, muito se discutiu Ibsen, no entanto, seu mais fervoroso admirador foi George B. Shaw, que o defendeu dos ataques da crítica e do público em inúmeros ensaios e resenhas das produções das peças de Ibsen em Londres. A obra de maior fôlego sobre seu dramaturgo preferido é, sem dúvida,

7 GROSS, 1970, p. 41.

The Quintessence of Ibsenism (1891), cujo título assinala o culto à obra do escritor norueguês. No entanto, a calorosa recepção de Joyce, Shaw, William Archer, Edmund Gosse e outros, não foi tão consensual quanto possa parecer: uma boa parcela da crítica rejeitava o autor de *Ghosts*, sempre lembrando sua destruição dos "princípios morais" da sociedade vitoriana. A revista *Punch*, é preciso lembrar, passou a chamar o culto a Ibsen de "Ibsenity", quando o aspecto mais problemático das peças foi o debate sobre a "nova mulher". Em seu livro *London in the 1890s*, Karl Beckson comenta que as controvérsias sobre as questões inflamáveis como o casamento e a sexualidade feminina, cada vez mais presentes nas produções londrinas de *A Doll's House*, *Hedda Gabler* e *Ghosts* "provocaram na imprensa uma tempestade de insultos a Ibsen devido às personalidades fortes e sensuais de suas heroínas que violavam as normas vitorianas do decoro feminino".[8]

O mais notório crítico de Ibsen foi Max Nordau, médico húngaro que publicou em 1893 o livro *Entartung*, traduzido para o inglês, em 1895, como *Degeneration*, estudo definido pelo autor como "uma longa e triste viagem pelo hospital".[9] Nesse livro, Nordau coloca em oposição "artistas saudáveis" e "artistas doentes". Entre os últimos, Wilde, Flaubert, Baudelaire, Ibsen, Tolstoi, Wagner,

8 BECKSON, 1992, p. 138.
9 NORDAU, 1895, p. 478.

os Pré-Rafaelitas e muitos que, segundo ele, têm sintomas de "enfermidades" e de "desordem mental" que ameaçam a sociedade como um todo. Para Nordau, "Tolstoi é uma aberração mental",[10] "Whitman, moralmente louco"[11] e Verlaine "apresenta todas as marcas da degeneração mental e física".[12] No capítulo "Ibsenism", o médico reconhece as qualidades literárias do dramaturgo, mas critica rudemente suas heroínas:

> A clientela feminina de Ibsen é composta não só de personagens histéricas e depravadas, mas inclui também aquelas mulheres que, infelizes no casamento, acreditam que não são compreendidas, ou que sofrem de um vazio interior ou descontentamento por falta do que fazer.[13]

A resposta de Shaw foi em forma de carta aberta para a revista *Liberty* em 27 de junho de 1895, sob o título "A Degenerate's View of Nordau", carta que deu origem ao livro *The Sanity of Art*, no qual Shaw discute os conceitos de "degeneração" e "regeneração", "morbidez" e "sanidade". Reagindo à afirmação de Nordau de que "Ibsen é um simplório antissocial e maligno",[14] Shaw afirma que o médico húngaro é "um panfletista rabugento" que "nada produziu a não ser um livro cheio de asneiras alinhavadas com falsas teorias científicas de segunda mão".[15]

10 NORDAU, 1895, p. 145.
11 NORDAU, 1895, p. 230.
12 NORDAU, 1895, p. 119.
13 NORDAU, 1895, p. 414.
14 NORDAU, 1895, p. 355.
15 SHAW, 1990, p. 359.

As protagonistas de *A Doll's House* (1879), *Ghosts* (1881) e *Hedda Gabler* (1890) provocaram "uma tempestade de insultos" a Ibsen, porque, em pouco mais de uma década, o dramaturgo destruíra as ilusões sobre o casamento e os ideais femininos e masculinos do século XIX. O início foi *A Doll's House* (*Casa de bonecas*).

Num lar confortável, vivem Helmer e Nora com seus três filhos pequenos como se numa casa de bonecas. Apropriadamente, é Natal e, portanto, a decoração da casa, a grande árvore enfeitada e os pacotes de presentes contribuem para estabelecer uma atmosfera alegre e despreocupada. Helmer trata a esposa como uma criança mimada, ou seu pássaro ou animalzinho de estimação, e ela se comporta como tal, num jogo em que assume os papéis a ela atribuídos:

> Helmer: (*do escritório*) Minha cotovia está gorjeando aí fora?
>
> Nora: (*desamarrando animadamente os pacotes*) Sou eu.
>
> Helmer: Quem está alvoroçado aí é meu esquilinho? [...] Quando meu esquilo chegou em casa?[16]

Percebe-se, porém, que na conversa com a amiga, Nora abandona o jogo e com ela compartilha seriamente sua verdadeira identidade e seus anseios. Uma trama trágica oculta pela atmosfera natalina vai ser revelada quando, no desenrolar dos acontecimentos, outras histórias de vida se entrecruzam para mostrar outra Nora, desconhecida de Helmer e de quase todos: firme, inteligente, em busca

16 IBSEN, 1959, p. 3-4.

de sua verdadeira identidade, que se arriscou a assumir uma grande dívida para salvar o marido.

No segundo ato, a árvore de Natal, abandonada a um canto, despojada de seus enfeites e velas, sugere que tudo mudou: o marido é visto em todo seu egoísmo e insensibilidade quando se sente ameaçado. Ainda como uma criança, Nora suplica:

> Nora: Se seu esquilinho lhe pedisse alguma coisa de maneira muito, muito graciosa–
>
> Helmer: Em primeiro lugar precisaria saber do que se trata.
>
> Nora: Seu esquilo saltaria e faria todo tipo de gracinhas se você fosse amável e dócil.
>
> Helmer: Direto ao assunto.
>
> Nora: A cotovia trinaria e sua canção soaria na casa inteira–
>
> Helmer: Ora, minha cotovia só faz isso.
>
> Nora: Seria uma fada e dançarina para você à luz do luar...[17]

Cada vez mais irritado, Helmer, ao saber da dívida contraída por Nora (para salvá-lo), exclama: "Aquela que foi minha alegria e meu orgulho – mentirosa, hipócrita – pior, muito pior, uma criminosa. O horror indescritível de tudo isso. Que vergonha! Que vergonha!".[18] Com agressivas palavras – "Cale-se", "Chega de discurso florido", "Mulher desmiolada" – Helmer chega à *sua* solução para o problema: o principal é abafar o caso: "Quanto a nós, todos devem continuar pensando que tudo está bem, como antes – naturalmente apenas sob o olhar do mundo.

17 IBSEN, 1959, p. 33-34.
18 IBSEN, 1959, p. 59.

Você pode ficar em minha casa, é claro. Mas não permitirei que você eduque as crianças... não ouso confiá-las a você".[19]

Em um longo e tenso diálogo, Nora finalmente confessa sua infelicidade no casamento e diz estar cansada de ser tratada como uma avezinha canora, cansada de ser lembrada do "dever de amar o marido" com quem nunca, nos oito anos de convivência, trocara "uma palavra séria sobre um assunto sério".[20] Nora lembra que seu "lar não passou de um quarto de brinquedos. Fui sua mulher-boneca, exatamente como fui criança-boneca de meu pai; e aqui meus filhos foram meus bonecos".[21] Deixando o lar, marido e filhos, Nora fecha a porta principal com um estrondo, entrando num mundo de outros problemas, mas de infinitas possibilidades de autorrealização. Sobre a cena emblemática, Ibsen manifestou-se: "No momento em que ela deixa o lar sua vida começa... Nora, a criança-adulta terá que enfrentar a vida para descobrir a si mesma".[22]

Hedda Gabler é muito diferente de Nora. Não é adepta do jogo de faz de conta e diz aquilo que realmente pensa sem se importar com as sensibilidades masculina e feminina. Sua característica mais marcante é considerar-se mais livre e superior a homens e mulheres; talvez porque, tendo sido educada pelo pai, um general, e convivido com os soldados que o serviam, acostumara-se a ser tratada como um deles. Era frequentemente vista cavalgando ao

19 IBSEN, 1959, p. 60.
20 IBSEN, 1959, p. 63.
21 IBSEN, 1959, p. 64.
22 Carta de 3 de janeiro de 1880. MCFARLANE, 1994, p. 81.

lado do General Gabler "num longo vestido negro e com plumas no chapéu".[23]

Hedda casou-se aos 29 anos, mas viver eternamente na companhia de uma única pessoa é intolerável para ela. Segundo McFarlane, "Hedda pensa que foi comprada por um preço baixo demais e descobre que sua vida é pura banalidade e sufocante domesticidade".[24] "E por que quis casar-se?", pergunta Brack. Ela confessa que estava cansada da vida de solteira e percebera que os outros namorados (entre eles o próprio Brack) não tinham ousado fazer uma proposta de casamento.

Hedda é muito difícil ao se relacionar com amigos e parentes: não gosta de ser tocada, não gosta de crianças (sente-se enojada ao pensar que poderia ficar grávida) e confessa ter certos impulsos violentos quando cerceada em seus desejos de liberdade. Quando seu grande amor reaparece, desperta em Hedda o desejo de "pela primeira vez na vida ter o poder de moldar o destino humano".[25] Tal comportamento adensa o enredo, com a consequente morte do ex-namorado. Diante da chantagem de Brack após descobrir seus segredos, sugerindo uma relação triangular que seria muito satisfatória, Hedda prefere morrer para não se submeter à sua vontade; ao ver sua liberdade ameaçada, diz: "Estarei sujeita a seu arbítrio e a suas exigências. Uma escrava, uma escrava então. Não posso aceitar isso. Nunca!" Brack

23 IBSEN, [s.d.], p. 503.
24 MCFARLANE, 1994, p. 121.
25 IBSEN, [s.d.], p. 563.

a encara, brincalhão: "As pessoas geralmente se acostumam com o inevitável".[26]

Mas Hedda não se acostumaria. Prefere suicidar-se com a arma herdada do pai – ouve-se um tiro no aposento vizinho. Hedda livrou-se de seu desespero e infelicidade que afloram aqui e ali ao longo da peça. Ibsen assim a definiu: "Ela realmente quer viver de maneira completa a vida de um homem".[27]

Assim como outras peças inovadoras da época, toda a obra de Ibsen, em particular *Ghosts*, causou muitas controvérsias e marcou a crise do drama na Europa, mas, com o passar do tempo, foi melhor avaliada pela crítica e pelo público. No fim do século XX e início do XXI, o valor da obra de Ibsen tornou-se indiscutível por conta das várias produções e recriações de suas peças.

A tendência de recriar, reescrever, adaptar, aculturar ou transcriar a tradição literária, muito forte no modernismo, na obra de O. Wilde, J. Joyce e W. B. Yeats, manifesta-se com mais intensidade no teatro contemporâneo produzido na Irlanda. Sobre o fenômeno das reescrituras, Christopher Murray observa em seu ensaio que:

> Traduções ou versões ou adaptações – os termos são intercambiáveis – parecem constituir grande atrativo para os dramaturgos irlandeses. Há quase sempre uma inflexão irlandesa nessas traduções [...] que tentam encontrar aproximações da linguagem irlandesa com o idioma estrangeiro

26 IBSEN, [s.d.], p. 599.
27 MCFARLANE, 1994, p. 121.

> e, ao mesmo tempo, encontrar ecos entre o que existia 'lá' e 'então', e o 'aqui' e 'agora'.[28]

O vocábulo "inflexão" apresenta variadas conotações úteis para definir o processo de transposição. O verbo inflectir tem, entre outros significados, o de *dobrar, curvar, vergar* e *desviar* – ações ou movimentos que descrevem diferentes tipos de desvios possíveis num texto sendo reescrito. Inflectir também designa a mudança de direção da luz que incide em um local ou objeto, podendo configurar-se o foco escolhido pelo escritor para retrabalhar o texto. E mais, *inflexão* é sinônimo de *modulação*, o ato de controlar as variações de altura ou intensidade da voz e dos sons e pode indicar a passagem de um tom para outro. Com tais significados, é possível fazer alusão, no processo intertextual, à mudança de tom e de voz de um escritor para outro, ou à flexão das palavras ao serem transportadas de um idioma para outro. Por conseguinte, as "inflexões irlandesas" das peças de Ibsen assemelham-se aos desvios de lugar, de direção da luz e do tom para dizer algo novo a partir de algo existente.

Um dos desafios críticos no ensino de literatura estrangeira é trabalhar com a reescritura da tradição, abordagem que apresenta interesse para o docente e o aluno, visto que leva a um instigante vaivém de um texto para outro, de uma cultura para outra, enriquecendo a discussão. A perspectiva comparada inclui não só a pesquisa sobre as fontes e sua recepção, mas atualmente concen-

28 MURRAY, 2007, p. 23.

tra-se em tradução cultural. Das versões de dez peças de Ibsen por dramaturgos irlandeses, a escolha de *Ghosts* (*Espectros*) para ilustrar os processos intertextuais entre a peça de 1881 e suas recentes recriações (2002 e 2010) justifica-se porque, além de ser uma das peças mais polêmicas e rejeitadas pelo público e pela crítica, a comparação entre as duas diferentes modalidades de apropriação do mesmo texto proporciona variadas possibilidades de debates.

Do que tratava, afinal, a tão hostilizada peça *Ghosts*? Em poucas palavras, que nem de longe indicam sua complexidade, *Ghosts* é um ataque à instituição do casamento por conveniência e discute a condição da mulher de quem se espera impecável comportamento como esposa e mãe. Ibsen, já se viu, fora imensamente censurado por *A Doll's House* (1879), principalmente devido ao impacto do diálogo final aludido anteriormente, em que Nora, revoltada e sofrendo diante do comportamento do marido, deixa a casa, os filhos e o próprio marido batendo a porta estrondosamente ao sair. É com esse pano de fundo que Ibsen escreve *Ghosts*, querendo mostrar o perigo do comportamento romântico e idealista feminino que sacrifica sua individualidade e seus direitos como ser humano para manter uma aparência de "lei e ordem".

No início de *Ghosts*, Mrs. Alving aguarda a chegada do filho Osvald de 23 anos que ela própria enviou, com muita tristeza, para Paris, aos sete anos, com a desculpa de dar-lhe uma ótima formação, mas, na verdade, para poupar o menino das misérias de seu casamento. Aparentemente perfeito, este era secretamente infeliz, pois o marido (um dos pilares da sociedade) bebia e jogava demais, participava de orgias sexuais e seduzira a empregada com quem teve uma filha, Regina. Com a morte do marido e a volta de seu filho, será Mrs. Alving finalmente feliz? O filho, porém, se parece muito com o pai e está gravemente enfermo. Insiste em namorar e casar com a bela e jovem Regina, sua meia-irmã, para que ela tome conta dele quando o momento terrível chegar. Como ela não aceita, obtém de Mrs. Alving a promessa de lhe dar os doze tabletes de morfina para que possa partir sem sofrimento. Aterrorizada, a mãe exclama: "Eu, que lhe dei a vida?", ao que Osvald responde: "Eu não lhe pedi a vida – e que espécie de vida você me deu? Eu não a aceito – leve-a de volta."[29]

Ghosts – after Ibsen, de Thomas Kilroy, tem, no subtítulo, a indicação do tipo de transposição desejada por ele. Os três atos reduzem-se a dois e, assim, são inevitáveis várias exclusões, como a cena inicial do diálogo entre Regina e seu falso pai, que é apenas relatada no diálogo entre Regina e o Padre Manning. Tomando como base a peça de 1881, Kilroy transpõe as cinco personagens (seus nomes são ingleses) para uma mansão nos arredores de uma pequena cidade provinciana irlandesa e a ação transcorre em 1980. Mantendo o enredo intacto, o dramaturgo faz paralelos entre o contexto histórico e social da

29 IBSEN, 1960, p. 86.

Noruega no fim do século XIX e o contexto irlandês no fim do XX. Quanto ao tempo: incessantemente chuvoso nos dois países, ele também causa melancolia e desespero nas personagens contemporâneas, que diferem na linguagem – mais moderna, mais ousada nos diálogos rápidos, de frases curtas ou entrecortadas.

Os assuntos abordados por Ibsen como o casamento por conveniência, as relações familiares, o poder da igreja, a política, o progresso, a hipocrisia, a "nova mulher", estão todos na peça de Kilroy com foco naqueles mais presentes na sociedade irlandesa de seu tempo. Por conseguinte, destaca-se Padre Manning com seu discurso moralista, figura bem conhecida num país católico. Assim, sobre os livros "proibidos" que Mrs. Alving lê:

> E você chama isso de progresso (*apontando para os livros*)? Ataques ao lar, à família, à mulher. É sempre assim neste país. Adotamos a moda do ano passado quando todo mundo a deixou de lado.[30]

Por outro lado, a marginalidade, a solidão e tristeza do padre são enfatizadas por Kilroy, visto que a personagem do religioso desajustado perpassa a literatura irlandesa. O Padre Manning, destinado ao celibato, deve "negar a vida" e seu amor por Helene, sugerido por Ibsen, é explícito na peça irlandesa.

Outros assuntos discretamente insinuados por Ibsen – homossexualidade e incesto – afloram com destaque na reescritura de Kilroy, porque o contexto de 1980 é

30 KILROY, 2002, p. 16.

outro. Assim, o maior desvio em relação ao texto-fonte se refere à doença de Osvald/Oliver – a sífilis em 1881, a AIDS em 1980:

> Oliver: Não posso mais ter relações sexuais com ninguém. Nunca mais!
>
> Regina: É porque você não consegue?
>
> Oliver: Não sou impotente, se é isso que você quer saber... É que... Peguei uma infecção... [31]
>
> A mãe: É sífilis?
>
> [...]
>
> Oliver: Não, não é. É algo infinitamente pior. O diagnóstico é HIV positivo... Estou começando a morrer.[32]

Vemos, por esse diálogo, que Kilroy faz questão de contrapor a culpa do pai ao deixar para o filho a herança da sífilis, e a responsabilidade, no caso de outra doença que, segundo Oliver, é dele: "Cada um de nós é responsável pelo que somos. Ninguém mais."[33]

Diferentemente da versão de Kilroy, *Ghosts – a version* (2010), de Frank McGuinness, conserva a estrutura de três atos, as cinco personagens com nomes nórdicos e mantém o cenário triste e melancólico da casa de onde se vê um fiorde, que no original é "calado" e, para McGuinness, "coberto por uma mortalha" de chuva que cai continuamente, demonstrando desvios na linguagem, a parte mais marcante nessa reescritura. Além disso, os

31 KILROY, 2002, p. 41.
32 KILROY, 2002, p. 61.
33 KILROY, 2002, p. 43.

diálogos são mais curtos, mais espontâneos, agilizando o ritmo da peça. Das personagens, pode-se dizer que Regina é mais vulgar, Mrs. Alving é mais moderna e o Pastor Manders mais se assemelha a um membro do clero irlandês, sem as nuances da peça de Kilroy.

Constatamos, pois, que na peça de 2010 não há translocações e transculturações, mas o empenho em conservar o "espírito" da fonte por intermédio da linguagem da época. A palavra "espírito", reiteradamente empregada para definir uma das modalidades de transposição de uma obra para outra, é usada numa nota por Tom Murphy à sua versão de *The Cherry Orchard*, de Tchékhov. A versão, diz ele, deve levar em conta "o espírito do original, espírito que se manifesta fundamentalmente na dinâmica própria da linguagem e do movimento".[34]

Se Ibsen, como vimos, inicialmente, causou alvoroço pela afronta direta aos traços culturais de sua época, sua permanência e mérito se manifestam claramente na cadeia de influências que seus escritos exerceram, como em *Exiles*, de Joyce, e na série de inflexões que prestam tributo à sua obra. As duas reescrituras examinadas neste ensaio são importantes, como tantas outras nas diferentes literaturas, por seu indiscutível valor literário, mas principalmente porque estimulam uma "circulação

34 MURPHY, 2004, p. 2.

internacional de ideias",[35] estabelecendo pontes entre as diferentes culturas e literaturas e fornecendo "maneiras alternativas de interpretar o mundo".[36]

35 "Circulação de ideias" é uma expressão usada, principalmente, em Ciências Sociais, e discutida no capítulo "The Concept of Translation: the Role of Actors in the International Circulation of Ideas", de *Transmissibility and Cultural Transfer: Dimensions of Translation in the Humanities*. Cf. DICK; SCHWERTER, 2012.

36 DICK; SCHWERTER, 2012, p. 10.

REFERÊNCIAS

BECKSON, Karl. *London in the 1980s. A Cultural History*. New York: Norton, 1992.

DICK, Jennifer K.; SCHWERTER, Stephanie. *Transmissibility and Cultural Transfer*: Dimensions of Translation in the Humanities. Stuttgart: ibidem-Verlag, 2012.

GILBERT, Stuart (Ed.). *Letters of James Joyce*. New York: Viking Press, 1957.

GROSS, John. *James Joyce*. New York: Viking Press, 1970.

GROSSE, Kenneth. *James Joyce*. London: Evans, 1975.

HUTCHEON, Linda. *A Theory of Adaptation*. New York: Routledge, 2006.

IBSEN, Henrik. *Hedda Gabler*. In: ______. *Eleven Plays*. New York: Random House, [s.d.].

IBSEN, Henrik *A Doll's House*. In: ______. *Four Great Plays by Ibsen*. New York: Bantam Books, 1959.

IBSEN, Henrik. *Ghosts*. Trans. Eva Le Gallienne. In: LEVIN, Richard (Ed.). *Tragedy. Plays, Theory and Criticism*. New York: Harcourt, Brace and World, 1960.

JOYCE, James. *Exiles*. London: The New English Library, 1962.

JOYCE, James. *The Critical Writings*. New York: The Viking Press, 1972.

JOYCE, James. *A Portrait of the Artist as a Young Man*. London: Penguin, 1992.

KILROY, Thomas. *Ghosts – after Ibsen*. Loughcrew: Gallery, 2002.

MCFARLANE, James (Ed.). *The Cambridge Companion to Ibsen*. Cambridge: Cambridge University Press, 1994.

MCGUINNESS, Frank. *Ghosts – a version*. London: Faber and Faber, 2010.

MURRAY, Christopher. Echoes Down the Corridor. In: LONERGAN, Patrick; O'DWYER, Riana (Ed.). *Echoes Down the Corridor. Irish Theatre*: Past, Present and Future. Dublin: Carysfort Press, 2007.

MURPHY, Tom. *The Cherry Orchard, by Anton Chekhov – adaptation*. London: Methuen, 2004.

NORDAU, Max. *Degeneration*. London: Heinemann, 1895.

O'ROWE, Mark. *Hedda Gabler, A New Version*. Dublin: Arts Council/Abbey Theatre, 2015.

SAGLIA, Diego. Modes of Transit: Cultural Translation, Appropriation, and Intercultural Transfers. In: HOGAN, Ciara; RENTEL, Nadine; SCHWERTER, Stephanie (Ed.). *Bridging Cultures. Intercultural Mediation in Literature, Linguistics and the Arts*. Stuttgart: ibidem-Verlag, 2012.

SHAW, George B. *Major Critical Essays*. Harmondsworth: Penguin, 1986.

AUTORES PROVENIENTES DA RÚSSIA NA LITERATURA ISRAELENSE

Nancy Rozenchan

Referindo-se à relação entre discurso literário e identidade nacional, Eduardo Coutinho, dentre outros autores, afirma que, por mais que essa relação possa parecer natural ou inevitável, ela é uma construção relativamente recente. Para o crítico:

> Assim como o conceito de "nação", que é hoje visto como uma criação do século XVIII, a noção de "literatura nacional" originou-se na virada deste para o século XIX, particularmente com os românticos alemães, que divulgaram a ideia de que uma literatura se define pela sua afiliação nacional, e pelo fato de que deve incorporar o que se entendia como as características específicas de uma nação.[1]

O que parece, em princípio, ser uma definição absoluta pode não se aplicar de forma total a certas literaturas e identidades, haja visto o exemplo da literatura hebraica e da identidade israelense contemporâneas, pois ambas, desde seus primórdios, foram forjadas principal-

1 COUTINHO, 2012.

mente pelas comunidades judaicas esparsas em diversos solos, em particular o russo, que voltaram a sofrer, a partir do final do século passado, um novo impacto. Para tentar entender a relação do discurso literário israelense contemporâneo com a identidade nacional do país é preciso, no mínimo, transpor os dois conceitos para o plural.

Deve-se retornar, para isso, às origens da literatura hebraica moderna que ocorreram quando não existia uma nação hebraica segundo conceitos atuais, nem uma respectiva identidade e os propulsores da literatura sequer falavam diuturnamente hebraico.

A característica do leitor russo de considerar o livro como um projeto para ação, que prevaleceu naquele país a partir da década de 1860, logo foi adotada pelos autores e leitores do hebraico. O perfil do escritor em hebraico foi caracteristicamente definido como *hatsofê leveit Israel* [a sentinela do povo de Israel],[2] aquele que consola, orienta e crítica os seus leitores, enquanto participantes do povo de Israel, para um futuro melhor.

O período do "renascimento da literatura" começou no final do século XIX e em sua esteira se intensificou o renascimento do idioma hebraico na Europa e em Israel. Esse processo transcorreu, na prática, em duas linhas paralelas: o renascimento do hebraico escrito e o renascimento do hebraico falado. Nas primeiras décadas, estas ocorreram de formas distintas e isoladas uma da outra

2 Expressão baseada em Ez 3, 17. Título da coletânea do autor Ytschak Erter (1791-1851) do período da Haskalá.

e ocorreram em lugares diferentes: o hebraico literário renovou-se na Europa e o hebraico falado desenvolveu-se principalmente em Israel. Esses processos que ajudara a compor a nova identidade judaica e hebraica.

Segundo o poeta e crítico Ortsion Bartaná,

> a literatura hebraica foi o principal canal de cristalização da expressão da identidade judaica dos tempos modernos; quem não mais se satisfazia com as instituições religiosas e as imemoriais respostas tradicionais, como respostas plenas e exclusivas, optou pela literatura como o único instrumento disponível para expressar opiniões.[3]

A atuação de autores originários do leste europeu na literatura hebraica da primeira metade do século passado foi fundamental na descrição e na imposição de parâmetros identitários na cultura de Israel, mal restando espaço para outros escritores descendentes de antigos habitantes do país ou para aqueles de origens diferentes, como os sefaraditas, ou os provenientes dos diversos países árabes. Já então, a literatura em Israel desempenhou um papel político e ideológico central. Desde aquela época e até o presente, a literatura é usada como um importante papel decisivo de teste das mudanças atuais da sociedade, com destaque para o pensamento sionista.

Durante várias décadas, imigrantes chegados a Israel tiveram que se conformar ao padrão de aculturação estabelecido oficialmente segundo a política de *cadinho de fusão*, política que foi se arrefecendo da década de 70

3 BARTANÁ, 1998.

em diante. Essa estruturação da identidade e da cultura manifesta em hebraico sofreu uma comoção quando teve início a imigração de judeus e não judeus russos a Israel, a partir da década de 1970, e, com mais intensidade, a partir da década de 1990, criando um fenômeno jamais vislumbrado anteriormente: a grande massa trouxe consigo a língua russa e a cultura original e judaica daquele país como outros grupos haviam feito anteriormente, porém não se desfez delas, ao contrário, instituiu-as abertamente em Israel. Pelo seu volume e impacto, é um fenômeno que merece ser apreciado mesmo que se possa imaginar que, em futuro previsível, nas próximas duas ou três décadas, tenderá a se diluir. A literatura produzida por essa parcela da população de Israel é escrita em russo e raros são os autores que já ousaram se transferir para a língua hebraica. A maior parte dessas obras sequer é traduzida ao hebraico. Destarte, verifica-se que, em relação à língua e à cultura originárias da Rússia, a literatura de Israel - povo e ou país - abrange dois fenômenos distintos em períodos diversos: apoio e inspiração para o desenvolvimento da literatura e respectiva instituição de elementos na identidade, no primeiro deles, na segunda metade do século 19, algo que se estendeu até a década de 1960, e manutenção de uma linguagem literária e cultura paralela russa e russo-judaica expressa em língua estrangeira, no segundo dos fenômenos.

Em 2008, havia 1.3 milhões de falantes de russo em Israel, cerca de 20% da população. Desses, além dos que se declaram cristãos, algumas centenas de milhares não são consideradas judias segundo os estatutos religiosos judaicos vigentes no país. Hoje, os judeus russos são cerca de 15% da população. Parte deles continua a usar o russo como sua língua principal ou única. Apesar de se integrarem na vida israelense, mantêm características culturais e identitárias próprias que não eram em geral conhecidas no mundo judaico israelense ou de outras partes, e elas levaram ao desenvolvimento de atitudes de estranhamento com a população veterana do país.

As avaliações sobre perfis culturais e identitários dos judeus russos em tempos recentes são amplas e variegadas e principalmente complexas, como se pode entender de estudos realizados por pesquisadores originários ou não da Rússia e que atuam naquele país, nos Estados Unidos ou em Israel. Todas essas avaliações de identidade são facilmente discernidas na ficção e na poesia de autores provenientes da Rússia.

Para Olga Gershenson,[4] definir identidades judaicas é em geral problemático, não apenas porque elas variam no decorrer de diferentes períodos históricos e locações geográficas, mas também porque o próprio conceito de judaicidade pode ser delineado de muitos modos: religioso, étnico, racial ou cultural, modos pelos quais, isola-

4 GERSHENSON, 2008.

damente ou em conjunto, pode ser entendida a identidade dos judeus russos. Além disso, identidades judaicas são influenciadas tanto pelas autorrepresentações como por representações feitas por pessoas de fora e as respostas judaicas a elas. Identidades judaicas, por isso, emergem como contraditórias e ambivalentes. Essa ambivalência tanto dos próprios judeus como da sociedade circundante foi teorizada em diversos contextos históricos e culturais.[5] O conceito de ambivalência é útil para tentar entender como a identidade judaica russa com todas as suas rupturas e descontinuidades é construída e reconstruída. Tendo em mente teorias de identidade em processo constante de constituição, pode-se entender a identidade judaica russa, de acordo com o autor norte-americano Daniel Boyarin, não como um ponto pacífico, mas como uma "tensão diaspórica perpetuamente criativa".[6]

Lembrando que, na Rússia, judeus não puderam praticar o seu judaísmo de forma ampla ou acompanhar em medida livre e irrestrita o que ocorria no mundo judaico em geral, Zvi Gitelman, estudioso de Michigan com vários trabalhos sobre o tema, reflete que, na ausência de uma "cultura [judaica] densa" baseada em língua, religião e tradição, a identidade judaica russa é construída sobre uma "cultura tênue" desprovida de qualquer conteúdo real, e, como tal, não é viável. Larissa Remennick,[7] natural da

5 Cf. ADORNO, 1989; BAUMAN, 1998; BOYARIN, BOYARIN, 1993; HOMBERGER, 1996; SUTCLIFFE, 2003.

6 BOYARIN, 1997.

7 REMENNICK, 2006.

Rússia e atuando na Universidade Barilan de Israel, considera que a "magreza" da cultura não a torna menos real para os seus portadores. Ela identifica várias características da identidade judaica da Rússia, todas elas rastreadas até a tradicional cultura judaica e estilo de vida volúvel substituto da religião. Remennick destaca estas características:

> cultivo do intelectualismo, respeito pelos esforço árduo e expertise na especialidade do próximo, força das redes familiares, solidariedade dentro do grupo, moderação no estilo de vida, negação tranquila ou simples manipulação do sistema soviético do qual tinham que participar a fim de conseguirem ser bem sucedidos na profissão ou no negócio.[8]

Na era soviética, os judeus ocuparam uma posição paradoxal do que Remennik chama de "elites discriminadas".[9] Embora sujeitos à discriminação, os judeus também foram capazes de alcançar incrível sucesso social. Eles foram simultaneamente privados e privilegiados.

Por outro lado, eram ambivalentes a seu próprio respeito. Orgulhavam-se de serem judeus, ainda que se sentissem embaraçados com isso. Em relação ao passado, olhavam-no com nostalgia, mas também com repulsa.

Rozalina Ryvkina[10] observa que os judeus russos hoje combinam o "desvencilhar-se da identidade judaica"[11] com posições pró-judaicas. Ao mesmo tempo, estão em conflito

8 REMENNICK, 2006, p. 31.
9 REMENNICK, 2006, p. 31.
10 RYVKINA, 2005 citada por GERSHENSON, 2008.
11 RYVKINA, 2005, p. 107.

em suas atitudes em relação à russidade. Segundo Ryvkina, sua identidade é "um híbrido judeu russo: uma combinação de sensibilidade judaica e da cultura em língua russa".[12]

EM ISRAEL

Quando da chegada da primeira leva de imigrantes russos nos anos 1970, o discurso israelense da Imigração e Absorção já tinha se esfacelado. Ainda assim, ele funcionou razoavelmente com aqueles imigrantes que tinham, na terra de origem, sido movidos geralmente por ideais sionistas e tinham lutado aberta e clandestinamente pelo direito de viver na terra ansiada.

Nos anos 1990, vieram imigrantes que não tinham propugnado um nacionalismo judaico e não tinham sido em geral movidos por intensos ideais sionistas. Naquela década, quase nada mais restava do projeto mentor israelense de absorção dos imigrantes, em particular no campo cultural. O centro hegemônico que instituiu sérias barreiras ante a penetração dos imigrantes – mesmo daqueles que aceitaram a identidade israelense imaginada – entrou em colapso sob a forte pressão de protestos inaceitáveis de dentro e do interminável conflito com os palestinos de fora. A sociedade com que os imigrantes se defrontaram era dividida e fragmentada, sem centro nítido. Em contraste, a onda de imigração da antiga União Soviética não teve precedentes tanto em dimensões quanto na autoconsciência desenvolvida de muitos dos recém-chegados,

12 RYVKINA, 2005, p. 113.

se não de todos. De uma minoria no país de origem, passaram a ser uma maioria nacional na nação judaica.

Como é típico da experiência de muitos grupos migrantes, aquela que foi denominada de Grande *Aliyá* [Grande Imigração], de 1990, foi inicialmente caracterizada pelo trauma, entre outros, do deslocamento social, dificuldade de entender o hebraico e de adaptação a normas culturais. Segundo Ana Isakova,

> israelenses de língua russa vivem, em sua maior parte, em uma bolha cultural que permite que influências externas penetrem nela, mas não permitem que esses imigrantes participem de forma significativa na vida cultural do país em que se estabeleceram.[13]

Muitos imigrantes da Grande *Aliya* consideraram língua e cultura russas como sendo mais sofisticadas do que a cultura israelense, daí que a sua herança russa foi reposicionada como um bem valioso que eles relutam em abandonar. Resistindo à pressão para adotar o hebraico como língua literária no espírito dos primeiros sionistas, os migrantes russos da década de 1990, ao invés, desenvolveram uma cena literária em língua russa vibrante que refletia sua identidade transnacional particular.

Nos falantes da cultura hebraica em Israel, nunca se percebeu qualquer interesse em interação com a cultura trazida da Rússia, seja ela portadora de traços judaicos ou não. Do ponto de vista dos falantes da alta cultura russa, essa situação indicou opacidade ou, pelo menos, uma

13 ISAKOVA, 1999.

recusa, ou talvez a incapacidade da sociedade israelense de ouvi-los ou aceitá-los. Do ponto de vista dos falantes da cultura hebraica que tendem a pensar sobre a cultura em termos de identidade, a forte identidade dos russos parece fechada e não sujeita a uma negociação cultural, pois o sistema que a conduz é de valores considerado por eles como universal e, portanto, absoluto e incapaz de aceitar uma conciliação com os outros.

A prática cultural de estruturação dos imigrantes como uma comunidade dentro da sociedade israelense ocorreu por meio da criação de grupos de debate, partidos de imigrantes, um sistema amplo de comunicação que abrange televisão e imprensa israelense em russo, assim como teatro e literatura. A cultura elevada russa opõe-se nessa conceituação à cultura israelense com que os judeus russos se confrontaram ao se transferir para o novo país.

JUDEUS RUSSOS NA LITERATURA DE ISRAEL

Igor Guberman, nascido em 1936 na Ucrânia, Dina Rubina, nascida em 1953 no Uzbequistão, e Alexander Goldstein, nascido na Estônia em 1957 [falecido em 2006] chegaram a Israel respectivamente em 1988, 1990 e 1991. Eles são três dos mais destacados e premiados escritores russos em Israel, com carreiras iniciadas no país de origem, deram continuidade a elas em russo. Guberman sequer fala hebraico. Tem mais de 35 livros publicados na Rússia correspondendo a meio milhão de leitores. Rubina é igualmente popular, traduzida para doze línguas,[14] ao menos oito filmes russos baseiam-se em seus escritos. Goldstein, considerado autor de estilo refinado e que se destacou como intelectual e pensador altamente erudito, já vivendo em Israel, recebeu dois importantes prêmios literários do governo russo em 1997. Vários dos autores continuaram a publicar os seus livros na Rússia mesmo vivendo em Israel.

Segundo Rubina, a receita do coquetel israelense literário russo contemporâneo é a seguinte:

> toma-se o temperamento nacional judaico, adiciona-se uma grande medida de mentalidade soviética, despeja-se no meio dele uma colher cheia de problemas pungentes de imigrantes, uma pitada de vaidade humana normal, meio copo do prurido profético existencial, em seguida verte-se, sem medida, amor sincero pela palavra e cultura russas, aquece-se sob o sol causticante de Jerusalém, agita-se bem, e verte-se esta mistura em várias formas grandes e pequenas [...].[15]

De acordo com a jornalista e autora Anna Isakova [Isak], na década de 1990 cerca de 600 imigrantes da União Soviética registraram-se como escritores em Israel, e este não seria o número total dos que escreviam em russo. No mesmo período, houve registro de um número similar de artistas e escultores, outro tanto de jornalistas.

14 O *site* da autora, em russo, menciona traduções para o búlgaro, tcheco, holandês, inglês, estoniano, francês, alemão, hebraico (um livro apenas), húngaro, italiano, polonês e vietnamita.

15 Dina Rubina, respondendo a Dmitry Golovanov, em 1999, em entrevista sobre a vida literária russa em Jerusalém. Cf. SHRAYER, 2007.

O número de músicos profissionais é maior do que esse, aos quais se somam centenas de imigrantes ligados ao cinema, ao teatro, à dança e ao canto. O maior fechamento é ainda o que ocorre no seio da literatura, no qual sua linguagem particular – intransponível para outro código – é a barreira maior para uma interação cultural, fato que se deu de forma mais natural em outros campos da cultura. Parte dos escritores deixou o país, retornando para a Rússia ou dirigindo-se a outros países.

Para os intelectuais russos, nenhum valor foi maior do que a liberdade de expressão e a aplicação independente das forças criativas do indivíduo. Para os imigrantes da década 1990, haviam se passado algumas gerações desde que os soviéticos tinham impedido os judeus de viverem praticando a sua cultura. A imigração a Israel fez com que muitos israelenses russos tomassem consciência, pela primeira vez, de seu caráter inerentemente russo, assim como isso fez com que eles reexaminassem suas identidades judaicas.

Desde o início, houve duas correntes culturais dentro da comunidade de língua russa em Israel. Por um lado, muitos artistas e intelectuais voltaram seus esforços principalmente para o desenvolvimento de temas judaicos; por outro lado, muitos se tornaram renomados dentro de uma diáspora internacional russa, que tem sido uma extensão natural de suas atividades dissidentes anteriores à imigração.

Escritores russo-israelenses, estimulados pela liberdade que passaram a gozar ao escapar à censura soviética, produziram um corpo experimental e variado de literatura. De forma semelhante ao gênero emergente da literatura transnacional em todo o mundo, grande parte da literatura russa israelense está centrada nas dificuldades da imigração e explora temas como multiculturalismo, bilinguismo, deslocamento e de pertença. Essa exploração da experiência imigrante é, no entanto, firmemente posicionada dentro de um contexto geográfico, cultural e histórico de Israel e, nesse sentido, é um gênero literário inerentemente israelense. No entanto, devido à sua separação linguística da corrente cultural principal, a escrita israelense em língua russa é distinta estilisticamente do cânone literário hebraico, recebendo, em vez disso, as suas influências da Rússia. Da mesma forma, a literatura de língua hebraica escrita por emigrados russos também, muitas vezes, exibe traços distintivos relacionados com as sensibilidades literárias russas, como alusões aos clássicos do país de origem.

Pode-se dizer que os escritores "russos" se diferenciam uns dos outros, por vezes de forma extrema, em estilos de escrita, em sequência associativa, na carga cultural, na percepção do judaísmo e na "fantasia de Jerusalém" que trazem de sua pátria anterior. A imigração proporcionou-lhes uma nova experiência de vida e os enriqueceu culturalmente, mas a base é a que receberam na Rússia ou na Ucrânia. Parte dessa escrita é de vanguarda. Um novo tema que surgiu em suas histórias, o dos judeus da antiga União Soviética descobrindo sua nova pátria, a sua nova experiência de viver em ambientes geográficos e sociais absolutamente diferentes se destaca.

Uma das tendências proeminentes nos últimos anos na literatura russa local é a prática do judaísmo, a vida judaica na Diáspora e a história judaica. Há também interesse em misticismo judaico e em religião. Temas que não puderam ser devidamente desenvolvidos na Rússia, as memórias judaicas e sua história, o legado judaico, são completados na literatura produzida em Israel.

RUSSOS QUE ESCREVEM EM HEBRAICO

Em contraste com a grande quantidade dos autores que escrevem em russo em Israel, ainda é mínimo o número de autores de origem russa que se expressam em hebraico. Todos eles chegaram a Israel ainda crianças. Não passam ainda de um punhado de ficcionistas e poetas: Marina Groslerner,[16] Boris Zaidman,[17] Rina Levinzon,[18]

16 Marina Groslerner, nascida em 1967, na Rússia, chegou em 1973; publicou *Lalya*, 2001, e *Chalomot Raava*, 2006.

17 Boris Zaidman, nascido em 1963, em Kishinev, chegou em 1975; publicou *Hemingway vegueshem hatsiporim hametot*, 2006; *Safá shessuá*, 2010; e *Merak orev*, 2012.

18 Rina Levinzon, nascida em 1949 em Moscou, chegou em 1976; poeta, escreve em russo e em hebraico.

Alex Epstein,[19] Mirie Litvak,[20] Alona Kimchi,[21] Gali-Danah Singer,[22] Sivan Beskin,[23] Ola Grossman,[24] Petia Ptah (Pioter Shmugliakov),[25] Anna Gorenko (Anna Karpa).[26]

Alona Kimchi e Alex Epstein são os mais conhecidos dentre eles, com obras traduzidas para diversas línguas, inclusive para o português: Kimchi, em Portugal, e Epstein, no Brasil. Mesmo nascida na Rússia, Kimchi não costuma ser mencionada entre os outros autores russos de língua hebraica. Somente no último dos seus romances,

19 Alex Epstein, nascido em 1971, em Leningrado, chegou em 1980; publicou *Cotev Leningrad veshirim acherim*, 1992; *Hakélev shediber*, 1994; *Sipur al Nimrodon*, 1997; *Ahuvato shel metapes heharim*, 1999; *Haguiborim hatsehubim*, 2000; *Milon mahapach* [introdução], 2000; *Odissea*, 2001; Matkonei chalomot, 2002; *Sifriya dimyonit*, 2002; *Lakachol ein darom*, 2005; *Kitsurei derech habaita*, 2010; *Lakéssem habá ezdakek liknafayim*, 2012 [Tradução brasileira: *Para a próxima mágica vou precisar de asas*, 2014]; *Mechashev ahavá michadash*, 2013; *Mashiach betoch bakbuk*, 2013; *Yad rishona messofer*, 2014. O escritor foi traduzido para cerca de nove línguas. Grande parte de sua obra é publicada em meio eletrônico.

20 Mirie Litvak publicou *Russiot yeshenot eirumot*, *Shemesh meachorei hagav*, *Gaagu'im lachoshech*.

21 Alona Kimchi, nascida em 1963, em Lvov, na Ucrânia, chegou em 1972; publicou *Ani Anastacia*, 1996; *Suzana habochiya*, 1999 [Tradução portuguesa: *Susana em lágrimas*, 2002]; *Mushlémet vehamaagal hamechushaf*, 2001 [livro infantil], *Lili la tigresse*, 2004 [Tradução portuguesa: *Lili la tigresse*, 2009]; Viktor vemasha, 2009 [Tradução portuguesa: *Victor e Macha*, 2016].

22 Gali-Danah Singer, poeta.

23 Sivan Beskin, poeta.

24 Ola Groisman, nascida em 1965, em Moscou, chegou em 1972; publicou os romances *Mizvadá al hashéleg*, 2009, e *Kehilat haavudim*, 2014.

25 Petia Ptah (Pioter Shmugliakov), nascido em 1978, em Kiev, Ucrânia, chegou em 1978; começou a publicar poesia em russo em 1997. *Avadti al mechonat emet, livro de poemas em hebraico foi publicado em 2010.*

26 1972-1999.

ela lidou com imigrantes russos sem, contudo, esmiuçar questões pertinentes a eles. É mais a alma humana que a interessa. Quanto a Epstein, sua mordacidade está voltada a todo tipo de temas.

Como escritora, Ola Groisman é um caso particular: duplamente imigrante, começou a escrever ficção depois que partiu de Israel e, por motivos profissionais de seu marido, estabeleceu-se na Inglaterra. Foi lá que ela redigiu os seus dois romances hebraicos, ambos gozaram de grande sucesso. Ambientam-se no universo de judeus russos, tanto no país de origem quanto em Israel. O primeiro deles, *Mizvadá al hashéleg*, [Mala na neve], de 2009, será a obra considerada nesta abordagem de literatura israelense hebraica de autores de origem russa.

Groisman nasceu em Moscou em 1965 e imigrou para Israel ainda criança em 1972. Apesar do russo ser a sua língua materna, ela escreve em hebraico e centra-se em questões de identidade e de pertença na sua exploração da experiência imigrante russo-israelense. Groisman reconhece as imensas pressões sociais que a incentivaram a se assimilar desde tenra idade e a adotar o *ethos* sionista que ainda prevalecia parcialmente em Israel dos anos 1970.

Ainda que Groisman tenha chegado a Israel antes da grande onda de imigração pós-soviética, é impossível separar o seu trabalho do contexto dessa leva. Na esteira dos quase um milhão de imigrantes da década de 1990, que abriu as comportas para a aceitação e para a celebração da cultura russa em Israel, mesmo se, em grande parte, restrita à própria comunidade, é que ela foi capaz de reconsiderar a sua identidade e de se reconectar com suas raízes russas.

Mala na Neve conta a história de Lana, uma jovem israelense que retorna para a Rússia pela primeira vez, desde sua imigração, e embarca em uma jornada em busca de suas raízes, e com elas, da sua identidade.

O romance explora a experiência do imigrante em um nível pessoal a partir de uma posição de emoção e de introspecção. Lana se esforça para se encaixar e se conectar com as pessoas ao seu redor. Em consonância com o discurso sionista tradicional de deixar para trás a diáspora de onde provieram, ao imigrar para Israel, os pais de Lana recusaram-se a falar sobre o passado, e ela cresceu sem saber sobre a infância na União Soviética, completamente desligada e inconsciente de sua família ampliada que ainda vivia lá. Vinte anos após a chegada em Israel, Lana é enviada a Moscou para recuperar as cinzas do avô e, a partir da descoberta do diário da avó, começa a perceber os segredos da história da família. Verifica-se que a recusa dos pais de falar sobre o passado provavelmente tem tanto a ver com os segredos de família quanto com as condições de assimilação no novo país. Lentamente, ela vai tomando conhecimento da complexa e dolorosa história familiar por intermédio do diário de sua avó que descreve a relação entre ela e o resto da família sob o terror de Stalin e os dias de gulags. É no desvendamento da vida anterior de seus parentes que se desdobra simultaneamente o acesso à identidade russa deixada para trás.

Lana chega lentamente a um entendimento sobre suas raízes no país de origem e é capaz de reexaminar sua identidade como alguém que é, ao mesmo tempo, local e estrangeira, com um sentido de pertença em conflito tanto na Rússia quanto em Israel.

O PARADOXO DA IDENTIDADE RUSSO-ISRAELENSE

Um dos temas centrais da literatura de imigração é um envolvimento com a posição do imigrante na periferia entre identidades, dividida entre a identificação com as normas tradicionais e um processo de adaptação.

Esse problema é especialmente complexo no caso dos imigrantes russos israelenses, porque, como judeus, muitos já eram até certo ponto percebidos como estando fora da estrutura de identidade dominante da sua "pátria" soviética. A imigração para Israel fez com que muitos, ou talvez a maioria dos israelenses russos, se tornassem, pela primeira vez, conscientes da sua russidade inerente, assim como também os levou a reexaminar sua identidade judaica. Ironicamente, tendo-lhes sido negada identificação oficial como russos étnicos na União Soviética, imigrantes judeus da Grande Imigração da década de 1990 só conseguiram concretizar a sua russidade em Israel. Essa inversão de identidades étnicas, com o fim de noções sionistas de assimilação integral à vida em Israel, significou que os russos israelenses se confrontaram com a situação de serem vistos como um eterno outro à margem da corrente principal, seja como judeus na Rússia ou russos em Israel.

A personagem Lana se depara com conflitos semelhantes de identidade: tentara se assimilar inteiramente na sociedade israelense fazendo um esforço ativo para banir quaisquer vestígios de seu antigo eu. Hebraizara o seu nome, mudando-o para Ilana, depois de um professor da escola lhe dizer que, com um nome russo, ela nunca poderia ser uma verdadeira israelense. O primeiro choque que ela sofre, ao chegar na Rússia, ocorre quando ouve as pessoas se referirem a ela pelo nome de nascimento, nome que lhe soou tanto estranho quanto familiar. Apesar do esforço para ser vista como uma "verdadeira israelense", Lana se percebe como não tendo se livrado inteiramente da sua russidade.

Ela encarna o paradoxo de identidade que caracteriza o enclave russo-israelense: desenraizar-se ao mesmo tempo em que resiste a isto e em que tenta se assimilar inteiramente na corrente israelense principal. Esse é um processo doloroso que, em última análise, não resulta em êxito absoluto, simbolizado pela posterior adoção do nome original russo. Em um momento conturbado da vida, o retorno à Rússia faz com que, ao se reconectar com as origens, a identidade adotada, ou imposta, ou autoimposta, seja abalada.

A autora enfatiza a riqueza da cultura russa e o apreço que imigrantes russos atribuem à educação e à cultura, em contraste com a população israelense local. Lana descreve com carinho os livros que cobrem as paredes do pai no apartamento em Haifa e reage com choque quando um dia, ao retornar do exército, ela encontra seus pais no processo de jogá-los fora. Esses livros vieram a simbolizar o desapego lento da família de Lana pela cultura russa. Quando ela protesta, sua mãe brinca e lembra-lhe que ela não precisava daquilo, pois sequer sabe ler russo. A decisão de Lana de preservar alguns dos livros, apesar de nunca lê-los, representa sua incapacidade de se desligar realmente da parte russa da sua identidade, apesar de, exteriormente, assumir o papel da Ilana israelense. Na Rússia, ao admirar uma nova amiga que, como comportamento habitual, lê frequentemente os clássicos russos, algo que ela é incapaz de fazer, considera que deveria igualmente se devotar a tal tarefa.

Enfocando outros marcadores de identidade, a personagem sofre o sentimento de estranheza pela falta de vinculação natural com a cultura russa, tão incômodo quanto a sua falta de enraizamento e de laços históricos com Israel, a falta de conexão com a história nacional, vistos como uma barreira para a pertença. Lana experimenta *flashbacks* de seu tempo na escola ao longo do romance, catalogando sua luta para se adaptar ao nacionalismo desconhecido de sua nova casa, uma vez que símbolos da nação e da história israelenses não fizeram parte de sua vida.

A LÍNGUA

A língua como componente central da identidade e a luta pela adaptação a uma nova língua são temas dos mais proeminentes na literatura de imigração. Groisman é um exemplo de israelense-russa da geração mais jovem, que se sente mais confortável em hebraico do que em sua língua materna, como refletido na escolha para escrever em hebraico. Tendo-o dominado desde tenra idade, sua personagem Lana parece se sentir em casa em hebraico, no entanto ela continua a luta para se ajustar. Além disso, o fato de mudar o nome e de falar sem sotaque ilustra que, para Groisman, a ideia da linguagem como um indicador de identidade é apenas uma parte do quadro.

Lana tornou-se tão integrada no novo país que não se sente totalmente confortável na língua russa e não aprendeu a ler no idioma. Apesar de tentar se passar por uma pessoa local na cidade de seu nascimento, ela se defronta com a maioria dos moscovitas como uma turista. Mas aos poucos foi capaz de redescobrir a língua materna. Se, no início da viagem, ela se sentiu esmagada-oprimida por ter que falar tanto russo, no final, sentiu a língua vindo a ela tão naturalmente como o hebraico. Chega até a se dar conta de que algumas coisas são melhor expressas em sua língua nativa. Pela primeira vez, ela começa a aceitar-se como uma pessoa cuja identidade é dividida entre duas culturas.

O romance de Groisman começa e termina com uma imagem de uma mala em um aeroporto, simbolizando, talvez, a falta de permanência e de enraizamento na experiência do imigrante. A personagem Lana trata de aceitar que ela é um produto de duas culturas, o que, enfim, constitui uma bênção.

Troca de língua, a russidade deixada ou não para trás, o conceito de ser judeu na Rússia ou de quase não sê-lo, mas ainda assim ser definido como tal, assumir ou construir uma nova identidade em Israel, a carga cultural que veio na bagagem, a ser ou não deixada de lado, fazer parte ou não do enclave étnico russo, são questões que acompanham os judeus provenientes da Rússia, paralelamente aos seus esforços para se adaptar social, econômica ou profissionalmente no país.

REFERÊNCIAS

ADORNO, Theodor; HORKHEIMER, Max. *Dialectic of Enlightenment*. Nova York: Continuum, 1989. [1944]

BARTANÁ, Ortsion. *Hassifrut haivrit beerets Israel: mavô*. In: AHARONI, Sara e Meír. *Ishim umaassim belsrael: Sêfer Hayovel. Miksam, 1998. Disponível em: <http://lib.cet.ac.il/Pages/item.asp?item=2351>*. Acesso em: 21 mar. 2016.

BAUMAN, Zygmunt. Allosemitism: Premodern, Modern, Postmodern. In: CHEYETTE, B.; MARCUS, L. (Ed.). *Modernity, Culture and 'the Jew'*. London: Blackwell, 1998.

BIALE, David. *Power and Powerlessness in Jewish History*. Schocken: New York, 1986.

BOYARIN, Daniel; BOYARIN, Jonathan. Diaspora: Generation and the Ground of Jewish Identity. *Critical Inquiry*, v. 19, n. 4, p. 693–725, 1993.

BOYARIN, Daniel. *Unheroic Conduct*: The Rise of Heterosexuality and the Invention of the Jewish Man. Berkeley: Univ. of California Press, 1997.

COUTINHO, Eduardo. O conceito de 'literatura nacional' e a crise de identidades na América Latina. XIII ENCONTRO DA ABRALIC INTERNACIONALIZAÇÃO DO REGIONAL, 2012, Campina Grande. Disponível em <http://www.abralic.org.br/anais/arquivos/2012_1434241663.pdf>. Acesso em: 21 mar. 2016.

GERSHENSON, Olga. Ambivalency and Identity in Russian Jewish Cinema. In: BRONNER, Simon J. (Ed.). *Jewishness: Expression, Identity and Representation*. Jewish Cultural

Studies - volume One. Oxford/Portland/Oregon: The Littman Library of Jewish Civilization, 2008.

HOMBERGER, Eric. Some Uses for Jewish Ambivalence: Abraham Cahan and Michael Gold. In: CHEYETTE, B. (Ed.). *Between 'Race' and Culture: Representations of 'the Jew' in English and American Literature*. Stanford: Stanford Univ. Press, 1996.

ISAKOVA, Anna. Russian Jews in Search of the Jewish State. *Azureonline*, n. 8, 1999. Disponível em: <http://azure.org.il/authors.php?id=158>. Acesso em: 21 mar. 2016.

REMENNICK, Larissa. Russian Jews on Three Continents: Identity, Integration, and Conflict. New Brunswick: NJ, 2006.

SHRAYER, Maxim D. *An Anthology of Jewish-Russian Literature*. Volume II. New York: M. E Sharpe, 2007.

SUTCLIFFE, Adam. *Judaism and Enlightenment*. Nova York: Cambridge Univ. Press, 2003.

SERENA, DE IAN MCEWAN: DAS RELAÇÕES ENTRE IDENTIDADE, NACIONALIDADE E METAFICÇÃO

Sigrid Renaux

A fim de iniciar nossas reflexões sobre literaturas estrangeiras na atualidade, como ponto de partida para examinar o romance *Serena*, de Ian McEwan[1] sob uma perspectiva crítica condizente, faz-se mister retomar alguns conceitos sobre literatura e, por extensão, sobre literatura nacional. Para tanto, servimo-nos das considerações de Antonio Candido, em "Dialética apaixonada".

Ao comentar a *História da Literatura Ocidental*, de Otto Maria Carpeaux, Candido afirma, a respeito do autor, que

> sua visão universal permite transpor as limitações eventuais do nacionalismo crítico, cuja função histórica é importante em certos momentos, mas não deve servir para obliterar a dimensão verdadeira do fenômeno literário, que por sua natureza é tanto transnacional quanto nacional.[2]

Se essas considerações já nos permitem visualizar o fenômeno literário como "transnacional" e "nacional",

1 MCEWAN, 2012

2 CANDIDO, 1993, p. 92.

a afirmação seguinte de Carpeaux que, em sua obra, "A literatura é, pois, estudada [...] como expressão estilística do Espírito objetivo, autônomo, e ao mesmo tempo como reflexo das situações sociais" – percebemos imediatamente a importância dessa asserção para nosso propósito. Pois, como será visto, não há como separar essa "expressão estilística do Espírito objetivo" – encarnado, segundo Candido, "nas diversas criações sociais e culturais" – do fato de ser igualmente "reflexo das situações sociais" que concretiza.

Como Candido explica, "tanto a autonomia da obra (concebida como manifestação concreta do Espírito objetivo) quanto a sua dependência em relação à sociedade no tempo e no espaço (concebida como matéria-prima da observação e da imaginação)", asseguram "o respeito ao mundo próprio da literatura sem desconhecimento da sua inserção no mundo".[3]

Essa perspectiva dialógica irá nortear nossa proposta de leitura de *Serena*, a partir de conceitos sobre identidade, nacionalidade e metaficção, entre outros, em função das múltiplas camadas temáticas e narrativas que o romance oferece.

Partindo do contexto mais amplo – a Inglaterra dos anos 1970, período de crise política, civil e financeira, além do terrorismo irlandês –, *Serena* é um romance de espio-

3 CANDIDO, 1993, p. 93.

nagem[4] que, ao explorar as relações entre um escritor e a propaganda governamental, dedica-se a assuntos sociais e políticos atuais. Essa macroestrutura, na qual as identidades e nacionalidades das personagens são constantemente questionadas, bem como as relações entre realidade e ficção, abriga uma história de amor: Serena Frome, a heroína, após graduar-se em Cambridge, é recrutada pelo Serviço Secreto Britânico (o MI5) para um programa de combate ao comunismo e à Guerra Fria, de codinome "Operação Tentação" (Sweet Tooth). Para tal finalidade, a agência oferece assistência financeira a jovens escritores e jornalistas com inclinações anticomunistas. Cabe à Serena a incumbência de estabelecer contato com um escritor, Thomas Haley, a quem não pode revelar que é espiã, e que a ajuda financeira que ele irá receber virá do governo. Após se apaixonar por seus contos e também se envolver romanticamente com o autor, ao final da narrativa, a atividade secreta de Serena é exposta na imprensa (pelo fato de Haley ter recebido um prêmio literário e ter sido revelado que ele fora financiado pelo MI5). O programa fica ameaçado, tornando Serena agente e vítima da própria profissão. As reviravoltas no desenlace – Serena passa de narradora autodiegética

4 Como é de conhecimento geral, o romance de espionagem tornou-se, a partir do século XX, um dos gêneros mais populares de literatura de massa, principalmente após a I Guerra Mundial, quando surgiram novas forças políticas, como a emergência da União Soviética. A partir da II Guerra Mundial, com o início da Guerra Fria, o romance de espionagem se estabilizou como gênero, retratando, principalmente, as lutas ideológicas, tanto secretas quanto as divulgadas, travadas entre capitalistas e comunistas.

do romance de McEwan a narradora autodiegética do romance que Haley está escrevendo – confirmam como a concepção de identidade se torna uma dos dominantes – "como centro de enfoque de um trabalho artístico"[5]– da macroestrutura.

O romance ainda é uma narrativa metaficcional, ao refletir continuamente sobre o ato de escrever, sobre a literatura, sobre escritores de épocas passadas e da atualidade, apontando, segundo Elias Canetti, para a tarefa do escritor, como "guardião das metamorfoses": antigas, ao se apropriar "da herança literária da humanidade" por meio de suas leituras; e contemporâneas, "em função de sua abertura para o mundo atual."[6]

Se bem que essas três vertentes temáticas são facilmente detectáveis e a superposição delas uma constante, o que nos interessa é averiguar como uma alimenta a outra, tornando, deste modo, o trabalho um desafio crítico para discutir como se concretizam, no romance, os conceitos de identidade, nacionalidade e metaficção.

SERENA: DA FICÇÃO ROMANESCA À METAFICÇÃO

Serena foi lançado no Brasil por ocasião da Feira Literária de Paraty (FLIP), em 2012, com a presença de McEwan. Como ele comentou, respondendo às perguntas da plateia:

> Acho que, na verdade, todo o romance é uma espionagem. Um escritor, como um espião, não pode revelar tudo. Todos

5 JAKOBSON, 2002, p. 513.
6 CANETTI, 2001, p. 280-284.

os romancistas retêm informação. *Serena* é um romance sobre a vontade de escrever um determinado tipo de história e também uma história de amor.

Ao comparar um escritor a um espião, McEwan está usando, como escritor, o primeiro sentido: espião como pessoa que vigia ou observa secretamente alguém ou algo para obter informações. No romance, o segundo: espião como pessoa paga para colher, clandestinamente, documentos secretos ou informações estratégicas sobre um país estrangeiro, acepção que se aplica não só a Serena, mas também a outros integrantes do M15, que devem espioná-la. A primeira acepção, entretanto, continua a ser exercida no romance: se por um lado, ela é a agente secreta paga para espionar Haley, este, por sua vez – como revela na carta à Serena que encerra o romance – ele a "espiona" como escritor, a fim de escrever o romance *Serena* sem que esta o perceba, imitando a "espionagem" do autor real, McEwan.

McEwan delega assim sua função de espião para Haley como personagem observando outra personagem de seu livro. Como Haley escreve a Serena: "Eu não ia inventar nada, só registrar. Ia ficar olhando você trabalhar. Eu também podia ser espião". E, adiante, "Nós dois relatávamos. Você mentia para mim, eu espionava você."[7]

Como o resumo da macroestrutura já indica, a questão da espionagem nos leva a indagar sobre os conceitos de identidade, de identidade cultural e nacional e, conse-

7 MCEWAN, 2012, p. 366.

quentemente, qual o conceito do outro, ou do estrangeiro, pois, os "outros" não são apenas os espiões soviéticos, mas as próprias personagens, em suas relações profissionais, amorosas e amistosas.

Se a identidade é definida como conjunto de características e circunstâncias que distinguem uma pessoa ou uma coisa e graças às quais é possível individualizá-la, Stuart Hall, partindo das mudanças nos conceitos de identidade e de sujeito, desenvolve esse argumento com relação a *identidades culturais* – "aqueles aspectos de nossas identidades que surgem de nosso "pertencimento" a culturas étnicas, raciais, linguísticas, religiosas e, acima de tudo, nacionais".[8]

Hall distingue assim três concepções de identidade: a do sujeito do Iluminismo, "como um indivíduo totalmente centrado, unificado [...], permanecendo essencialmente o mesmo [...] ao longo da existência." O sujeito sociológico, cujo "eu real" é modificado num diálogo contínuo com os mundos culturais "exteriores" e as identidades que esses mundos oferecem: a identidade unificada e estável do sujeito se torna fragmentada, composta de várias identidades, e o próprio processo de identificação tornou-se mais problemático. Esse processo produz o sujeito pós-moderno que assume identidades diferentes em diferentes momentos, que não são unificadas ao redor de um eu coerente. Dentro de nós, há identidades contra-

8 HALL, 2006, p. 8.

ditórias, de modo que nossas identificações estão sendo continuamente deslocadas.[9]

Essas conceituações nos serão úteis para a discussão das diferentes facetas da identidade das personagens principais, Serena e Haley. Hall explora também aquele aspecto da identidade cultural moderna que é formado por meio do pertencimento a uma cultura *nacional* e como os processos de mudança compreendidos no conceito de globalização estão afetando isso. Hall ainda afirma que "uma cultura nacional nunca foi um simples ponto de lealdade, união e identificação simbólica. Ela é também uma estrutura de poder cultural".[10] Daí conclui:

> Em vez de pensar as culturas nacionais como unificadas, deveríamos pensá-las como constituindo um *dispositivo discursivo* que representa a diferença como unidade ou identidade. Elas são atravessadas por divisões internas, unificadas apenas através do exercício de diferentes formas de poder cultural. [...] Uma forma de unificá-las tem sido a de representá-las como a expressão da cultura subjacente de 'um único povo'".[11]

Wander Melo Miranda, em "Nações literárias", confirma e amplia as asserções de Hall ao afirmar que "a construção cultural de "nação" é uma forma abrangente de afiliação social e textual, dada pelo cruzamento de verdades e falsificações (propositais ou não) capazes de

9 HALL, 2006, p. 10-13.
10 HALL, 2006, p. 59.
11 HALL, 2006, p. 61-62.

exceder as margens das convenções literárias e dos lugares-comuns ideológicos"[12], pois, como será visto, o "cruzamento de verdades e falsificações (propositais ou não)" atravessa todo o romance.

É a partir dessas considerações que o enredo do "romance de espionagem " de McEwan faz sentido, pois toda a Operação Tentação do Serviço de Segurança Britânico foi montada a fim de combater a propaganda comunista durante a Guerra Fria. Essa operação, apesar de totalmente fictícia, foi inspirada pelo escândalo real que afetou a revista literária conservadora *Encounter*, pelo fato de, em 1967, ter sido revelado que recebeu financiamento secreto da *Central Intelligence Agency* (CIA), apagando assim as fronteiras entre ficção e realidade.

McEwan usa essa história, portanto, para explorar a relação entre o artista e o Estado, como estrutura de poder cultural, e a necessidade de a literatura se manter independente. Segundo o escritor, o problema não foi a cruzada anticomunista em si mesma, mas o secretismo com que foi conduzida. "Tudo o que é realmente necessário é que, o que quer que o Estado faça, em relação às artes, seja feito às claras, para que o possamos ver".

A metaficção ou metadiegese, por sua vez, também é presença constante na narrativa: Serena, como narradora autodiegética, "reflete acerca do que escreve, dividindo com o leitor as certezas e as perplexidades que o transcorrer dos acontecimentos e a articulação das

12 MIRANDA, 2010, p. 21.

unidades narrativas lhe sugerem,"[13] além de discutir escritores, obras e a própria literatura, por meio das diferentes opiniões que ela e Haley apresentam – ela como amante acrítica de literatura, ele como escritor realizado e erudito literário. Mais ainda: a própria metaficção apresenta diferentes "identidades", pois pelo fato de Serena, como espiã, ler e comentar os contos de Haley a fim de entrevistá-lo, reproduzindo trechos desses contos na narrativa, eles se caracterizam como "gêneros intercalados". A estes podemos acrescentar, ainda, a carta que Haley escreve a Serena, como último capítulo do romance, com mais elementos metaficcionais, além de acrescentar à narrativa uma "identidade" epistolar.

Dada à extensão do romance (376 páginas), escolhemos algumas passagens significativas para debater essas relações entre identidade, nacionalidade e metaficção que se concretizam ao longo de toda a narrativa, quais sejam: como essas relações surgem, no início do romance (cap. 1 e 2) e como são desvendadas, no final (cap. 22).

OS PREÂMBULOS DA TRAMA

A narrativa se inicia com Serena Frome narrando, em retrospectiva, os acontecimentos de sua vida:

> Meu nome é Serena Frome (a pronúncia é Frum) e há quase quarenta anos fui enviada numa missão secreta do Serviço de Segurança britânico. Eu não voltei em segurança. Um ano e meio depois de entrar fui despedida, depois de ter

13 MOISÉS, 2013, p. 290.

caído em desgraça e acabado com a vida do meu namorado, embora ele certamente tenha tido um pouco a ver com a sua própria queda.[14]

Esse resumo de sua narrativa, antecipando o romance de espionagem, a história de amor que irá viver com Tom Haley, bem como o desastroso final, ainda apresenta um detalhe: o fato de seu sobrenome "Frome" rimar com "plume",[15] leva-nos à expressão *"homme de plume"* (escritor) já iniciando assim uma metaficcionalidade latente, que irá se desenvolver ao longo do romance. Por ser uma narradora autodiegética, em situação de ulterioridade em relação aos fatos que irá relatar, também a faz usar não apenas a prolepse, mas também resumir eventos menos relevantes, além de comentar criticamente sua narrativa, fazendo uso "de uma autoridade conferida pelo conhecimento integral da história e pela experiência adquirida".[16] Assim, "protagoniza a dupla aventura de ser herói [heroína] da história e responsável pela sua narração."[17] Entretanto, como já mencionado, Serena é narradora autodiegética primeiramente no romance que Haley – como personagem – está escrevendo e, dentro desta moldura, no romance de McEwan, afastando-a, assim, mais uma vez da realidade ficcional.

14 MCEWAN, 2012, p. 7.

15 No original, "My name is Serena Frome (rhymes with plume)", permite a relação estabelecida entre "plume" e "homme de plume".

16 REIS, 1988, p. 120.

17 REIS, 1988, p. 121.

A metaficção, quando um personagem narrador "reflete acerca do que escreve, dividindo com o leitor as certezas e as perplexidades que o transcorrer dos acontecimentos e a articulação mais adequada das unidades narrativas lhe sugerem,"[18] ocorre praticamente em todas as páginas do romance, iniciando-se a partir do segundo parágrafo, quando a narradora autodiegética, Serena, avisa o leitor que:

> Não vou perder muito tempo com a minha infância e a minha adolescência. Sou filha de um bispo anglicano e cresci com uma irmã numa catedral de uma cidadezinha linda no leste da Inglaterra. A minha casa era simpática, lustrosa, organizada, cheia de livros. Os meus pais gostavam bastantinho um do outro e me adoravam, e eu a eles.[19]

Desse modo, uma primeira faceta de sua identidade é apresentada, pois, como filha de um bispo anglicano, criada num lar que era alegre, refinado, organizado e cheio de livros, Serena revela uma identidade estável, marcada pela profissão do pai e, também, por viver num mundo "estável, invejável, até idílico".[20]

Já em Cambridge, cursando Matemática (imposto pela autoridade da mãe) continua suas leituras pois "ler era o meu jeito de não pensar em matemática.[21] E, como continua:

> As minhas necessidades eram simples. Eu não prestava muita atenção em temas ou frases especialmente bem

18 MOISÉS, 2013, p. 290.
19 MCEWAN, 2012, p. 7.
20 MCEWAN, 2012, p. 8.
21 MCEWAN, 2012, p. 13.

> resolvidas [...] Eu queria personagens em que pudesse acreditar, e queria que me deixassem curiosa sobre o que iria acontecer com eles. De maneira geral, eu preferia que as pessoas estivessem ou no começo ou no fim de uma paixão, [...]. Era vulgar admitir, mas eu gostava que alguém dissesse 'Case comigo" no fim. Os romances sem personagens femininos eram um deserto sem vida. Conrad eu nem levava em consideração, assim como a maioria dos contos de Kipling e Hemingway.[22]

A citação apresenta não só Serena como leitora voraz, falando sobre suas necessidades de leitura e o que esperava das personagens e do enredo dos romances que lia, mas antecipa o que ela mesma irá experimentar no romance, se bem que de modo contrário, pois as outras personagens não irão se revelar como pessoas "em que pudesse acreditar". O fato de preferir um romance de amor e desejar que este terminasse com um casamento manifesta igualmente sua própria identidade sonhadora – neste momento – e, novamente, antecipa seu próprio romance de amor com Haley e seu pedido de casamento, ao final, sem que saibamos, entretanto, se ela irá aceitar. Sua análise de obras ficcionais e sua identificação com personagens femininas, sem as quais um romance não teria vida, refletem, mais uma vez, sua identidade sonhadora, pois "sem personagens femininos", não poderia haver um romance de amor.

22 MCEWAN, 2012, p. 13.

Como ela acrescenta: "A questão dos meus hábitos de leitura na graduação não é uma digressão. Esses livros me levaram direto à minha carreira na Inteligência."[23] Essa afirmação demonstra, assim, a relação que ela estabelece, desde o início, de seus hábitos de leitura com o trabalho na Inteligência Britânica. Por meio de sua amiga Rona Kemp, que iniciou uma revista semanal *?Quis?*, Serena começa a escrever artigos com resumos de livros que havia lido, o que lhe dá a ocasião de se tornar conhecida. Como ela explica: "Na minha modesta opinião, minha coluna tinha se tornado um serviço público de vital importância".[24] Após ler Soljenítsin e descobrir as atrocidades que ocorriam no sistema comunista acrescenta:

> Tendo crescido numa catedral, o que é que eu sabia dos cruéis absurdos do comunismo [...]? Quem estava denunciando a perda de toda essa parcela da humanidade? Eu nunca tinha me incomodado com política antes. [...] E também não tinha ouvido falar da "oposição de esquerda". [...] Eu era uma inocente e a minha sensação de ultraje era moral.[25]

Sua coluna se torna, porém, uma "arenga".[26] O fato de nunca ter se envolvido em política, nem ouvido falar da "oposição de esquerda" e caracterizar a si mesma como uma inocente, aponta para uma mudança em sua personalidade, pois passa de uma identidade quase "iluminista" para uma identidade "sociológica" (formada na interação

23 MCEWAN, 2012, p. 14.
24 MCEWAN, 2012, p. 15.
25 MCEWAN, 2012, p. 15-16.
26 MCEWAN, 2012, p. 16.

entre o eu e a sociedade). O sujeito ainda tem um núcleo ou essência interior que é o "eu real", mas este é formado e modificado num diálogo contínuo com os mundos culturais "exteriores" e as identidades que esses mundos oferecem",[27] se bem que sua ingenuidade continuará presente em diversas ocasiões.

Após nos informar que ela havia sido demitida, pois a revista tolerara quatro rodadas do seu anticomunismo,[28] Serena explica a razão, expandindo, desse modo, o assunto para incluir o contexto social e histórico da Inglaterra na época:

> Naquele tempo, martelar as iniquidades do sistema soviético era coisa rotineira para os políticos do Ocidente e os editoriais de quase todos os jornais. [...]. Se a CIA estava contra o comunismo, devia ter alguma coisa boa no regime. [...] Nos anos de pensamento binário da Guerra Fria não era possível você se ver concordando sobre a União Soviética com um presidente americano que estava em guerra no Vietnã.[29]

Por essa razão será demitida, pois, segundo afirma, "não era a política da minha coluna que estava incomodando. O meu pecado era ser franca".[30] Se esses comentários de Serena já inserem o leitor dentro dos conceitos do que é nacional e estrangeiro, a imagem de Serena como ingênua e sonhadora será novamente transformada ao

27 HALL, 2006, p. 12.
28 MCEWAN, 2012, p. 12.
29 MCEWAN, 2012, p. 17.
30 MCEWAN, 2012, p. 17-18.

conhecer Tony Canning, o orientador de seu atual namorado. Além de elogiar sua coluna em *Quiz*, ele também a interroga a respeito de sua profissão: "Uns textinhos excelentes. Você tem talento, querida. Você quer entrar para a imprensa?"[31] Posteriormente, em seu gabinete, Canning continua a interrogá-la a respeito de sua família e assuntos nacionais, enquanto Serena estava, como ela diz, "tentando agradar, dar as respostas certas, ser interessante"[32], anunciando-se assim, como ela comenta, retrospectivamente, "como soldado estagiário da Guerra Fria. Agora deve parecer óbvio. Afinal de contas, era Cambridge. Senão, por que eu estaria contando sobre essa reunião?[33] Também o conceito de lealdade à terra natal, ligado ao de identidade, vem à tona, quando Serena observa que:

> Os métodos de recrutamento naqueles dias estavam mudando, mas só um pouquinho. [...] Ninguém precisava dizer com todas as letras, mas o passado continuava sendo importante, e ter o Bispo no meu não era uma desvantagem. Já se comentou muitas vezes [...] que certas classes de indivíduos tinham mais chance de serem leais ao seu país que as outras. Nos anos 1970 essas famosas traições ainda ecoavam, mas os velhos métodos de recrutamento estavam firmes.[34]

Ou seja, o *background* tradicional de Serena seria um passaporte para ser aceita no serviço secreto britânico.

31 MCEWAN, 2012, p. 21.
32 MCEWAN, 2012, p. 22.
33 MCEWAN, 2012, p. 22.
34 MCEWAN, 2012, p. 22-23.

Entretanto, ela percebe que toda a verdade não estava sendo posta na mesa, pois, "embora fosse absolutamente verdade que Tony Canning acabou me recrutando para o M15, os motivos dele eram complicados e ele não tinha nenhuma sanção oficial".[35] O fato de seus motivos serem "complicados" vão muito além da percepção de Serena sobre o assunto, pois, mesmo falando retrospectivamente, a revelação final virá apenas no último capítulo do romance.

O *affaire* com Tony é uma nova aventura, com o qual "provava minha própria maturidade. Um homem mais velho, vivido gostava de mim. Eu perdoava tudo nele", afirma Serena[36]. Canning a prepara intelectualmente para a primeira entrevista, dando-lhe livros e jornais para ler e discutir assuntos políticos e sociais. Como ela reconhece: "Acreditava no que lia, mas parecia tudo muito distante. [...] Apesar das minhas aulas de história eu achava que não tinha nada a ver com o destino da nação",[37] demonstrando assim como sua identidade sociológica ainda não está consolidada, por não querer atuar num contexto mais amplo.

Uma nova reviravolta na personalidade de Serena acontecerá quando Canning, após poucos meses, abruptamente, termina o relacionamento, alegando que ela havia usado um truque para afastá-lo de sua esposa – jogando uma blusa dela no cesto de roupa da casa – quando, na

35 MCEWAN, 2012, p. 23.
36 MCEWAN, 2012, p. 30.
37 MCEWAN, 2012, p. 35.

realidade, é ele que havia dito a ela para fazer isso. Serena agora percebe que, além da mentira, "ele tinha decidido se colocar no papel de vítima, de ofendido, de enganado de quem tem direito de estar enfurecido".[38] Começam, desse modo, os diferentes papéis que as personagens vão assumir, independentemente de suas identidades. Estes serão expostos no último capítulo do livro, na carta de Haley a Serena. O relato da vida de Serena antes de ser recrutada se encerra com o rompimento com Canning. Ao ele se afastar lentamente em seu carro, ela pensa: "eu fiquei ali parada que nem uma boba trágica e olhei ele ir embora".[39] A expressão *"tragic fool"*, no original, não reflete apenas a fragmentação da identidade social de Serena, mas irá se aplicar a ela em outras ocasiões, ao iniciar sua carreira no Serviço de Saúde e Segurança Social.

A partir do capítulo 3, ela própria assume uma nova identidade: tanto em relação ao trabalho, quanto em contato com as outras personagens. Como ela narra, ao comentar sua entrevista inicial com Joan e depois com Harry Tapp:

> Em cinquenta minutos nós três concordamos com a construção do meu perfil. Eu era essencialmente uma matemática com outros interesses adequados. Mas como é que eu tinha conseguido terminar sem louvor? Eu menti ou distorci conforme a necessidade e disse que no meu último ano eu tinha [...] ficado interessada por literatura, pela União Soviética e pela obra de Soljenítsin. O Sr. Tapp ficou curioso por

38 MCEWAN, 2012, p. 43.
39 MCEWAN, 2012, p. 45.

ouvir as minhas opiniões, que recitei, depois de ter relido os meus velhos textos, conforme os conselhos do namorado que tinha ido embora. E, fora a universidade, o eu que apareceu[40] ali foi integralmente derivado do meu verão com ele.[41]

Como Serena ainda comenta, quase ao final da entrevista:

> A bem da verdade, eu nunca fui tão inteligente, na minha vida inteira, quanto naquela entrevista. E desde os meus artigos na ?*Quis*? eu não ficava tão satisfeita comigo mesma. Podia falar sobre quase qualquer coisa. Eu consegui dar uma certa aura à minha ignorância sobre qualquer tema. A minha voz era a de Tony. [...] Entrar para o M15? Estava pronta para ser a cabeça do Serviço.[42]

Assim, cinco minutos depois de sair da sala, ela é chamada de volta para ouvir o sr. Tapp lhe dizer que tinha decidido lhe oferecer um emprego. Serena transita, a partir dessa entrevista, de uma identidade sociológica para uma identidade pós-moderna, que ela mesma cria e assume, a fim de ser aceita. Ao conceituar o sujeito pós-moderno, Hall afirma que este não tem "uma identidade fixa, essencial ou permanente", em função de "mudanças estruturais e institucionais":

> O sujeito assume identidades diferentes em diferentes momentos, identidades que não são unificadas ao redor de um "eu" coerente. Dentro de nós há identidades contraditórias, empurrando em diferentes direções, de tal modo

40 "The self I invented", no original.
41 MCEWAN, 2012, p. 47.
42 MCEWAN, 2012, p. 48.

> que nossas identificações estão sendo continuamente deslocadas. [...] À medida em que os sistemas de significação e representação cultural se multiplicam, somos confrontados por uma multiplicidade desconcertante e cambiante de identidades possíveis, com cada uma das quais poderíamos nos identificar – ao menos temporariamente.[43]

O surgimento dessas relações entre identidade, nacionalidade e metaficção, nesse início da narrativa, e que serão desenvolvidas ao longo do romance – no qual a questão da identidade das personagens, sempre imbricada com conceitos de nacionalidade e metaficção, é constantemente posta em dúvida pelos papéis que assumem em diferentes momentos da narrativa –, serão agora desvendadas, no capítulo final.

O DESENLACE DA TRAMA

Toda a trama de *Serena* – como apresentada no resumo –, do capítulo 3 ao capítulo 21, desenvolve o romance de espionagem e a história de amor entre Serena e Thomas Haley. No capítulo 22, na longa carta que Haley escreve a Serena, como já mencionado, ele, como autor do romance *Serena*, reconta e comenta, em retrospectiva, o romance que ele escreveu a partir da visão dela: os acontecimentos da vida da amada até o momento em que se separam. Ele desvenda, simultaneamente, todas as tramas sobre as identidades verdadeiras e falsas que ambos – e os outros personagens – apresentaram em função da

43 HALL, 2006, p. 12-13.

Operação Tentação e ainda pede Serena em casamento. As iniciais da operação "Sweet Tooth" são as de Serena e Thomas, amarrando, assim, mais uma vez, os protagonistas ao programa de espionagem e, simultaneamente, antecipando a união final dos amantes. O tom formal com que inicia a carta – "Cara Serena"[44] – e o tom apaixonado com o qual termina – "Minha querida"[45] – evidenciam a mudança em sua maneira de pensar ocorrida durante a redação desta.

Entre os diversos episódios que concretizam as relações entre identidade, nacionalidade e metaficção nessa carta, destacamos o fato de que Haley pede diversas vezes a ela para que não interrompa a leitura antes do final, por temer que ela esteja "magoada ou brava" com ele. E continua: "eu te prometo que vai acabar bem, pelo menos em certas áreas. Não desista."[46] Lembrando-nos, assim, das histórias felizes de amor que Serena lia, pois seu romance com Haley irá igualmente terminar bem. Haley também lhe recorda seu bloqueio em escrever, após entregarem seu romance *As Planícies* para o editor Tom Maschler, e como Serena havia "delicadamente (e em vão)" o encorajado: "embora agora eu saiba que você tinha bons motivos profissionais".[47]

44 MCEWAN, 2012, p. 358.
45 MCEWAN, 2012, p. 380.
46 No original, "Stay with me", além de significar "continue a ler minha carta", também implica ela continuar a ficar com ele, acrescentando uma dimensão mais profunda ao pedido.MCEWAN, 2012, p. 359.
47 MCEWAN, 2012, p. 360.

O que parecia a Haley ser a atração que Serena sentia por ele, ao tentar ajudá-lo, ele percebe agora – na redação da carta – que as razões dela eram "profissionais", referindo-se ao fato de ela ter sido treinada para espioná-lo e cuidar que o livro que ela o incentivou a escrever fosse publicado. Imbricam-se, pois, não apenas a história de amor e o romance de espionagem, como também a questão da falsa identidade ou "identidades contraditórias" (como apresentadas por Hall) e da metaficcionalidade, pois Serena está simultaneamente apaixonada e obrigada a "espionar" Haley, enquanto ele, agora, desmascarou suas razões profissionais.

Ainda dentro nesse contexto, "Serena espionando Haley", ele relata suas conversas com Max Greatorex – outro espião da M15 encarregado de vigiar Serena, mas que também se apaixonou por ela e, por "ressentimento" de Serena ter se apaixonado por Haley, revela a este toda a trama da Operação Tentação:

> Ele descreveu a sua "fachada", a Fundação, as somas precisas e todo o resto – [...] E àquela altura eu não tinha mais dúvidas. [...] Aquilo era um novo estágio de ódio – de você, de mim, de Greatorex [...]. Fiquei pensando se havia um único dia em que você não me tivesse contado uma mentira direta ou implícita.[48]

Dessa rusga entre Haley e Serena, os próximos comentários de Greatorex desvendam a trama mais ampla, sobre a razão da Operação Tentação, que envolve nações e poder

48 MCEWAN, 2012, p. 361-362.

cultural, algo que Haley, como porta-voz de McEwan, critica abertamente:

> Ele me disse que não era nada incomum que as agências de Inteligência promovessem a cultura e cultivassem o tipo certo de intelectuais. Os russos faziam, por que nós não faríamos? Era a Guerra Fria de ideias. Eu disse a ele o que te disse sábado. Por que não dar o dinheiro abertamente, através de algum outro departamento do governo? Por que usar uma operação secreta?[49]

Aos poucos, entretanto, Haley vê "toda essa questão da *Tentação* em termos completamente diferentes", pois:

> Aquilo não era, ou não era só, uma traição desgraçada ou um desastre pessoal. Eu tinha ficado preso demais à ofensa que tinha sofrido e não tinha visto aquilo de verdade – como uma oportunidade, uma dádiva. Eu era um romancista sem romance e agora o acaso tinha jogado um belo de um osso na minha direção, o esboço de uma história útil. Uma espiã estava na minha cama. [...] Ela escondia os seus motivos reais e, o que era crucial, não sabia que eu sabia. E eu não ia contar. [...] Em vez disso, silêncio, discrição, uma espera paciente, e literatura. Os eventos decidiriam a trama. Os personagens já estavam prontos. Eu não ia inventar nada, só registrar. Ia ficar olhando você trabalhar. Eu também podia ser espião". [50]

Juntam-se, aqui, por meio da metaficção, os jogos de identidade: por um lado Serena, a espiã, continuando

49 MCEWAN, 2012, p. 362-363.
50 MCEWAN, 2012, p. 365-366.

a "espionar" Haley, e, por outro, Haley, sabendo ser ela uma espiã, espionando Serena afim de escrever uma história sobre a traição dela. Não precisava "inventar", bastava "registrar", confirmando assim as palavras de McEwan sobre espionar um personagem. Entretanto, após perceber que o romance que estava escrevendo "estava chato, aquilo não tinha vida"[51] Haley, de repente, descobre como tornar a história interessante – após seu ato de amor, com o rosto de Serena olhando para ele com prazer e afeição de verdade, afirma:

> Agora que eu sabia o que você sabia, o que você tinha que esconder, eu estava tentando imaginar ser você, estar em dois lugares ao mesmo tempo, amando e... *relatando*. Como é que eu podia entrar naquilo e relatar o que vi? Foi isso. Eu entendi. [...] Não era eu quem tinha que contar aquela história. Era você. O seu trabalho era relatar por mim. Eu precisava sair do meu corpo e entrar no seu. [...] E aí começar a falar, como você.[52]

McEwan revela, portanto, numa *ars poetica*, como um escritor deve agir para escrever uma história: em vez de continuar escrevendo como narrador em terceira pessoa, transferir a função – como Haley à Serena – à narradora autodiegética e começar a falar como a personagem.

Haley relembra: "Eu podia querer você e te observar. As duas coisas não eram mutuamente excludentes.

51 MCEWAN, 2012, p. 367.
52 MCEWAN, 2012, p. 368.

Na verdade, elas se alimentavam".[53] A observação mescla novamente identidade/espionagem/metaficção – tanto para o agente secreto quanto para escritor que observa Serena para transformá-la em ficção:

> A minha tarefa era me reconstruir pelo prisma da sua consciência. [...] Eu estava aprendendo a fazer o que você faz, e aí aprimorar esse procedimento com mais uma dobra no tecido da ilusão. E, como eu me apliquei bem a essa tarefa.[54]

Haley revela em seguida a traição vingativa de Greatorex ao descobrir: "que eu ainda estava com você. Ficou furioso quando soube que você pretendia ir ao evento do prêmio Austen no Dorchester. Então ligou para os seus contatos na imprensa e nos jogou para os cães."[55] Consequentemente, a reporter do *Daily Express* que o entrevistou, contou

> que o jornal já tinha falado com Edward Heath e Roy Jenkins. Eu estou destinado à infâmia. Nós todos estamos. Eu vou ser acusado, e com razão, de ter mentido na minha declaração à Associação de Imprensa, de receber dinheiro de uma fonte imprópria, de vender a minha independência de pensamento. Os seus empregadores se meteram estupidamente onde não deviam e geraram vergonha para os seus próprios chefes políticos.[56]

53 MCEWAN, 2012, p. 369.
54 MCEWAN, 2012, p. 369.
55 MCEWAN, 2012, p. 371.
56 MCEWAN, 2012, p. 376-377.

Assim, Haley referenda novamente a posição de McEwan, contrário, no contexto político em que inseriu a obra, à manipulaçào do governo com relação à literatura e aos escritores, que devem manter "independência de pensamento". E Haley, ao rememorar para Serena todo o processo para escrever o romance, tanto física quanto emocionalmente, confessa:

> Eu tive que provar sua solidão, morar na sua insegurança, no seu desejo de receber elogios dos superiores, na sua falta de amor fraterno, nos seus impulsos mais mesquinhos de esnobismo, ignorância e vaidade, na sua consciência social mínima, nos seus momentos de sentir pena de você mesma e na sua ortodoxia em quase tudo. E fazer isso sem ignorar a sua astúcia, beleza e doçura, o seu amor pelo sexo e pela diversão, o seu humor cáustico e os seus instintos protetores tão queridos [...] e, ao fazer isso, bom, o inevitável aconteceu. Quando eu me verti na sua pele eu devia ter adivinhado as consequências. [...] Eu ainda te amo. Não, não é isso. Eu te amo mais.[57]

Essa contundente proclamação da identidade de Serena como "celebração móvel",[58] usando a terminologia de Hall, além de revelar sua sensibilidade de escritor ao penetrar na personalidade de Serena, leva também à sua percepção de quanto a amava, deixando a questão das falsas identidades para trás.

57 MCEWAN, 2012, p. 397.
58 HALL, 2006, p. 12.

Como consequência, em vez de continuarem separados, "atolados demais em engano", Haley faz "uma declaração de amor e um pedido de casamento" corroborando assim a "opinião antiquada" de Serena, "que um romance devia terminar com um 'Case comigo'".[59] Reforça, também, a função do escritor – amar os seres que cria, com todos os seus defeitos e qualidades, a fim de retratá-los com respeito e verdade, tornando-se a personagem.

Haley sugere ainda, numa prolepse – pois o romance de McEwan foi publicado em 2012 – caso ela permita "publicar um dia esse livro que está na mesa da cozinha", que eles esperem "até estarmos bem adiantados no século XXI para que prescrevam as determinações do Ato de Segredos Oficiais".[60] E encerra dizendo:

> Se a sua resposta for um fatal não, enfim, eu não fiz uma cópia a carbono, esse é o único exemplar e você pode jogar no fogo. Se você ainda me ama e a sua resposta é sim então começa a nossa obra conjunta e esta carta, com a sua aprovação, vai ser o último capítulo de *Serena*.
> Minha querida, depende de você. [61]

O capítulo final da narrativa apresenta, assim, um paralelismo de similaridade/contraste com o início: Serena, narradora autodiegética do romance de McEwan, transformando-se em Serena, narradora autodiegética do romance de Haley, personagem de McEwan.

59 MCEWAN, 2012, p. 379.
60 MCEWAN, 2012, p. 380.
61 MCEWAN, 2012, p. 380.

Podemos, portanto, considerar que, do ponto de vista da identidade, McEwan dá um final feliz à história de amor – a gosto do público e das personagens centrais – pois na carta que escreve a Serena, Haley retira as máscaras das outras personagens, de Serena e de si próprio, ao se revelar como autor do romance *Serena* e, ainda, pedindo-a em casamento. McEwan usa sua liberdade de autor para construir, metamorfosear e libertar as personagens para ser o que quiserem: espiões, traidores, amantes, escritores.

Por outro lado, do ponto de vista da nacionalidade, o romance de espionagem de McEwan está criticando o MI5, esse tipo de intervenção secreta do governo na cultura de um país, por tirar a liberdade da literatura como fenômeno "tanto transnacional quanto nacional", ou seja – retomando Carpeaux citado por Antonio Candido – a "autonomia da obra", "o respeito ao mundo próprio da literatura sem desconhecimento da sua inserção no mundo".

Do ponto de vista da metaficção, McEwan valoriza o narrador autodiegético – Serena, como personagem do romance de Haley e este, como personagem de McEwan – comentando constantemente sobre o que estão escrevendo e refletindo sobre literatura, escritores de épocas passadas e da atualidade. Simultaneamente, ao apontar, nas palavras de Canetti, para a tarefa do escritor – como "guardião das metamorfoses": antigas, ao se apropriar "da herança literária da humanidade" por meio de suas leituras; e contemporâneas, "em função de sua abertura para o mundo atual" – McEwan traz à tona toda sua erudição e talento.

REFERÊNCIAS

CANDIDO, Antonio. Dialética apaixonada. In: _____. *Recortes*. São Paulo: Companhia das Letras, 1993.

CANETTI, Elias. *A consciência das palavras*. Trad. Márcio Suzuki. São Paulo: Companhia das Letras, 1990.

HALL, Stewart. *A identidade cultural na pós-modernidade*. Trad. Tomaz Tadeu da Silva. Rio de Janeiro: DP&A, 2006.

JAKOBSON, Roman. O Dominante. In: COSTA LIMA, Luiz (Org.). *Teoria da Literatura em suas fontes*. v. I. Rio de Janeiro: Civilização Brasileira, 2002.

MCEWAN, Ian. *Sweet Tooth*. New York: Anchor books. 2012.

MCEWAN, Ian. *Serena*. Trad. Caetano W. Galindo. São Paulo: Companhia das Letras, 2012.

MCEWAN, Ian. Entrevista na FLIP. 1 set. 2016. Disponível em: <http: www.saraivaconteudo. com.br/Materias/Post/46540>. Acesso em: 26 ago. 2016.

MIRANDA, Wander de Melo. *Nações literárias*. Cotia: Ateliê Editorial, 2010.

MOISÉS, Massaud. *Dicionário de termos literários*. São Paulo: Editora Cultrix, 2013.

REIS, Carlos; LOPES, Ana Cristina M. *Dicionário de teoria da narrativa*. São Paulo: Editora Ática, 1988.

SOBRE OS AUTORES

ALCEBÍADES DINIZ MIGUEL

Doutor em Teoria e História Literária pela Universidade Estadual de Campinas.

ANA CECILIA OLMOS

Professora Livre-Docente na Universidade de São Paulo. Doutora em Língua Espanhola e Literaturas Espanhola e Hispano-Americana pelaUniversidade de São Paulo.

BERTA WALDMAN

Professora Sênior na Universidade de São Paulo. Doutora em Literatura Comparada e Teoria Literária pela Universidade de São Paulo.

CELESTE RIBEIRO DE SOUSA

Professora Sênior na Universidade de São Paulo. Doutora em Língua e Literatura Alemã pela Universidade de São Paulo.

CLAUDIA MAIA

Professora no Centro Federal de Educação Tecnológica de Minas Gerais. Doutora em Literatura Comparada pela Universidade Federal de Minas Gerais.

GEORG OTTE

Professor Titular na Universidade Federal de Minas Gerais. Doutor em Literatura Comparada pela Universidade Federal de Minas Gerais.

GISÉLE MANGANELLI FERNANDES

Professora Livre-Docente na Universidade Estadual Paulista Júlio de Mesquita Filho. Doutora em Estudos Linguísticos e Literários em Inglês pela Universidade de São Paulo.

GRACIA GONÇALVES

Professora Associada na Universidade Federal de Viçosa. Doutora em Literatura Comparada pela Universidade Federal de Minas Gerais.

KENIA MARIA DE ALMEIDA PEREIRA

Professora Adjunta na Universidade Federal de Uberlândia. Doutora em Literatura Brasileira pela Universidade Estadual Paulista Júlio de Mesquita Filho.

LAURO IGLESIAS QUADRADO

Doutorando em Literaturas de Língua Inglesa no Programa de Pós-graduação em Letras da Universidade Federal do Rio Grande do Sul.

LIVIA GROTTO

Doutora em Teoria e História Literária pela Universidade Estadual de Campinas.

LYSLEI NASCIMENTO

Professora Associada na Universidade Federal de Minas Gerais. Doutora em Literatura Comparada pela Universidade Federal de Minas Gerais.

MAIL MARQUES DE AZEVEDO

Professora do Centro Universitário Campos de Andrade/ Paraná. Doutora em Estudos Linguísticos e Literários em Inglês pela Universidade de São Paulo.

MAYRA MOREYRA CARVALHO

Doutoranda do Programa de Pós-graduação em Língua e Literaturas Espanhola e Hispano-Americana da Universidade de São Paulo.

MUNIRA H. MUTRAN

Professora Livre-Docente na Universidade de São Paulo. Doutora em Estudos Linguísticos e Literários em Inglês pela Universidade de São Paulo.

NANCY ROZENCHAN

Professora Sênior na Universidade de São Paulo. Doutora em Teoria Literária e Literatura Comparada pela Universidade de São Paulo.

NEIDE NAGAE

Professora Associada na Universidade de São Paulo. Doutora em Teoria Literária e Literatura Comparada pela Universidade de São Paulo.

SIGRID RENAUX

Professora no Centro Universitário Campos de Andrade/Paraná. Doutora em Estudos Linguísticos e Literários em Inglês pela Universidade de São Paulo.

ORGANIZADORAS
Lyslei Nascimento
Neide Nagae

AUTORES
Alcebíades Diniz Miguel
Ana Cecilia Olmos
Berta Waldman
Celeste Ribeiro de Sousa
Claudia Maia
Georg Otte
Giséle Manganelli Fernandes
Gracia Gonçalves
Kenia Maria de Almeida Pereira
Lauro Iglesias Quadrado
Livia Grotto
Lyslei Nascimento
Mail Marques de Azevedo
Mayra Moreyra Carvalho
Munira H. Mutran
Nancy Rozenchan
Sigrid Renaux

REVISÃO
Késia Oliveira

PROJETO GRÁFICO
Elisa Santos

FOTO DA CAPA
Annie Spratt (disponível em www.unsplash.com)

Catalogação na Publicação (CIP)

D441 Desafios críticos: literaturas estrangeiras em pauta / organizado por Lyslei Nascimento, Neide Nagae. - Belo Horizonte : Quixote+Do Editoras Associadas, 2018.
384 p.

ISBN: 978-85-66256-23-9

1. Literatura - Discursos, ensaios, conferências. I.Nascimento, Lyslei (Org.). II. Nagae, Neide (Org.). III. Título.

CDD: 809.4

Bibliotecária responsável: Fernanda Gomes de Souza CRB-6/2472

Este livro foi composto em Zilla Slab, fonte projetada pela Typotheque, e em Monserrat, de Julieta Ulanovsky. A impressão foi feita pela gráfica Formato em março de 2018, com tiragem de 300 exemplares.